KRÜGER

Susanne Fröhlich

Verzogen

Roman

KRÜGER

MIX
Papier aus verantwortungsvollen Quellen
FSC® C083411

Erschienen bei FISCHER Krüger

Satz: Dörlemann Satz, Lemförde
Druck und Bindung: CPI books GmbH, Leck
Printed in Germany
ISBN 978-3-8105-3024-0

Wer glaubt, der Überwachungsstaat
sei eine Erfindung des digitalen Zeitalters,
hat nie auf dem Dorf gelebt.

Für all meine Freundinnen!
Ich bin sehr froh, dass es euch gibt!

1

Schade, ich kann die Schuld auf niemanden abwälzen. *Ich* war es, die ja gesagt hat. Laut und deutlich und das, ohne unter Alkohol- oder Drogeneinfluss gestanden zu haben. Ich habe alle Bedenken beiseitegewischt und einfach ja gesagt. Ein klitzekleines Wort, das so verdammt viel ausrichten kann.

Diesem kleinen Wort verdanke ich, dass ich jetzt auf dem Land lebe. Seit knapp sechs Monaten. Sechs Monate, die mein Leben von Grund auf verändert haben. Die gute Nachricht: Ich lebe noch. Aber anders. Ganz anders als bisher.

Fangen wir von vorne an. Als mich Paul, der Mann an meiner Seite, fragt, ob ich mir vorstellen kann, mit ihm aufs Land zu ziehen, bin ich zunächst skeptisch. Aber Paul kann sehr überzeugend sein. Seine Visionen vom Leben weit draußen sind malerisch. »Die Natur, die phantastische Luft, die Ruhe und die viele Zeit, die wir für uns haben werden«, schwärmt er mir vor. »Und natürlich all die frischen Tomaten!«

Paul ist Orthopäde und Kinderarzt (Ja, er hat zwei Facharzttitel, und ja, ich finde das sehr toll!) und seit vielen Jahren an einer Klinik angestellt. Ein alter Kollege und Freund hat ihm seine Praxisvertretung angeboten: »Horst will auf Reisen gehen für ein ganzes Jahr, und er braucht jemanden, der ihn vertritt. Wir können sein

Haus haben, die Orthopädie-Praxis ist im Erdgeschoss. Es ist die perfekte Chance zu testen, ob wir uns auf dem Land wohl fühlen. Ich will schon so lange raus aus meiner Kliniktretmühle. Das wäre ein Traum für mich. Ich könnte als ganz normaler Orthopäde arbeiten. Und auch für Horst wäre es die perfekte Lösung. Also quasi eine Win-win-Situation.«

Win-win für Horst und Paul. Aber für mich? Auf dem Land zu leben war nie einer meiner Träume. In mir ist keine Sehnsucht nach selbstgezogenem Blattsalat, Gummistiefeln, Heuschobern und Landfrauennachmittagen.

Ganz im Gegenteil. Landleben ist für mich immer eine Art Synonym für Kleingeistigkeit, Spießertum und Langeweile, getränkt in Matsch und von fiesem Güllegeruch durchzogen. Oder sagt man Jauche? Sind Gülle und Jauche überhaupt das Gleiche? Mir fehlt jegliches Land-know-how. Mein Leben in der Peripherie der Großstadt ist mir Landleben genug. Eigentlich will ich, wenn die Kinder aus dem Haus sind, in die Stadt ziehen. Richtig mittenrein ins Leben. Penthouse oder Altbau, Stuck, Parkett, hippe Cafés, Kneipen – einfach das pralle Leben.

Aber wer bin ich, dass ich einen Traum zerstöre? Vor allem den Traum des Mannes, den ich liebe. Warum nicht mal etwas wagen? Für ein Jahr. Es sind nur 365 Tage, sage ich mir wieder und wieder. Eine Art Probezeit.

»Wenn es dir nicht gefällt, finden wir eine Lösung«, verspricht mir Paul, wenn auch ohne genau zu sagen, wie eine Lösung aussehen würde. Aber da habe ich schon ja gesagt. 365 Tage lang kann man viel aushalten, denke ich.

Auch das Landleben. Man muss auch mal an andere denken, nicht immer nur *ich*, *ich* und noch mal *ich*.

Vom Ja bis zum Umzug dauert es nur sechs Wochen. Sechs Wochen Dauerstress. Sechs Wochen lang Diskussionen mit meinen Kindern, meiner Mutter, meinem Ex-Schwiegervater und meiner Schwester. Und natürlich mit meinem Chef, der alles andere als begeistert ist. Sechs Wochen lang Anrufe von entsetzten Freundinnen. Ja, ich bin nun mal eine Frau mit Familie, Job und zum Glück auch mit Freundinnen – was es eben auch so schwierig macht. Denn mein Umfeld ist sich ausnahmsweise mal einig. Einig darin, dass dieser Umzug eine absolute Schnapsidee ist. Und ich bin ja selbst extrem unsicher und würde am liebsten alles rückgängig machen, aber da verteidige ich den Umzug fast so, als wäre er mein eigenster Herzenswunsch. Denn das Erstaunliche ist ja, je mehr Gegenwind man bekommt, desto mehr kann man sich in eine Idee hineinsteigern. Ich weiß, das klingt verrückt, aber es ist eine Art trotziger Reflex.

Meine Kinder, Claudia und Mark, sind vollkommen entsetzt. »Was willst du denn am Arsch der Welt?«, fragt meine Tochter.

»Nächste Großstadt: Fulda!«, schiebt mein Sohn noch ironisch hinterher.

Ihre Anteilnahme rührt mich zunächst sehr, bis ich merke, dass sie eigentlich nur vorgeschoben ist. Sorgen machen die sich nicht etwa um mich, die ich auf dem Land versauern könnte, sondern um unser Haus.

»Du willst unser Elternhaus vermieten? Das Haus, in dem wir aufgewachsen sind? Und dann, wenn du auf dem Land bleibst, was ist dann mit dem Haus?«

»Dann verkaufe ich das Haus!«, ist meine Antwort, und die Kinder führen sich auf, als hätte ich gedroht, sie mit sofortiger Wirkung zu enterben und zeitgleich zur Adoption nach Algerien freizugeben. (Wobei ich bezweifle, dass dort überhaupt ein Interesse an den beiden besteht, vor allem so ganz ohne Erbe!)

»Wo sollen wir denn hin, wenn mal was ist?«, fragen sie.

Aber als ich beteuere, dass, egal wo ich sein werde, es immer einen Platz für sie geben wird, schauen sie mich nur leicht angewidert an.

»Was sollen wir denn da draußen? Das ist ja jenseits jeder Zivilisation, jenseits jedes öffentlichen Nahverkehrs. Da will man ja nicht tot überm Zaun hängen! Wahrscheinlich haben die nicht mal WLAN. Wie soll man denn da leben?«

Ich würde am liebsten antworten: »Weiß ich auch nicht.« Denn ich hab erst recht keine Ahnung, wie *ich* so leben soll! Aber dass ich dort vielleicht unglücklich sein werde, dass es mir nicht gefällt, dass ich einsam sein könnte, das ist ihre geringste Sorge. Meinen Kindern geht es nur um sich. Das kränkt mich und ärgert mich auch. Was habe ich mir da nur für egomane Geschöpfe herangezogen? Und wieder verteidige ich das Landleben, obwohl ich mit Sicherheit die Allerunsicherste bin, was dieses Thema angeht. Ich führe mich wie eine Oppositionelle auf, die rein aus Widerspruchsgeist handelt.

»Sie werden sich beruhigen!«, sagt Paul immer wieder, und ich beschließe, ihm zu glauben. Letztlich interessieren sich junge Menschen sowieso fast ausschließlich für sich selbst und nur wenig für andere. Sie regen sich schnell mal auf, aber im Normalfall genauso schnell wieder ab. Solange Veränderungen ihr Leben nicht zu sehr betreffen, sind Kinder relativ gleichmütig. Fast schon erschreckend gleichmütig. Sie haben eben alles gerne so wie immer. Das allerdings kann ich gut verstehen. Auch ich habe gehörigen Respekt, um nicht zu sagen Angst, vor der Veränderung. Wie kann ich, ohne den Ort zu kennen, ohne das Haus gesehen zu haben, ja sagen? Wie bekloppt kann man sein?

Auch meine Schwester Birgit ist alles andere als beglückt. »Du machst dich aus dem Staub, und ich bleibe mit unserer dementen Mutter allein zurück. Toll, Andrea! Wirklich eine großartige Idee. Echt ganz schön selbstsüchtig von dir. Aber so war es ja schon immer. So ist es halt, wenn man die Älteste ist. Man hat immer die A-Karte. Stefan ist in Hamburg und als kleiner Bruder ja eh fein raus. Immer bleibt alles an mir hängen. Dabei hatte ich mich so gefreut, auch mal Zeit für mich zu haben.« Sie holt tief Luft, um dann mit ihrer Motztirade weiterzumachen: »Die Grabpflege von Papa und jetzt auch noch Mama. Fein. Ich dachte echt, jetzt wäre ich mal dran. Aber die zukünftige Arztgattin macht sich vom Acker auf den Acker. Und ich hocke hier und habe Mama an der Backe. Das ist mal wieder typisch.« Birgit war richtig sauer. Und nach ihrer kleinen Ansprache bin ich es auch.

Das könnte sie auch ein wenig charmanter verpacken. Aber die charmante Verpackung ist nichts, was Birgit liegt. War noch nie ihr Ding.

»Du kannst deine Mutter mitnehmen. Es wird ihr gefallen. Das Leben auf dem Land hat viel Beruhigendes und tut ihr bestimmt gut«, hat Paul längst vorgeschlagen, und schon weil ich Birgits Vorwurf nicht auf mir sitzen lassen will, habe ich tatsächlich spontan angeboten, Mama mit umzuziehen. Ich hätte nie gedacht, dass Birgit zustimmt. Vor allem nicht so schnell.

Kaum habe ich den Satz ausgesprochen, antwortet sie schon: »Perfekt, dann verkaufen wir Mamas Haus. Das braucht sie dann ja nicht mehr.«

Ich bin fassungslos. In den letzten Jahren war Birgit immer davon überzeugt, dass nur sie sich richtig um Mama kümmert. Dass nur sie weiß, was gut für Mama ist, und jetzt scheint ihr nichts lieber zu sein, als dass ich Mama mit aufs Land nehme.

»Vielleicht tut ihr das gut da draußen! Ich will ja Mamas Glück nicht im Weg stehen. All die gute Luft. Und Immobilien kann man im Moment wirklich sehr gut verkaufen«, erklärt sie mir milde lächelnd.

»Aber es ist Mamas Haus. Und wir wissen doch gar nicht, ob das gutgeht auf dem Land und ob wir da bleiben. Wo soll sie denn dann hin, wenn das alles nicht klappt?«, wage ich eine kleine Rückfrage und muss dabei an die Bedenken meiner Kinder denken.

»Sie kann da eh dauerhaft nicht bleiben. Wenn das mit euch nicht hinhaut, muss sie ins Heim. Und mal ehrlich, Andrea, sie kann wirklich nicht mehr selbst entscheiden, was gut für sie ist«, sagt Birgit. In ihrem typischen resoluten Siehste!-Tonfall.

»Aber wir können doch nicht einfach ihr Haus verkaufen, selbst wenn sie mit mir mitkommt. Und das muss man ja auch noch mal gründlich besprechen«, wage ich einen weiteren kleinen Einwand.

Birgit ist sofort auf 180: »Ich habe tatsächlich kurz gedacht, dir wäre es wirklich ernst mit Mama. Tja, hätte ich ja wissen müssen. Die Zuverlässigste warst du ja noch nie. Schön doof von mir. Im Dinge-Versprechen warst du ja schon immer groß.«

Wäre Birgit nicht meine Schwester, ich glaube, ich würde aufstehen und gehen. Noch lieber würde ich aufstehen, ihr ein paar scheuern – die sie sich über all die Jahre locker verdient hat – und dann gehen. Aber stattdessen beteure ich, dass es mir mit meinem Vorschlag sehr wohl ernst ist. An ihrem leichten Grinsen merke ich, dass sie sich genau diese Reaktion erhofft hat.

Birgit hat etwas subtil Manipulierendes, und ich falle seit Jahrzehnten immer wieder darauf rein.

»Na, dann hätten wir das ja geklärt. Kurt hält es auch für eine gute Idee. Wenn ihr nicht wisst, wohin mit Malgorzata, kann die zur Not eine Weile bei uns leben«, schlägt Birgit vor. »Kurt meint, sie könne sich im Haushalt bei uns ein wenig nützlich machen. Wir haben wirklich viel um die Ohren. Und sie kocht ja auch echt gut.«

Ach, der Herr Schwager, Mister Besserwisser-Kurt, findet die Idee gut. Sie scheinen schon, bevor ich überhaupt das Angebot gemacht habe, darüber gesprochen zu haben. Wahrscheinlich war Birgits Aufregung nur gespielt und ein strategischer Zug, um mich zu genau diesem Angebot zu drängen.

Aber kein Wunder. Sehr familienorientiert war Kurt noch nie. Der wäre froh, meine Mutter los zu sein. Die Idee mit Malgorzata, Mamas polnischer Pflegekraft, ist allerdings der Hammer. Der tickt wohl nicht ganz richtig.

»Mama braucht Malgorzata und ich auch. Ohne Malgorzata geht Mama nirgendwohin. Das weißt du doch. Sie hängt an Malgorzata. Sie gibt ihr Sicherheit. Und Malgorzata kann gut mit Mama umgehen.«

Birgit ist kein bisschen beschämt, eher im Gegenteil. »Wir wollten dir nur einen Gefallen tun, aber dir kann man es wirklich nicht recht machen. Wie man es macht, ist es falsch.«

Sie dreht und wendet alles immerzu so, dass ich am Ende die Idiotin bin und blöd dastehe. Ich merke, dass ich meiner eigenen Schwester irgendwie nicht gewachsen bin. Ein ätzendes Gefühl. Man sollte doch meinen, dass dieses Große-Schwester-Kleine-Schwester-Gefälle irgendwann keine Rolle mehr spielt. Pustekuchen. Einmal kleine Schwester – immer kleine Schwester.

Das Ende vom Lied: Mama zieht tatsächlich mit uns raus aufs Land. Als ich ihr von der Idee erzähle, ist sie völlig gleichgültig. Die Frage, was sie frühstücken möchte, bewegte sie ganz offensichtlich weitaus mehr. Ich hätte gedacht, sie würde an ihrem Haus hängen, aber es ist nicht das Haus, sondern Malgorzata, auf die sie keinesfalls verzichten will.

»Geht die mit?«, fragt sie nur und zeigt mit dem Finger auf Malgorzata, unsere polnische Pflegekraft.

»Ja, na klar!«, habe ich beteuert, und Malgorzata hat sie in die Arme genommen und gesagt: »Ich bleibe bei dir!«

Mamas Erleichterung ist in ihrem Gesicht zu sehen.

»Kann ich das anlassen?«, ist die nächste Frage meiner Mutter, und wieder zeigt sie mit dem Finger. Diesmal auf ihren blassrosa Hausanzug aus Nickistoff, ihre aktuelle Uniform.

»Mama, du kannst anziehen, was du willst. Du bist doch erwachsen. Es spielt gar keine Rolle, was du anhast.« Auf dem Land schon gar nicht, würde ich am liebsten hinzufügen. Wir ziehen ja nicht nach Hipster-Town.

Meine Mutter will ansonsten nichts wissen. Nicht, wo sie hinziehen, nicht, was mit ihrem heißgeliebten Haus passieren, nur was mit Malgorzata und dem Hausanzug sein wird, alles andere ist ihr egal. Ich muss gestehen, das verwundert mich doch sehr. Und stimmt mich auch traurig. Wie klein ihre Welt geworden ist. Wie sehr ihre Bedürfnisse geschrumpft sind. Meine Mutter hat man sich ohne ihr Haus nie vorstellen können. Dass sie jemals freiwillig und, dem Anschein nach, völlig ungerührt auszieht, hätte niemand für möglich gehalten.

»Hier lasse ich mich nur mit den Füßen voran rausbringen!« und »Mein Garten ist mein Lieblingskind« hat sie uns immer wieder erklärt. Und nun ist es ihr geradezu gleichgültig, was mit ihrem »Lieblingskind« passiert.

Erstaunlich, was diese Krankheit bewirkt. Noch immer gibt es Momente, in denen meine Mutter fast wie früher erscheint, aber diese Momente werden zusehends seltener. Immer häufiger wirkt sie abwesend. Manchmal erkenne ich sie kaum. Nicht nur optisch. Sie wiegt inzwischen sicherlich gut 85 Kilo. 20 Kilo mehr als in ihrem früheren Leben. Hätte ihr das jemand vor zehn Jahren prophezeit, hätte sie ihn für verrückt erklärt. Meine Mutter ist immer eine Frau gewesen, der ihr Aussehen extrem wichtig war. Die abends gerne Knäckebrot geknabbert hat und leicht verächtlich auf Menschen herabgesehen hat, die sich »nicht im Griff haben«. »Man darf sich nicht gehen lassen!«, war ihr Credo. Manchmal mag ich die neue Version meiner Mutter lieber als ihr altes, immerzu vollkommen kontrolliertes und unglaublich strenges Ich. Sie ist auf eine spezielle Art heute sehr viel entspannter und lockerer, vor allem mit sich selbst.

Trotzdem habe ich Angst, dass ich ihr mit dem Umzug zu viel Veränderung zumute. Wieder und wieder versuche ich, ihr zu erklären, wo wir hinziehen und wer alles dabei sein wird. Es scheint sie wirklich nicht zu interessieren.

»Alles gut. Mutti kommt mit!«, versucht mich Malgorzata, Mamas neue Pressesprecherin, zu beruhigen.

Und es beruhigt mich tatsächlich. Wenn Malgorzata sagt, es wird gut, dann wird es auch gut.

Malgorzata selbst ist ebenfalls relativ gleichgültig. »Bisschen sehr Land!«, war ihr einziger Einwand. »Aber egal. Eh keine Zeit für Shopping. Und auch kein Geld. Wenn es hat Internet, alles okay. Ist auch näher an Zuhause. Bisschen.«

Auch mein Bruder Stefan ist davon überzeugt, dass der

Umzug für meine Mutter kein Problem darstellen wird. »Hauptsache, Malgorzata ist dabei, die Umgebung spielt da keine große Rolle.«

Genau die Rolle, die auch er momentan im Leben meiner Mutter spielt – nämlich keine große. Stefan lebt in Hamburg und schaut nur etwa alle acht Wochen mal bei Mama vorbei. Für meine Mutter sind das allerdings immer besondere Momente. Sie liebt ihren kleinen »Butzi«. Ist er da, will sie ihn eigentlich am liebsten auf den Schoß nehmen und nicht mehr gehen lassen. Aber wenn er weg ist, fragt sie komischerweise nie nach ihm. Offensichtlich ist etwas dran an dem alten Sprichwort: Aus den Augen, aus dem Sinn. Fast so, als würde sie vergessen, dass es ihn überhaupt gibt.

»Komm öfter, sie liebt es, wenn du da bist!«, haben Birgit und ich schon häufig zu unserem kleinen Bruder gesagt.

Er verspricht es immer wieder, hat aber dann auch immer wieder Eins-a-Ausreden, warum es leider doch nicht klappt. Zu viel Arbeit, zu viele Termine und immer wieder diese Sätze: »Ich kann es nicht gut ertragen, sie so zu sehen! Das fühlt sich für mich nicht gut an!« Eine Aussage, die mich jedes Mal wieder auf die Palme bringt. Glaubt der ernsthaft, Birgit und mich würden die Veränderungen unserer Mutter völlig kaltlassen?

Aber braucht sie nicht gerade jetzt mehr denn je unsere Hilfe und Unterstützung? Wie egoistisch kann man sein? Ist es nicht piepegal, wie es sich für Stefan anfühlt? Es geht um Mama, nicht um seine verdammten Befindlichkeiten.

Irgendwie seltsam und auch echt ärgerlich, dass Kümmern und Pflege immer, oder jedenfalls fast immer, an den Frauen hängenbleibt. Männer wie mein Bruder schaffen es oft, sich irgendwie aus der Affäre zu ziehen. Vielleicht auch, weil wir Frauen es ihnen zu leicht machen. Ihnen einfach zu viel durchgehen lassen. Klar, im Falle meines Bruders ist es kompliziert. Er wohnt 600 Kilometer entfernt. Das macht regelmäßige Besuche für ihn sehr viel schwieriger als für Birgit und mich. Aber mehr als einmal alle zwei Monate sollte schon drin sein. Den knöpfe ich mir vor, sobald ich das mit dem Umzug hinter mir habe, nehme ich mir fest vor.

Und er ist übrigens auch dafür, Mamas Haus zu verkaufen. Unser Elternhaus! Ich kann mir das nur schwer vorstellen. Und als ich darüber nachdenke, verstehe ich meine Kinder auf einmal sehr viel besser. Ein verkauftes Elternhaus ist weg. Für immer weg. Ein Haus birgt Erinnerungen. Jugend. Unbeschwertheit. Man mag sich nicht vorstellen, dass darin andere Menschen leben, lieben, lachen, glücklich sind. Ein Haus ist Teil des Lebens. Ein Ort zum Andocken.

»Mama hat ihre Rente, sie braucht nicht viel. Und ich finde, wir sollten nicht über ihren Kopf hinweg entscheiden und einfach hinter ihrem Rücken ihr Haus verkaufen«, vertrete ich meinen Standpunkt. Außerdem ist das schon rein rechtlich gar nicht so einfach. Dafür müssten wir Mama entmündigen, und das zu tun hat etwas so Schreckliches und Endgültiges.

Meine Geschwister sind sich in der Frage einig. Sie sehen da keinerlei Problem. »Mama ist das doch total schnurzegal. Die könnten wir ganz leicht überzeugen. Und, Andrea, es ist doch so, sie kann nicht mehr für sich selbst sorgen. Was soll sie auf lange Sicht mit dem Haus?«, meint mein Bruder.

»Sie wird nicht mal bemerken, dass wir sie entmündigen lassen! Also was soll's?«, ist auch Birgits Meinung.

Ich finde, das hat irgendwie etwas sehr Despektierliches. Mama ist dement, hat aber durchaus eine Meinung. Ihr jegliche Entscheidungsmöglichkeit zu nehmen widerstrebt mir. Vielleicht ist es letztlich vernünftig, aber ich kann mich mit der Idee nicht anfreunden. Allein die Vorstellung, dass jemand so etwas mit mir machen würde!

»Lasst uns ein paar Monate, zumindest ein halbes Jahr abwarten, bevor wir eine Entscheidung treffen. Dann können wir absehen, ob wir auf dem Land bleiben und ob Mama zurück in ihr Haus möchte. Wir müssen ja nichts überstürzen.«

Meine Geschwister willigen schlussendlich ein. Birgit allerdings nur sehr widerstrebend. Aber als sie merkt, dass Stefan meinen Vorschlag gut findet, stimmt sie zu. Das muss man ihr lassen, sie weiß genau, wie ihre Chancen stehen und ob es sich lohnt zu kämpfen. »Sechs Monate, und dann wird eine Entscheidung gefällt. Bis dahin wirst du ja wohl wissen, ob du da draußen bleiben willst oder nicht«, lautete ihr gnädiges Fazit.

Ich willige ein.

Mit meinem Chef, Herrn Klessling, kann ich mich letztlich einigen.

»Es werden sich mir ganz neue Duftwelten eröffnen. Das Land ist so angesagt, da können wir zum Trendsetter werden. Akzente setzen«, versuche ich, ihm meinen Umzug schmackhaft zu machen.

Ekstatisch ist er trotzdem nicht. Aber immerhin: Ich darf im »Homeoffice« arbeiten. Zunächst für drei Monate. »Dann sehen wir weiter, Frau Schnidt!«

Das ist nicht ganz das, was ich mir erwartet habe. Meine Sekretärin bin ich damit natürlich los. Sie bleibt in der Firma, wird zum Glück nicht entlassen und steht mir, wenn ich, wie abgesprochen, zweimal im Monat im Büro bin, zur Verfügung. Ich bin nicht mehr angestellt, sondern arbeite freiberuflich. Sollte ich nach einem Jahr wiederkommen, muss neu verhandelt werden. Das ist das Beste, was ich rausholen kann. Leider ist auch mein Titel »Marketingdirektorin« weg.

»Alles kann man auch nicht haben!«, hat mein Chef bedeutungsschwer gesagt. »Handeln hat eben auch Konsequenzen!«

Jetzt muss ich mir meinen eigenen Standarderziehungssatz um die Ohren hauen lassen. Natürlich ist das mit dem Titel eigentlich schnuppe, aber ich muss sagen, es nagt an mir. Es war schön »Ich bin Marketingdirektorin« zu sagen, egal wie klein die Firma und die Abteilung auch sind. Es klang irgendwie gut. Der Titel hat mir geschmeichelt. War ein Egobooster.

»Du bist doch keine Frau, für die so etwas wichtig ist. Und ich verdiene genug für uns beide!«, beteuert Paul, aber diese Aussage macht mich eher wütend. Ich sehe mich nicht als Frau, die fragen muss, ob sie sich ein Paar Sandalen kaufen darf.

Paul versteht das nicht. »Mein Geld ist auch dein

Geld!«, betont er, und ich habe den Eindruck, er meint, was er sagt.

»Aber wenn wir uns trennen, wäre ich angeschissen!« antworte ich, und er ist sehr bestürzt, fast so, als hätte er diese Möglichkeit überhaupt noch nie in Betracht gezogen. Als wäre das die abstruseste Idee aller Zeiten.

»Ich will dich heiraten, da sollte ich wohl positiv denken!«, sagt er und küsst mich.

»Eine Ehe ist heutzutage keine Lebensversicherung mehr!«, antworte ich, und er ist enttäuscht.

»Ich sehe mich nicht als deine Lebensversicherung auf zwei Beinen, sondern als deinen Lebenspartner, der nichts lieber will, als dich zu heiraten. Und du weißt, Andrea, Geld ist nicht wichtig für mich.«

Auch für mich hat Geld keine Priorität (Obwohl ich insgeheim unsicher bin, ob das wirklich so stimmt oder ob ich mir nur selbst etwas vormache, um besser dazustehen), aber mir ist es absolut wichtig, mein Leben selbst finanzieren zu können. Ich fürchte mich davor, im Alter ohne jedwede Absicherung dazustehen. Oder im schlimmsten Fall zu liegen. Wer weiß, was mit Paul wird? Natürlich möchte ich mit ihm leben. Heute und jetzt und morgen bestimmt auch. Aber werde ich das mit hundertprozentiger Sicherheit auch in fünf Jahren noch sagen? Sind solche Prognosen nicht sehr gewagt? Sollte man nicht alle Eventualitäten einkalkulieren? Bin ich zu misstrauisch, oder ist das normal, wenn man schon eine Scheidung hinter sich hat? So oder so, ich will arbeiten und Geld verdienen, nicht nur wegen ein paar läppischer Sandalen. Auch für mein Selbstbewusstsein und meine

Eigenständigkeit. Ich möchte nicht finanziell abhängig sein. »Ich werde weiterarbeiten und mir den verdammten Titel zurückholen!«, entscheide ich.

Sabine, meine beste Freundin, nimmt den geplanten Umzug fast am entspanntesten auf. »Für die Liebe muss man eben auch Einsatz zeigen.«

Früher, bevor sie mit ihrem kleinen Juan aus Mallorca zusammengekommen ist, hätte sie sicherlich nicht so geredet. Jetzt aber ist sie zu vielem bereit. Niemand hätte auch nur fünf Euro auf die beiden gewettet. Aber sie sind noch immer ein Paar. Und planen ihre Hochzeit.

»Vielleicht gehen wir irgendwann nach Mallorca. Da hat Juan einfach mehr Chancen. Und das Wetter ist auch besser!«, teilt sie mir so ganz nebenbei mit. »Natürlich ist es blöd, dass du jetzt so weit von mir weg wohnst, aber wer weiß, wo ich in einem Jahr bin. Auf mich musst du keine Rücksicht nehmen. Ich bin mobil, da komm ich halt raus zu dir. Und ab und an wirst du ja auch mal in die große Stadt kommen.«

Sabine ist die Einzige, der ich all meine Bedenken mitteilen kann. Meine Ängste.

Sie gibt alles, um mich zu beruhigen: »Vielleicht ist es wunderschön. Vielleicht wirst du es lieben. Du musst dem Landleben eben auch eine Chance geben. Es nicht von vorneherein ablehnen. Außerdem bist du bei dem Mann, den du liebst. Das tust du doch, oder?«

Das kann ich nur bejahen. Ich liebe Paul. Er ist der Mann, mit dem ich leben will. Allein für den Sex mit Paul würde ich aufs Land ziehen.

In unserer Nachbarschaft sind alle entsetzt. Vor allem Tamara. Sie hat wahrscheinlich gedacht, dass wir hier noch mit dem Rollator gemeinsam um die Häuser ziehen.

»Ich kann dich nicht verstehen. Das hier ist doch der beste Kompromiss zwischen Stadt und Land. Und du bist nah bei deinen Kindern. Wenn mal was ist, und du lebst da draußen – allein der Gedanke ist schon schaurig.«

Nur Tamara benutzt noch Worte wie »schaurig«.

Aber sie ist noch lange nicht fertig. »Jeder hat Träume, aber nicht jeder Traum kann und muss gelebt werden. Man muss wirklich nicht auf jede spinnerte Idee eines Mannes eingehen. Paul fühlt sich hier doch auch wohl. Und arbeiten muss er auf dem Land auch. Also, ich halte das echt für einen Schnapsidee!« Sie ist richtig wütend. »Anita ist weg, und jetzt gehst auch noch du. Ihr lasst mich hier im Stich. Mit wem soll ich denn Kaffee trinken und schwätzen? Ich werde hier vereinsamen!« Fürs Jammern hatte Tamara schon immer Talent.

»Du hast Zeit, du kommst mich besuchen da draußen. Und du hast doch noch deinen Thermomix«, wage ich einen kleinen Scherz.

»Das ist ja schon ein Tagesausflug, da kann man nicht eben mal auf ein Tässchen Kaffee vorbeikommen. Da muss man sich ja Proviant mitnehmen auf so eine Reise. Und da kommt der Thermomix, über den du immer so blöd ablästerst, wieder ins Spiel. Aber, Andrea, wirklich. Das ist kein kleiner Trip, das ist eine Reise in das Land, wo sich Hase und Igel gute Nacht sagen. In eine andere Welt.«

Tamara übertreibt gerne mal. Palsdorf ist nicht um die

Ecke, das gebe ich gerne zu, aber eine Weltreise ist es nun auch nicht bis dahin. Man fährt von hier aus etwa zwei Stunden mit dem Auto. Paul behauptet, man könne es locker in anderthalb Stunden schaffen, aber das ist eine klitzekleine Beschönigung der Tatsachen.

2

Zwei Wochen nachdem Paul mir das Ja zur Landflucht entlockt hat, fahren wir hin. Ich will wenigstens vorab mal sehen, wohin es mich verschlägt. Ursprünglich hatte Paul Rasdorf gesagt, als es um den Umzug ging, aber auch das war eine klitzekleine Beschönigung. Denn von Rasdorf aus muss man noch tiefer in den Wald fahren, immer tiefer in den Wald, und Palsdorf ist dann der letzte Ort vor dem buchstäblichen Nichts. Ein Sackgassendorf. Dahinter kommt dann nur noch mehr Wald. Man könnte meinen, dass genau dort die Welt endet. Wahrscheinlich tut sie es auch.

»Phantastisch, oder?«, hat Paul geschwärmt. »Keinerlei Durchgangsverkehr! Absolute Stille. Herrliche Ruhe.«

Ich bin entsetzt. Es gibt nur eine Straße, um aus diesem Palsdorf wieder rauszukommen. Zu entkommen. Sofort habe ich Visionen, wie wir, sollte irgendwas passieren, für immer von der Welt abgeschnitten sind.

»Wenn die Straße mal gesperrt ist, sitzen wir hier fest!«, habe ich leicht panisch zu Paul gesagt.

»Warum sollte die gesperrt sein? Das ist keine Gegend für Überschwemmungen oder Erdrutsche«, hat er relativ erstaunt geantwortet.

Ich finde allein den Gedanken, dass es kurz hinter dem Haus nicht mehr weitergeht, verstörend. Je länger ich darüber nachdenke, umso mehr Horrorvisionen tummeln sich in meinem Kopf. Was könnte nicht alles Gruseliges aus dem Wald kommen? Tiere. Verbrecher. Monster? Das Setting wäre wirklich perfekt für einen fiesen Horrorfilm.

Das Haus, in dem wir leben werden, ist groß, ein riesiger, ziemlich dunkler Kasten mit drei Stockwerken. An den Garten, ebenfalls riesig, grenzt – Überraschung – der Wald. Kein Laubwald, sondern ein Tannenwald. Selbst bei Tageslicht erscheint alles dunkel. Furchtbar dunkel. Irgendwann wird uns dieses Dunkel verschlucken. Haps und weg! Sei nicht kindisch, Andrea, rufe ich mich selbst zur Ordnung.

Horst, der Herrscher des Dunkels, begrüßt uns mit einer herzlichen Umarmung. Er sieht aus wie ein kerniger Waldschrat. Groß, vollbärtig, kauzig und ein bisschen so, als müsse er mal generalüberholt werden. Nicht schmuddelig, aber kurz davor. Hätte er gesagt, er lebe in einer Waldhütte, ohne fließend Wasser, ich wäre nicht überrascht gewesen. Aber nett ist er, dieser Horst. Und er passt in seiner Riesigkeit sehr gut zu diesem Haus.

»Ich freue mich, dass ihr mich hier vertreten werdet. Toll, dass du mitmachst, Andrea. Aber Paul hat schon gesagt, dass du eine Wahnsinnsfrau bist. Ihr werdet Spaß haben hier draußen. Und viel Zeit für euch. Seit Heike weg ist, fällt mir hier die Decke auf den Kopf. Ich muss mal raus. Die Welt angucken, bevor ich es nicht mehr kann. So ist es für uns alle ein Abenteuer. Ihr kommt mal raus aus dem Mief der Vorstadt und Paul aus dem Kliniktrott, und ich sehe mal neue Gesichter nach all den Jahrzehnten hier. Schaut euch einfach um im Haus, ich mache derweil einen schönen Kaffee für uns.«

Paul versucht, mich zu begeistern. Führt mich durchs Haus. Innen ist es tatsächlich schön, sehr viel schöner, als das düstere Äußere vermuten lässt. Es ist hell und freundlich. Bisschen viel Holz für meinen Geschmack (Fast so, als würde man in einer Sauna leben!), aber irgendwie gemütlich. Ländlich halt. Im Erdgeschoss ist die Praxis und in den beiden Obergeschossen die Wohnung.

»Ich dachte, wir wohnen im ersten Stock, und deine Mutter und Malgorzata haben ein eigenes Reich im zweiten Stock. Da wäre dann auch Platz für Gäste.« Paul ist verzückt.

Eins muss man dem Haus lassen, groß ist es wirklich.

»Horst lässt alle Möbel da, wir müssen nur die Zahnbürste mitbringen, ist das nicht irre praktisch?«, sagt er, während wir durch die Räume gehen und ich das Haus inspiziere. Irre praktisch ist das. Vor allem für einen Mann, der Crocs als Schuhe schick findet.

»Ein bisschen mehr als meine Zahnbürste würde ich schon gerne mitnehmen!«, wende ich ein.

»Was immer du willst, Andrea. Ich bin so glücklich, dass du meinen Traum mit mir lebst. Ich weiß, es ist ein großer Schritt für dich! Und ich weiß das wirklich zu schätzen!«, antwortet Paul und küsst mich.

»Ich will mein eigenes Bett. Ich mag nicht in Horsts Bett schlafen.« Keine Ahnung, was der Waldschrat allein in seinem Bart so mit sich rumträgt.

Paul guckt überrascht.

Ich füge schnell hinzu: »Wer weiß, wer da schon alles dringelegen hat.«

»Ich glaube nicht, dass da viel los war in den letzten

Jahren. Seit Heike, also die Frau von Horst, weg ist, hat er, glaube ich jedenfalls, nichts Neues am Start gehabt. Aber wenn du ein eigenes Bett willst, geht das klar. Daran soll es nicht scheitern. Und wir können unser Haus möbliert vermieten. Jetzt, wo die Brexit-Engländer kommen, ist das sicher sehr begehrt.« Im Moment ist Paul zu allen Zugeständnissen bereit. Ganz im Sinne von Eine-Hand-wäscht-die-andere.

Unser neues Zuhause hat auf der ersten Etage ein großes Wohnzimmer mit Kamin, eine immens große Küche mit Eckbanksitzecke und noch zwei weitere Zimmer. Das Bad sieht aus wie aus den 70er Jahren, ist altrosa gekachelt, hat aber alles, was man so braucht. Und wirkt auf mich natürlich auch riesengroß. Kein Wunder im Vergleich zu unserem Reihenhaus.

»Unsere Wohnung hier hat etwa hundertdreißig Quadratmeter, immerhin fünf Quadratmeter mehr als unser jetziges Haus. Das sollte doch für uns zwei reichen! Vor allem, wenn man bedenkt, dass es noch eine zweite Etage gibt, die fast genauso groß ist«, grinst Paul und schwärmt weiter. »Schau mal, vom Schlafzimmer aus schaut man direkt in den Wald. Wenn das nicht der Gipfel der Romantik ist!«

Ob es romantisch ist, in einen tiefschwarzen Tannenwald zu schauen, vor allem nachts, darüber kann man mit Sicherheit trefflich streiten, aber wenn Paul an meiner Seite liegt, ist alles gut. Noch sind wir in einem Beziehungsstadium, in dem der Blick aus dem Schlafzimmerfenster nicht entscheidend ist. Generell ist mir die Aussicht aufs Kissen neben mir wichtiger.

Die Einrichtung unserer Etage ist auf keinen Fall Schöner-Wohnen-tauglich, aber auch weit davon entfernt, ein Fall für Tine Wittler und ihre Sendung »Einsatz in vier Wänden« zu sein. Es ist eine Wohnung ohne viel Deko, zweckmäßig und stellenweise sogar heimelig. Was weniger an den Möbeln als vielmehr am immensen Holzaufkommen liegt. Holzregale, Holztische, Holzböden und eine Küche auch komplett aus Holz. Man sehnt sich fast nach ein wenig Plastik.

Die zweite Etage ist nahezu identisch. Auch hier gibt es eine Küche, ein Badezimmer und drei weitere Zimmer. Also ausreichend Platz für Mama und Malgorzata.

»So können die beiden, wenn sie mögen, auch ein bisschen für sich sein. Können autark sein. Kochen, wann und was sie mögen. Einfach perfekt«, freut sich Paul.

»Etwas Elementares für Mamas aktuelles Leben und vor allem für ihr Wohlbefinden fehlt noch. Der Fernseher«, wage ich einen kleinen Einwand.

Paul lächelt gelassen: »Wir nehmen ihren mit. Das ist doch kein Problem. Horst ist halt kein Fernsehgucker. Er liest in seiner Freizeit oder streift durch den Wald. Sucht Pilze und verfolgt Tierspuren. Er war schon immer sehr naturverbunden.«

Genau danach sieht er auch aus, denke ich, naturverbunden und auch ziemlich naturbelassen, halte aber meine Klappe. Paul ist nämlich ein ähnlicher Typ. Nicht so zugewachsen und nicht ganz so kauzig, aber es geht in die gleiche Richtung. Paul ist einer der uneitelsten Männer, die ich kenne. Und genau das mag ich auch so an ihm. Er ist gepflegt, aber sein Kosmetiksortiment besteht aus Duschgel, Deodorant und Nivea-Creme. Würde man ihn fragen, was ein Epilierer oder ein Concealer ist, hätte er keinen Schimmer. Das finde ich sehr angenehm. Ich möchte keinen Mann, der morgens erst mal eine Feuchtigkeitsmaske aufträgt. Juan, der kleine Spanier von Sabine, ist ein süßes Kerlchen mit akkurat gezupften Brauen. Das ist mir schon ein Hauch zu viel. Ich mag Männer, die gut riechen, aber noch Achselhaar haben. Männer, die kernig wirken und sind.

Nach dem Hausrundgang sitzen wir bei Horst in der Küche, die bald unsere Küche sein wird. Mit Stolz führt er uns seine tolle Kaffeemaschine vor.

»Ohne Kaffee kann ich nicht. Ihr werdet begeistert sein. Das ist der Rolls-Royce unter den Kaffeemaschinen. Die würde ich am liebsten mit auf meine Reise nehmen.« Er streicht sanft über die Maschine, gerade so, als müsse er sein Baby in die Obhut von Fremden geben und Sorge haben, ob er es je wiedersieht.

»Wir werden sie wie ein Familienmitglied behandeln«, verspricht Paul schnell und zwinkert mir zu.

Horst nickt freudig. »Ach und da wären noch Heidrun, Hannelore und Hedwig. Die liegen mir auch sehr am Herzen. Vor allem Hannelore. Die lass ich wirklich nur ungern zurück. Aber die Reise wäre nichts für sie. Ich stelle sie euch gleich mal vor. Ich hoffe, ihr mögt die drei bald genauso sehr, wie ich sie mag.«

O mein Gott! Sollen wir seine Lieblingsdorffrauen bespaßen? Sind das einfach nur Freundinnen oder besondere Freundinnen mit speziellen Vorzügen? Hat er mit allen was? Oder nur mit Hannelore? Spielt er mit ihnen Doppelkopf, oder suchen sie gemeinsam Pilze? Ich beschließe, die Frauen erst mal kennenzulernen und mir ein Bild zu machen. Obwohl allein die Namen darauf hindeuten, dass wir wahrscheinlich nicht der gleiche Jahrgang sind. Hannelore, Hedwig und Heidrun, das klingt verdächtig nach der Generation meiner Mutter. Ist Horst der Macron von Plasdorf? Jedem Tierchen sein Pläsierchen, hat meine Mutter immer gesagt, und ich denke nur, warum nicht. Er ist ein Mann ohne Fernseher, und Pilze suchen kann man ja nur saisonal. Irgendwie muss sich der Dorfarzt ja beschäftigen.

»Gibt's da keine Eifersucht unter den dreien?«, rutscht mir doch eine Frage raus.

»Klar gibt's die«, kichert Horst, »sie buhlen um meine Gunst. Aber Hannelore war schon immer meine Favoritin. Ich versuche es vor den anderen zu verbergen, aber Hedwig ist ab und an richtig wütend. Heidrun reagiert eher mit Distanz.«

Da sag mal einer, auf dem Land gäbe es keine Aufregung. Kein Drama. Bin schon jetzt gespannt, was die Damen so über Horst erzählen.

»Klar, kümmern wir uns«, verspricht Paul, und ich sehe uns schon dreimal die Woche abends gemeinsam mit den drei Hs vor dem Kamin hocken. Auf Wiedersehen traute Zweisamkeit. Aber vielleicht eignen sich die drei ja als Freundinnen für meine Mutter.

Mamas Freundinnen haben sich mit fortschreitender Demenzerkrankung immer mehr zurückgezogen. »Sie ist jetzt so anders!«, lautet das Argument. Ich glaube, schon deshalb klammert sich Mama so sehr an ihre Malgorzata. Weil ihr ihre Freundinnen fehlen, sie das aber nicht artikulieren kann. Ich finde das für Mama sehr, sehr traurig. Als ich Annemarie, eine ihrer ältesten Freundinnen, darauf angesprochen habe, hat sie kleinlaut gesagt, dass sie sich fürchtet. Dass sie, wenn sie meine Mutter sieht, das Gefühl hat, auch so enden zu können. Dass sie Angst hat und nicht weiß, wie sie mit meiner »neuen« Mutter umgehen soll. »So wie immer!«, habe ich vorgeschlagen, aber Annemarie hat nur gesagt: »Sie ist nicht wie immer. Ich habe das Gefühl, sie ist eine fremde Frau. Eine Person ohne jegliches Feingefühl. Sie hat zu mir gesagt, ich sähe aus wie eine Dörrpflaume. So verhutzelt und abgemagert. Ohne Saft. Nett war das nicht von Erika! Und mal ehrlich, Andrea, sie weiß doch gar nicht zu schätzen, dass ich den Weg auf mich nehme. Das sind immerhin vier Stationen mit der U-Bahn. Ungefährlich ist das heutzutage auch nicht. Einmal musste ich sogar umsteigen, als irgendwas gesperrt war. Und Bridge kann sie auch nicht mehr. Und immer dieser Hausanzug. Das zieht mich alles runter. Und ich habe eh niedrigen Blutdruck.« Nach dieser Tirade habe ich aufgegeben. Ich, Ich und noch mal Ich. Schade.

Natürlich ist es nicht besonders charmant von Mama, ihre älteste Freundin als verhutzelte Dörrpflaume zu bezeichnen, aber treffend ist es durchaus. Und mit ein bisschen Herz und dem Wissen von Mamas Krankheit sollte man darüber lachen können. Ich habe Annemarie immer gemocht, aber das ist irgendwie richtig schäbig.

»Wollen wir mal schauen, ob Hannelore in der Stimmung für einen Besuch ist?«, unterbricht Horst meine Gedanken.

Meine Güte, ist diese Hannelore die Königin von Plasdorf? Die nervt mich ja schon, bevor ich sie überhaupt kennengelernt habe. Bevor ich eine schnippische Bemerkung machen kann, stimmt Paul zu. »Gerne, bin schon gespannt auf die drei Ladys!«

»Ach, eins noch, ehe wir losziehen«, dreht sich Paul zum Küchenschrank und kramt darin herum.

Will er uns jetzt noch seinen Staubsauger erklären? Oder zeigen, wo das Bügelbrett versteckt ist? Mitnichten. Paul hat ein Gewehr in der Hand. Mir wird ganz anders. Was soll denn das bedeuten? Ist es hier tatsächlich so gefährlich, wie ich es vermutet habe?

»Mach nicht so ein ängstliches Gesicht, Andrea«, sagt Horst und kneift mich freundschaftlich in die Wange. »Ich tu euch doch nix. Das ist für die Schweine. Oder den Fuchs. Ab und zu verirren die sich in den Garten, und da langt es zumeist, wenn du in die Luft schießt. Du kannst natürlich auch draufhalten, und dann ruft ihr den Wilhelm an, der ist der Förster hier, und der kann die Sau zerlegen, und dann macht ihr lecker Wildgulasch. Am besten mit Wacholder und Preiselbeeren. Pfifferlinge sind auch phantastisch dazu. Aber gebt bloß acht, dass ihr nicht meine Hannelore trefft, wenn sie durch den Garten streift.«

Ich weiß gar nicht, was ich verstörender finde. Dass ich mit dem Gewehr Getier abschießen oder erschrecken soll oder dass seine Hannelore einfach so durch den Garten streift. Ich kann mir nicht vorstellen, dass ich auf Tiere schießen kann. Und die Vorstellung, dass ich dabei Hannelore erwische, macht den Gedanken auch nicht besser.

»Ich kann das auf keinen Fall!«, beeile ich mich zu sagen.

Horst lacht. »Was kannst du nicht, Andrea? Schießen oder ein schönes Wildschweingulasch kochen?« Er kriegt sich vor Lachen gar nicht mehr ein.

»Schießen!«, antworte ich. »Schießen natürlich.« Ein Wildschweingulasch kann ja so kompliziert nicht sein. Fleisch ist Fleisch, und Gulasch ist Gulasch.

»Also, so schwer ist das nicht, Andrea. Ich zeig's dir mal!« Er fasst mich am Arm und zieht mich Richtung Balkon.

Paul guckt unschlüssig. Er als fast Vollzeit-Vegetarier hat sicherlich noch nie auf ein Tier geschossen. Und Wildgulasch steht eher auch nicht auf seinem Speiseplan. Paul räuspert sich und sagt dann: »Horst, ich glaube, Tiere abknallen ist nichts für uns. Und erlaubt ist das mit Sicherheit auch nicht. Wir haben ja gar keinen Waffenschein. Und vor allem auch keine Ahnung, wie das geht mit dem Schießen. Ich war ja nicht mal beim Bund.«

Horst bleibt erstaunt stehen: »Sei doch nicht so ein Schisser, Paul. Hier fragt keiner nach einem Waffenschein. Ich lauf ja nicht mit dem Gewehr durchs Dorf. Und dass man Wildschweine nicht im Garten will, versteht hier jeder. Paul, auf gutes Zureden reagieren die nicht. Wildschweine brauchen 'ne klare Ansage. Da kannst du nichts ausdiskutieren. Du schießt, und das Schwein macht sich vom Acker, sprich vom Gras. Du kannst komplizierte Fußoperationen, da wirst du doch in die Luft ballern können. Laden, zielen, schießen. Wir gehen mal üben. Nicht dass die Säue mir den kompletten Garten umgraben, während ich weg bin.«

Paul sieht nicht sehr überzeugt aus.

»Zeig's mir!«, sage ich da und bin selbst erstaunt über mich. Aber mal ehrlich, es kann ja wirklich nicht so schwer sein. Und was nützt ein Gewehr im Schrank, wenn man es nicht bedienen kann. Außerdem ist dieser Wald da draußen tatsächlich furchteinflößend, und vielleicht beruhigt es mich zu wissen, dass ich im Fall der Fälle schießen könnte.

»Andrea, du willst schießen?«, fragt Paul, und er hört sich seltsam verstört an.

»Ich weiß nicht … Eigentlich nicht. Können wir nicht diesen Wilhelm anrufen, wenn was ist?«

»Klar, könnt ihr das. Weiß aber nicht, ob der begeistert ist, wenn ihr ihn wegen jeder Sau hierherzitiert. Aber theoretisch geht das natürlich. Entspannt euch, ihr müsst hier nicht Cowboy spielen. Hier ist alles zivilisiert, auch wenn es euch gerade nicht so vorkommt.«

Ich bin erleichtert. »Gut, dann gibst du uns die Nummer von Wilhelm, und wir lassen das mit dem Schießen. Ist nicht nur für die Wildschweine besser. Ich will ja nicht versehentlich deine Hannelore treffen. Obwohl, mal ehrlich, dass die so durch den Garten streift, ist dir das nicht ein bisschen too much?«, wechsele ich das Thema.

»Das stört mich nicht, und sie genießt es. Manchmal schaue ich von hier oben zu, wie sie umherstolziert. Sie hat echt Haltung. Und Anmut.«

Seltsame Sitten auf dem Land. Ist das nicht ein wenig bizarr? Stolziert man sich hier ins Herz oder ins Bett? »Und was meinen Hedwig und die andere, diese Heidrun, dazu? Machen die das auch?«, hinterfrage ich dieses merkwürdige Gebaren.

»Eher selten, die sind häuslicher. Hannelore ist die Wildeste. Und genau das mag ich so sehr an ihr.«

Sofort habe ich Bilder im Kopf, die da nicht hingehören, vom Waldschrat Horst, seiner wilden Hannelore und den geduldig wartenden Zweitfrauen, und bin mehr als bestätigt in meinem Wunsch, mein eigenes Bett hier haben zu wollen. Von wegen beschauliches Landleben. Hier geht es ja ganz schön ab. »Was für ein Typ ist Hannelore?«, wage ich einen weiteren Vorstoß.

»Wild, unberechenbar, aber irgendwie auch süß. Eine Wahnsinnsmischung. Wilhelm findet sie auch außergewöhnlich. Und Petra, meine Sprechstundenhilfe, fürchtet sich ein bisschen vor ihr. Vielleicht ist sie auch eifersüchtig, wer weiß das schon bei den Frauen immer so genau. Na ja, ihr werdet euch ja gleich einen eigenen Eindruck machen können. Es wäre echt schön, wenn ihr euch vertragt. Ihr solltet sie nicht anfassen. Das mag sie nicht. Da ist sie bei Petra ein bisschen unwirsch geworden. Die hat es aber auch ungeschickt angestellt. Kommt!«

Ich bin wirklich gespannt. Heißt nicht anfassen auch nicht die Hand geben? Ich möchte die wilde Hannelore ja nicht direkt vergrätzen. Ich werde auf jeden Fall zunächst mal Abstand halten. Aber vielleicht trägt Horst auch ein bisschen dick auf. Man weiß ja nie. Paul scheint seltsam ungerührt.

Wir trotten hinter Horst her, der das Gewehr wieder im Schrank verstaut hat. Zum Glück. Der Garten ist wirklich unglaublich groß.

»Wie viel Quadratmeter sind das?«, frage ich und habe schon beim Anblick Horrorvisionen von all der Arbeit. Wenn man diesen Rasen fertig gemäht hat, dann wird da, wo man angefangen hat, wahrscheinlich alles schon wieder nachgewachsen sein.

»Knapp zweieinhalbtausend Quadratmeter, aber hinten sind Büsche. Rasenfläche sind knapp tausendfünfhundert Quadratmeter. Ich habe einen Aufsitzmäher«, antwortet Horst.

Beim Wort Aufsitzmäher funkeln Pauls Augen. Wie berechenbar Männer doch sein können. »Echt, Horst, das allein wäre ja ein Grund, hierherzuziehen.« Er macht ein Gesicht wie ein kleiner Junge beim Anblick seines ersten Baggers.

Ich hätte nicht gedacht, dass Paul ein Mann ist, den Aufsitzmäher interessieren. Ein bisschen Klischee ist eben immer. Aber egal, diese Begeisterung garantiert, dass er den Rasen mäht. Diese neue Liebe wird mir sehr viel Arbeit ersparen. So hat alles sein Gutes.

»Ich glaube, sie ist daheim, meine Hannelore, oder seht ihr irgendwo was?«

Weit und breit ist nichts zu sehen. »Wo wohnt sie denn, deine Hannelore? Brauchen wir das Auto, um hinzukommen, oder können wir laufen?«, frage ich Horst. Er schaut mich an, und ich sehe eine gewisse Verwunderung in seinem Gesicht.

»Natürlich können wir laufen. Der Stall ist dahinten,

gleich um die Ecke. Zwischen Rasen und Büschen. Da ist eine extra Sandfläche für meine Hühnchen.«

Der Groschen fällt. Besser spät als nie. Was bin ich für eine Idiotin! Hannelore ist ein Huhn. Er hat von seinen Hühnern gesprochen.

»Sind Hannelore, Hedwig und Heidrun allesamt Hühner?«, frage ich vorsichtig nach.

»Was denn sonst?«, kommt die direkte Gegenfrage. Und dann fängt er an zu lachen. Aus vollem Hals. Wenn ein Mann wie Horst lacht, bebt die Erde. Er krümmt sich vor Lachen. »Deine Andrea hat gedacht, das wären meine Miezen. Also meine Frauen. Die hat gedacht, Hannelore wäre meine Lieblingsfrau. Nein, sie ist mein Tophuhn! Tophuhn, damit es nicht wieder zu Missverständnissen kommt. Tophuhn nicht Topfhuhn.« Er kriegt sich überhaupt nicht mehr ein.

Als wir den Stall erreicht haben, lachen wir alle.

»Hast du gedacht, dass Horst mit dem halben Dorf was am Laufen hat?«, kichert Paul. »Das wird meine neue Lieblingsgeschichte. Der Dorfarzt und seine Hühner. Ein Knaller.«

Horst kann sich kaum beruhigen.

»Hätte doch sein können. Ich meine, du bist ganz attraktiv, und wer weiß, ich meine, ich weiß nicht, wie viel gute Männer es hier gibt«, versuche ich, meinen Gedankengang, der mir jetzt auch ziemlich abstrus vorkommt, zu rechtfertigen.

»Der Satz fing sehr gut an, mit dem Teil, dass ich attraktiv bin und so, den Rest hättest du weglassen können. Aber trotzdem danke fürs Kompliment, Andrea. Und da wären wir. Hier sind sie, meine Lieblinge. Hedwig, Heidrun und die schöne Hannelore.« Horst öffnet die Stalltür.

Ich komme mir vor wie bei der Musterung. Ich schaue auf Hannelore, das Objekt von Horsts seltsamer Begierde und Zuneigung, und Hannelore schaut auf mich. Ich kenne keine Hühner. Hatte noch nie zu einem Kontakt, aber trotzdem ist mir eines sofort klar: Hannelore hasst mich. Ich sehe es. So viel weibliche Intuition habe ich. Sie kann mich nicht ausstehen. Und ganz ehrlich, ich glaube, sie ist mir auch nicht sympathisch. Natürlich kann man das ausgesprochen kindisch nennen. Oder es als eine Form von Verfolgungswahn bezeichnen. Aber es ist einfach ein Gefühl.

»Haben Hühner Gefühle?«, frage ich vorsichtig bei Horst nach, um mich nicht gleich wieder als komplette Idiotin zu präsentieren.

»Selbstverständlich. Sie haben zwar nur ein Gehirn von der Größe einer Walnuss, aber sie können denken. Und natürlich fühlen. Das wirst du merken.«

Ich merke es. Noch immer fixiert mich Hannelore mit ihrem Blick. Ihre winzig kleinen Augen ruhen auf mir. Hedwig und Heidrun haben sich in eine Ecke des Stalls verzogen und wirken ängstlich. Nicht so Hannelore. Wären wir im Wilden Westen, hätte ich den Colt steckenlassen, die Hände gehoben und mich ergeben. Hannelore für mich zu gewinnen wird ein zäher Kampf werden. Ich schaue sie streng an, um ihr zu signalisieren, dass ich durchaus auch ein harter Brocken sein kann. Sie wirkt vollkommen unbeeindruckt.

Horst unterbricht meine Gedanken: »Ich mache euch einen Pflegezettel, also schreibe euch eine Anleitung, wie man das mit den Hühnern so macht. Ist alles ganz einfach. Ihr Hauptinteresse ist das Futter. Sie sind die Labradore unter den Vögeln. Ich zeige es euch mal!« Er kramt ein paar Körner aus seiner Hosentasche und hockt sich hin. Als er die Hand öffnet, ist die Stallkönigin schon da. »Hallo, meine Liebe«, säuselt Horst mit ganz veränderter Stimme, und während Hannelore die ersten Körner pickt, streicht ihr Horst leicht und sanft mit seinen großen Pranken über den Kopf.

Es hat etwas Ulkiges, wie dieser Riesenmann mit diesem Hühnchen turtelt.

»Komm her, Andrea, ich stell dich mal vor«, fordert mich Horst auf.

Kaum habe ich mutig einen Schritt in seine Richtung gemacht, sträubt Hannelore ihr Halsgefieder und spreizt ihren Schwanz.

»Oh, là, là, bleib besser stehen, sie droht dir!«, hält Horst mich auf.

Ein Huhn droht mir! Ich bleibe stehen. Sicher ist sicher. Der Schnabel ist zwar klein, sieht aber relativ spitz aus.

»Sie muss sich an dich gewöhnen. Sie mag Männer irgendwie lieber«, versucht sich Horst an einer Erklärung.

Dann halt nicht, du doofes Huhn, denke ich und trete den Rückzug an.

Horst sucht nach Entschuldigungen für sein verzogenes Huhn mit Starallüren. »Keine Sorge, sie macht sich gerne wichtig. Die kriegt sich schon wieder ein. Sie ahnt sicher, dass ich weggehe. Vielleicht ist sie auch eifersüchtig. So oder so, sie ist nun mal sensibel. Heike hatte auch Probleme mit Hannelörchen. Und Petra auch. Du darfst das nicht persönlich nehmen. Sie ist kein Frauenhuhn.«

Ich beteure, dass ich mir alle Mühe geben werde, und weiß schon jetzt, dass Hannelore mir niemals sympathisch werden wird. Ich mag keine Frauen, die andere Frauen dissen und bei Männern rumschleimen. Da kann ich auch bei Hühnern leider keine Ausnahme machen.

Wir setzen unsere Gartenrunde fort, und Horst zeigt uns alles, was der Riesengarten zu bieten hat.

Paul ist verzückt. »Das ist richtiges Landleben. Hühner, Kräuter im Garten und ein Gemüsebeet. Das habe ich mir immer gewünscht. Das ist ein echter Traum.« Er zieht mich in seine Arme und küsst mich. »Na, kleine Landlady, wie findest du das?«

Ich schaue aufs Gemüsebeet und muss schlucken. Ja es ist irgendwie schön, aber es begeistert mich nicht. Es ist wie ein Kleid, das an einer anderen toll aussieht, das man selbst aber niemals tragen würde. Es passt nicht zu mir. Das bin ich nicht, ich sehe mich hier nicht. Ich kann das nicht, denke ich und sage: »Es hat was.« Immerhin nicht komplett gelogen. Aber ich schaffe es nicht, die ganze Wahrheit zu sagen. Dass mich das alles ängstigt, weil ich ahne, dass ich mich nicht wohl fühlen werde. Dass ich nicht mal mit Sicherheit sagen kann, welches Gemüse hier wächst. Je begeisterter Paul ist, umso verhaltener werde ich, vielleicht weil ich spüre, dass er von mir die gleiche Ekstase erwartet. Wie gerne wäre ich so enthusiastisch wie er.

Wirklich gut gefällt mir die Praxis. Der Teil des Hauses, in dem ich mich nicht aufhalten werde. Große helle Räume.

»Alles da, was man braucht!«, freut sich Paul. Er ist richtiggehend schockverliebt in das gesamte Anwesen und das Ambiente hier.

»Na, dann«, freut sich Horst. »In einem Monat ist das alles euch. Für ein ganzes Jahr. Oder für länger. Wir schauen mal.«

Oder für länger! Hilfe! Mir wird ganz flau im Magen.

Auf der Heimfahrt bin ich relativ schweigsam, und Paul redet auf mich ein. »Jetzt sag doch mal, wie es dir gefällt?«

Ich schlucke und antworte: »Hannelore hasst mich.«

»Quatsch!«, ist alles, was Paul dazu sagt.

Abends treffe ich Sabine, um all meine Bedenken durchzusprechen.

»Du lässt dich von einem Huhn ins Bockshorn jagen! Ich bitte dich, Andrea, das ist doch lächerlich.«

Ich erkläre ihr, dass das Huhn, also Hannelore, irgendwie stellvertretend für alles steht. »Alles ist riesengroß, das Haus, der Garten und der Schnabel von diesem dummen, eingebildeten Huhn. Und der Wald ist dunkel, und ich habe keine Ahnung von Gemüsebeeten, und überhaupt, ich glaube, das überfordert mich. Sabine, ich kann das nicht. Ich werde das nicht schaffen. Ich bin keine Landfrau«, jammere ich meiner besten Freundin etwas vor.

Ihr Mitleid hält sich in Grenzen. »Ganz ehrlich, Andrea, so kenne ich dich überhaupt nicht. Das ist eine Herausforderung. Aber keine unlösbare Aufgabe. Und ein Huhn ist nur ein Huhn. Das soll Eier legen und nicht deine beste Freundin werden. Du lässt dich doch nicht ernsthaft von einem Hühnchen ängstigen. So kannst du nicht an all das herangehen. Du bist doch tatkräftig und entschlossen. Du bist eine Macherin. Reiß dich mal am Riemen. Denk positiv. Was glaubst du, wie schwierig das mit Juan ab und an ist? Ich lebe mit einem Studenten zusammen. Ich bitte dich! Da wäre mir ein Huhn manchmal lieber.« Sie grinst, und ich zucke zusammen.

Von niemandem, außer von Sabine, würde ich mir so etwas sagen lassen. Na ja, vielleicht noch von Rudi, meinem Ex-Schwiegervater. Und Sabines kleine Predigt wirkt. Jetzt, mit Abstand, hat alles schon sehr viel mehr Gutes.

»Du bekommst meine erste Zucchini«, verspreche ich meiner liebsten Freundin, und nach zwei weiteren Gläsern Weißwein freue ich mich fast auf meine neue »Herausforderung«. Aus der Entfernung verliert Palsdorf viel von seinem Schrecken. Das ist beruhigend. Und mal ehrlich: Hannelore kann mich mal! Soll sie mich halt hassen.

Darauf noch einen Schluck Weißwein.

3

Der Countdown läuft. Ich packe meine persönlichen Sachen zusammen. Noch drei Wochen, und dann geht's tatsächlich los. Um mich herum herrscht noch immer Verwunderung, dass ich *das* tatsächlich tue. Meine Kinder haben sich allerdings schon wieder beruhigt. Sie sind einfach zu sehr mit ihrem eigenen Leben beschäftigt.

Bei Claudia läuft alles in sehr geordneten Bahnen. Fast schon zu geordnet. Sie studiert, ist fleißig und lebt weiterhin mit ihrem Freund Emil, dem Sohn meiner Nachbarin Tamara, in Darmstadt. Fast wie ein altes Ehepaar. Ein- bis zweimal die Woche kommen befreundete Pärchen zum Abendessen mit anschließendem Brettspiel, und am Wochenende besuchen sie mal eine Ausstellung oder gehen spazieren. Klingt langweilig und ist es sicher auch. Aber es ist eben das, was sie wollen. Wie man so jung so dermaßen verspießern kann, ist mir ein Rätsel. Ich würde mir für meine Tochter mehr Aufregung wünschen. Mehr Party und weniger Disziplin. Mehr Ausgehen und weniger Abende vor dem Fernseher mit selbstgemachten Süßkartoffel- oder Grünkohlchips. Dabei sollte ich wahrscheinlich froh sein. Ich weiß das, und trotzdem würde ich ihr am liebsten zurufen: »Genieß deine Jugend! Lass es krachen! Schau dich um. Da draußen gibt es noch so viel mehr.«

Für meinen Sohn gilt dummerweise das Gleiche, wenn auch ganz anders. Nach einer kurzen aktiven Phase mit

Studienbeginn, WG-Leben und sozialem Engagement ist er inzwischen nämlich wieder beim Dauer-Sofaliegen gelandet. Mit dem schnellen Ende seiner großen Verliebtheit kam auch das abrupte Ende aller Aktivitäten. Zunächst hat er wie ein waidwundes Tier rumgelegen und sich bemitleidet. Durchaus verständlich natürlich. Liebeskummer kann furchtbar sein. Ich weiß das. In der Zeit hat seine Exfreundin, die toughe Kira, den Multikulti-Supper-Club übernommen und Mark nach einer Weile rausgekickt. Inzwischen finden die Abendessen im Gemeindezentrum statt, und meine Mutter, Malgorzata und mein Sohn sind raus. Er hat das widerstandslos akzeptiert. Schön blöd. Immerhin war es seine Idee.

»War eh zu viel Arbeit«, ist sein Kommentar, als ich ihn ermunterte, sich das nicht gefallen zu lassen. Angeblich geht er zur Uni, aber wirklich sicher bin ich mir nicht. Ich kann ihn ja schlecht morgens abholen und hinbringen.

»Politik ist nichts für mich, ich studiere jetzt nur noch Pädagogik.« Mehr Informationen gesteht er mir nicht zu.

Auch mein Einwand, »Wir finanzieren dich, Papa und ich, deshalb gehört es sich, uns auf dem Laufenden zu halten«, hat ihn nicht gerührt.

»Es läuft!«, war alles, was er mir mitgeteilt hat.

Was das genau bedeutet, weiß ich nicht. Ich habe meinen Ex, Christoph, darauf angesprochen und angesetzt: »Kümmere du dich mal! Es ist schließlich auch dein Sohn.«

Er hat es versprochen, und obwohl ich ihn kenne, habe ich entscheiden, mich ausnahmsweise mal darauf zu verlassen. Schließlich liegt ihm ja auch etwas daran, dass es bei seinem Sohn gut läuft. Ich hoffe, Mark wird sich berappeln, und wenn nicht, muss ich neu überlegen. Aber nicht jetzt. Soll er halt erst mal rumliegen. Ich habe meine eigenen Probleme. Ich muss aufs Land.

Einen Mieter für unser Haus zu finden war leicht. Eigentlich ein glücklicher Zufall. Pauls Nachfolger in der Klinik kommt aus München, und seine Frau und die Kinder wollen zunächst dort bleiben. Trotzdem möchte er ein Haus, in dem sie alle Platz haben. »Sie werden hin und wieder hier sein, auch wenn wir unser Haus in München behalten. Schon, weil es für Münchner Verhältnisse echt günstig ist. Und außerdem weiß Lena, meine Frau, nicht, ob die Gegend hier was für sie ist. Und die Kinder sind dort in guten Schulen. Also werden wir pendeln, und da ist es von Vorteil, dass hier alles möbliert ist und wir uns den großen Umzug sparen können.«

Wie gesagt, manchmal hat man Glück. Wenn nur alles so einfach wäre!

4

Zwei Wochen vor unserem Umzug besucht mich Rudi. Er ist richtig traurig, dass wir umziehen. »Du bist doch mein Goldstückscher, mein Herzebobbel. Wie soll isch denn ohne euch zurechtkomme? Ihr werdet mir so doll fehle.«

Ich muss schlucken, und mir steigen die Tränen in die Augen. Es geht mir ja nicht anders. Ich liebe meinen Ex-Schwiegervater. Einfach weil er so ein irrsinnig guter Mensch ist. So uneigennützig und einfach nur nett und liebevoll. Menschen wie ihn gibt es nur noch sehr selten. Rudi hat sich schon immer mehr um andere als um sich selbst gekümmert. Er ist keiner dieser Menschen, die nur um sich selbst und ihre Befindlichkeiten kreisen. Egal, worum man ihn bittet, Rudi hilft und steht bereit. Er ist im besten Sinne selbstlos. Ich wische mir schnell über die Augen: »Rudi, ich bitte dich. Du kannst doch kommen und uns besuchen. Jederzeit. Bitte mache es mir nicht noch schwerer. Ich werde dich doch auch sehr vermissen.«

»Mein Karlchen is tot, und jetzt verschwindest du aach noch aus meim Radar. Un die Kinner sin aach fort. Des is doch werklisch forschtbar. Abä du hast recht, Andrea, es bringt ja nix zu jammern. Un wer bin isch, dass isch dein Traum kaputt mach. Aach wenn's eischentlich net deiner, sondern der vom Paul is. Isch mein, isch bin en alter Mann. Du hast anneres zu tun, als dadruff Rücksicht zu nehme. Du musst deim Herze folge. Un egal wie isch zum Herr Doktor steh, der hat dich lieb, da bin isch mir sischer. Des is doch was. Immerhin. Komm her, Herzscher, lass dich emal drücke. Mer kriege des schon hin. Des wär ja gelacht, gell.« Er schlingt die Arme um mich.

Und ich weine. Es tut gut, einfach mal zu weinen. Ich weine alles raus. All meine Unsicherheit, all meine Befürchtungen, all meine Angst. Ich erzähle ihm von Hannelore und dem dunklen Wald, und Rudi nimmt mich ernst. Er reagiert ganz anders als Sabine.

»Des Huhn wird schon merken, was für eine super Frau du bist. Un wenn net, du sitzt am längere Hebel. Wer füttert, bestimmt. Du hast die Macht übers Fresse, da wird sich des doofe Huhn schon dran gewöhne. Sonst komm ich und mach dem Huhn emal klar, wer das Sage hat! Dem mach ich Beine, dem Huhn. Da geh isch emal mit dem Suppentopp durch den Stall, und dann wolln mer mal sehn, ob des doofe Huhn net spurt.«

Ich muss lachen. Allein der Gedanke, wie Rudi mit dem Suppentopf der blasierten Hannelore droht.

»Zur Not hältst du dich fern vom Stall und lässt dem Doktor des liebe Vieh. Er wollt doch uffs Land. Soll er halt auch die Landbevölkerung versorge.«

Eine halbe Stunde Rudi, und die Welt sieht gleich viel freundlicher aus. Er sollte auf Rezept erhältlich sein. Als hessischer Stimmungsaufheller. Grüne-Soße-Antidepressivum.

»Wie geht es dir ansonsten? Wie läuft es mit Irene?«, lenke ich das Gespräch weg von Hannelore und dem Dunkelland.

»Ach, Herzscher, des is grad irschendwie vertrackt. Sie hat sich dermaße in des Heiratsthema reingesteigert, und je mehr se druff pocht, umso mehr will ich net. Es is wirklisch rischtig blöd. Isch weiß auch net, warum isch misch so sträube tu. Aber isch war halt schon verheiratet. Mit der Inge. Isch weiß net, warum die Irene des net begreift. Isch hab se gern. Wirklisch. Aber se kann der Inge net den Platz streitig mache, und isch hab des Gefühl, des is es, was se will. Gleichziehe. Isch soll mit der Vergangenheit abschließe und im Hier und Jetzt lebe. Tu isch ja. Aber die Inge is nun mal meine große Liebe gewese. Des weißt de ja. Und die Irene gibt da keine Ruh. Des nervt misch. Un es macht misch bockig. Irschendwie. Isch hab ihr schon oft gesagt, se soll uffhörn, aber se ist rischtig besesse vom Thema. Un je mehr se will, umso mehr will isch net. Isch bin mir net sischer, ob isch se werklisch liebe tu.« Er schnaubt.

Ich streichle ihm über den Kopf: »Ach Rudi, sie ist halt irgendwie eifersüchtig auf diese große Liebe, die du mit Inge hattest, und gegen eine Tote kann man eben auch nicht kämpfen und schon gar nicht gewinnen. Einfach ist das für Irene auch nicht.«

Er nickt verständig und sagt: »Isch weiß. Aber es nervt misch, obwohl isch es weiß. Kann die net einfach mal de Ball flach halte und Ruh gebe? Ach ehrlisch, Andrea, des strengt misch an. Un en neue Hund will se auch net. Der tät uns ans Haus fessele. Isch mein mal, unner uns, mer sin doch keine fünfundzwanzig mehr. Mer sitze doch eh fast nur daheim. Isch vermiss des Karlsche. Isch vermiss es, en Hund zu habe. Ich geh kaum mehr raus. Der Hund hat misch gezwunge. Des hat mir gutgetan. Da bin isch an die Luft gekomme. Vor die Tür. Aber Irene findet, mir sin so freier. Un flexibler. Isch hab ihr gesagt, es wär ja mein Hund und net ihrn Hund und sie wär genauso frei wie immer, aber sie will kein Hund im Haus. Auch wege der Haarn. Des find isch irschendwie kleinkariert. Engherzisch. Des hätt die Inge nie gemacht so was. Da is halt de Unnerschied, gell.« Wieder schnaubt Rudi.

»Vielleicht überlegt sie es sich noch. Lass ihr ein bisschen Zeit. Alles wird sich finden«, versuche ich mit dieser banalen Binsenweisheit zu trösten.

»Ach grad habe mir es beide net leicht, Andrea, gell? Aber es wird schon werden«, beschließt Rudi. »Du hast en Huhn, das du net willst, und ich will en Hund, den isch net krieg. Es is en Dilemma. Isch komm, wenn ihr umgezoge seid, gleich vorbei und helf dir beim Auspacke und Ankomme in der neue Umgebung. Du kannst uff misch zähle. Immer. Des weißt du, gell, Herzscher?«

Das weiß ich, und es hat etwas ungemein Tröstliches.

5

Noch eine knappe Woche bis zum Umzug. Mein Hektiklevel steigt kontinuierlich. Tamara und Anita, meine Nachbarin und meine Ex-Nachbarin, beide mehr als nur Nachbarinnen, eher schon Freundinnen, helfen mir beim Packen. Anita lebt inzwischen in Frankfurt. In einer Luxus-WG gemeinsam mit der Frau, mit der sie ihr Ehemann betrogen hat. Eine seltsame Konstellation, die aber sehr gut funktioniert. Die beiden, Rena und Anita, eint ihr Hass auf Friedhelm und ihr Drang zum Amüsement.

Anita findet meine Entscheidung verrückt, aber, »irgendwie auch lustig«. »Immerhin wagst du dich mal hier aus diesem Vorstadtmief heraus. Über die Richtung kann man natürlich streiten«, erklärt sie mir. »Aber du traust dich was, das gefällt mir. Nur wer mal was verändert, kann auch was erleben.« Seit ihrer Scheidung von Doppel-F, wie sie ihren Ex inzwischen nennt – Fremdgeh-Friedhelm –, hat sie ein ganz anderes Leben begonnen und erlebt so einiges. »Ich hole nach, was ich früher verpasst habe!«, lautet ihr Motto. Anita kennt inzwischen alle Clubs in Frankfurt.

Zu meiner Zeit hießen Clubs noch Diskotheken, und seitdem war ich auch so gut wie nie mehr tanzen. Eigentlich ziemlich schade.

Tamara geht es genauso. Sie findet das allerdings, im Gegensatz zu mir, nicht schade, sondern nur normal. Und dass Anita mit Rena nachts um die Häuser zieht, hält sie für lächerlich. »Mal ehrlich, das ist doch peinlich. Und auch nicht wirklich altersadäquat. Wenn so zwei mittelalte Weiber da nachts in Clubs rumlungern, für die sich selbst Emil und Claudia zu alt fühlen, was sollen denn die Leute da denken? Und was bringt das? Glauben die ernsthaft, da den Mann des Lebens zu treffen? Da sind doch nur irgendwelche Jüngelchen unterwegs!«

»Vielleicht wollen die ja gar keinen Mann fürs Leben, sondern nur für die ein oder andere Nacht? Oder vielleicht haben sie auch einfach nur einen Heidenspaß. Oder sogar beides. What ever. Ist doch wurscht. Es muss ihnen, nicht dir gefallen, Tamara. Und mal ehrlich und nur unter uns, ich wäre froh, wenn sich unsere Kinder, Claudia und Emil, ab und an auch mal 'ne Nacht um die Ohren schlagen würden.«

Tamara ist entsetzt. »Claudia und Emil machen es genau richtig. Sie sind zielstrebig und nicht vergnügungssüchtig. Nach dem Studium ist ja auch noch Zeit. Und es entgeht ihnen ja nichts. Ganz im Gegenteil.«

Keine Ahnung, wie sie sich da so sicher sein kann.

»Wir können verdammt froh sein, so vernünftige Kinder zu haben. Na ja, bei dir gilt das ja nur zum Teil«, gibt sie mir noch einen kleinen Seitenhieb mit.

Ich verstehe sofort. Mein Sohn Mark ist für Tamara schon immer ein Problemfall.

»Ich könnte diese Rumliegerei einfach nicht aushalten!«, hat sie mir wieder und wieder gesagt.

»Musst du ja auch nicht!«, habe ich irgendwann entnervt entgegnet, und danach war Ruhe. Am liebsten hätte ich gesagt, dass es sie eh nichts angeht, weil es mein und nicht ihr Sohn ist, aber das habe ich mir aus Höflichkeit verkniffen.

Trotzdem ist es nett mit Anita und Tamara. Anita erzählt uns Vorstadtfrauen herrliche Geschichten aus dem Frankfurter Nachtleben. Sie ist unglaublich offen und entspannt. Tamara sieht immer mal wieder so aus, als bekäme sie gleich Schnappatmung. Insbesondere setzt ihr Anitas Verführungsgeschichte eines Einundzwanzigjährigen zu. »Der ist jünger als mein Sohn!«, empört sie sich.

»Bleib locker, Tamara, ich will ihn ja nicht heiraten. Er mich mit Sicherheit auch nicht. Und er ist ja nicht dein Sohn. Der wär auch nichts für mich. Nicht mein Typ. Und ich habe mich sehr früh morgens aus dem Bett geschlichen und mich davongemacht. Morgenlicht macht alt und ist so verdammt hell. Da nützt auch all das Botox nix. Die Haut hat einfach eine fatale Hängetendenz. Und die Nacht verbirgt viel. Und der Alkohol ist auch ein guter Weichzeichner. Deshalb bleibe ich nie die ganze Nacht. Und diese jungen Kerle kann ja nichts wecken. Die schlafen ja so was von tief. Da kann man sich ganz entspannt davonschleichen. Ich nehme auch nie einen mit zu mir. Nicht, dass die sich zu wohl fühlen und ich sie nicht mehr loswerde. Aber dieser Einundzwanzigjährige war schon extrem niedlich. Und was der für einen herrlichen Penis hatte. Und auch die Hoden. Alte Hoden sehen wirklich gruselig aus, oder? Und wie oft die können, so junge Typen. Wahnsinn. Ich hatte fast vergessen, dass so was geht. Bei Friedhelm war es ja schon eher mühsam. Bis sich da was geregt hat. Und vor allem für wie lange. Na ja, wem sag ich das. Ihr wisst ja Bescheid über das

Elend. Ach, und ich liebe diese frischen Körper. So straff. Und diese Vitalität und dieser Tatendrang, gepaart mit einer gewissen Unwissenheit. Das ist megasexy.«

Tamara hält sich demonstrativ die Ohren zu: »Anita, bitte keine Details!«

»Doch, Anita, bitte jede Menge Details«, kontere ich. Ich liebe Anitas Geschichten.

»Letztlich sind es traurige Geschichten«, hat mir Tamara mal in einem Gespräch gesagt. »Es hat nichts mit Liebe zu tun. Es hat etwas Wahlloses. Es geht nur um Sex. Körper ohne Herz.«

Da ist natürlich durchaus was dran. Frauen wünschen sich fast immer auch eine Ladung Gefühl. Aber warum eigentlich? Weil Sex ohne Liebe unmoralisch ist? Gelten diese Regeln auch für Männer? Ich widerspreche Tamara: »Solange beide ungebunden sind, hat sich für mich die Moralfrage erledigt. Es sind erwachsene Menschen. Wenn es ihnen Spaß macht, wo ist das Problem?«

Tamara ist nicht überzeugt. »Es hat etwas Schäbiges. Es reduziert die Liebe nur auf den körperlichen Aspekt. Dabei geht es um sehr viel mehr.«

Ja, Liebe ist mehr als nur Sex, das dürfte wohl den meisten bekannt sein. Aber muss man, um Sex zu haben, immer auch gleich lieben? Gibt es Liebe und Sex nur im Paket? Muss man auf Sex verzichten, wenn man nicht verliebt ist?

»Man sollte!«, meint Tamara. Etwas abgeschwächt und einen Hauch freundlicher, erläutert sie ihre Vorbehalte auch Anita.

Die hält Tamaras Bedenken für ziemlich veraltet und

traditionell. »Vor allem geht es dich auch einfach nichts an. Und mir ist es inzwischen egal, ob mich irgendeine moralinsaure Vorstadt-Thermomix-Mutti für eine Schlampe hält.«

Vorstadt-Thermomix-Mutti. Ich sehe förmlich, wie der Ausdruck sich in Tamaras Hirn breitmacht.

»Du musst nicht fies werden, nur weil du dich angegriffen fühlst. Außerdem, was ist an einer Vorstadtmutti schlecht? Ja, ich bin eine Mutter. Ja, ich wohne in der Vorstadt. Und ja, ich habe einen Thermomix. Nichts davon ist strafbar oder verwerflich. Und mal ehrlich, um nichts werde ich so beneidet wie um meinen Thermomix. Außerdem dachte ich, mit dem Thema seien wir durch.« Sie ist beleidigt, versucht aber die Fassung zu wahren.

Vorstadt-Thermomix-Mutti. Wie werde ich wohl bald genannt werden? Irgendwas mit Vorstadt wäre ja in meinem Fall schon schmeichelhaft. Landmutti, die noch nicht mal einen Thermomix hat? Am-Ende-der Welt-Hühnchen-Mutti? Gummistiefel-Andrea? Landei?

»Lasst uns aufhören zu streiten. Jede, wie sie mag. Lasst uns doch ein bisschen toleranter sein. Ob mit oder ohne Thermomix. Ist doch völlig egal.« Ich hole eine Flasche Schampus aus dem Kühlschrank, und die Gemüter beruhigen sich.

»Vielleicht bin ich insgeheim auch neidisch«, gesteht Tamara plötzlich. »Bei uns hat das mit dem Sex irrsinnig nachgelassen. Und, mal ehrlich, das war jahrelang unsere Kernkompetenz!«

Anita runzelt die Stirn, besser gesagt, sie versucht es. Wirklich viel tut sich seit ihren regelmäßigen Botox-Injektionen auf der Stirn nicht mehr. Aber man sieht irgendwie, dass sie es versucht. Ein merkwürdiger Anblick. Ich habe das mit diesem Botox genau einmal probiert. Es hat mich nicht wirklich überzeugt.

»Sag ihm, dass du Sex haben willst. Sag ihm, dass dir Sex mit ihm fehlt. Das wird ihm schmeicheln. Fass ihn an. Zeig ihm, was du willst!«, schlägt sie Tamara vor.

»Aber ist das nicht unglaublich direkt und irgendwie plump? Sollte der Impuls nicht von ihm ausgehen? Sollte er nicht spüren, dass und was ich will?«, hinterfragt Tamara die Sextipps von Neu-Profi Anita.

»Ach, du je, Männer sind doch keine Hellseher. Man muss deutlich sagen, was man will und was nicht. Männer sind nicht gut im Andeutungen-Interpretieren. Das sieht man doch schon an den Weihnachtsgeschenken. Klare Ansagen sind das, was sie verstehen. Und es ist nicht plump, sondern hilfreich. Die sind froh, wenn sie nicht rumdeuteln müssen«, lacht Anita. »Ich fahre viel besser, seit ich klipp und klar rauslasse, was ich will und vor allem auch, was nicht.«

Tamara nickt. »Früher hatten wir feste Tage für Sex. Vielleicht sollten wir das wieder einführen. Aber wenn was so eingeschlafen ist, ist das mit der Wiederbelebung echt schwierig. Es wäre fast einfacher, mit einem Wildfremden Sex zu haben. Wir sind irgendwie raus aus dem Thema.«

Ich weiß ganz genau, wovon Tamara spricht. Mit meinem Ex ging es mir ähnlich. Irgendwann hat man einen Geschwisterstatus erreicht. Und wer will dann noch Sex? Das fühlt sich dann auch nicht mehr richtig an.

»Vielleicht seid ihr zu symbiotisch. Zu viel Nähe und Gleichheit nimmt die Aufregung und Spannung. Begierde braucht auch etwas Geheimes oder zumindest etwas anderes«, erläutert Anita. »Habe ich gerade von einer Sendung mit einer Sexologin gelernt«, ergänzt sie noch.

Tamara und ich nicken. Das leuchtet ein. Von Anita kann man tatsächlich noch was lernen.

Inzwischen sitzen wir vor meinem Kleiderschrank und packen.

»Da kann aber schon ein bisschen was weg«, befinden meine Helferinnen.

»Jetzt fangt ihr auch schon so an! Paul ist auf dem totalen Ausmist-Trip. Weniger ist mehr, sagt er dauernd. Besitz belastet. Er hat radikal aussortiert. Angeblich ist das befreiend. Ich habe da gewisse Zweifel.«

»Keine Ahnung, ob das befreiend ist«, murmelt Anita, »aber diese Strumpfhose muss trotzdem weg. Ich meine, ehrlich, Andrea, eine auberginefarbene Strumpfhose! Die macht selbst die schönsten Beine hässlich. Oder willst du farblich zu deinem selbstgezogenen Gemüse passen?«

Ich schiebe einsichtig die Kann-weg-Kiste zu Anita rüber. Tatsächlich besitze ich eine auberginefarbene Strumpfhose. Hätte das jemand behauptet, ich hätte es vehement abgestritten. Bei einigen Kleidungsstücken bin ich überrascht. Was sich da im Laufe der Jahre so angesammelt hat, ist erstaunlich. Nicht nur von der Menge her. Auch farblich gibt es da einiges, was vermuten lässt, dass ich farbenblind bin. Bei zwei Teilen bin ich mir sicher, sie noch nie gesehen zu haben. Das eine ist eine Bluse mit Häschen drauf. »Die gehört mir nicht!«, beteure ich.

Tamara hoppelt durchs Zimmer und fragt, ob das mein Osteroutfit ist.

»Wolltest du als Bunny gehen?«, erkundigt sich Anita süffisant.

Ich wühle in meinen Erinnerungen. Es kann doch nicht sein, dass sich eine Hasenbluse heimlich in meinen Kleiderschrank verirrt hat. Eine Hasenbluse in Größe 36. Türkis mit rosa Häschen. Mal ehrlich, selbst wenn ich die Luft anhalte und den Bauch einziehe, passe ich da mit Sicherheit nicht rein.

»Zieh sie mal an! Manchmal ist man überrascht, wie gut manche Klamotten angezogen aussehen, auch wenn sie auf dem Bügel nichts hermachen«, schlägt Anita vor.

»Gute Idee! Anziehen bitte, wir wollen auch mal was zu gucken haben«, wird sie von Tamara unterstützt.

Die passt mir nicht, und ich kenne diese Bluse nicht, denke ich, will aber keine Spaßbremse sein. »Gut. Damit ihr was zu lachen habt, schmeißt sich euer Häschen jetzt in Positur.« Die Bluse ist mindestens zwei Nummern zu klein. Sie spannt so dermaßen über den Brüsten, dass ich mit einmal ausatmen die Knopfleiste killen könnte.

»Sexy, irgendwie sexy!«, findet Anita.

»Klein, irgendwie klein!«, meint Tamara.

Und da dämmert es mir. Aus den hintersten Hirnwindungen taucht ein Bild der Hasenbluse auf. Hoppelt in mein Gehirn. Sie gehört Sabine. Sie hat sie mal für einen Osterbrunch gekauft und mir fürs Osterfest im Kindergarten von Mark geliehen. Wahrscheinlich war sie mir schon damals zu klein, und ich habe sie in den Schrank geräumt. Ganz weit nach hinten, schon weil man sich ja nicht jeden Morgen von einer zu engen Bluse beleidigen lassen will. Und dort habe ich die Bluse dann vergessen. Aus den Augen, aus dem Sinn. Trotzdem bin ich ein wenig schockiert. Die Bluse, der Osterbrunch – alles einfach aus meinen Gedächtnis verschwunden.

»Da wird sich Sabine aber freuen«, sage ich, und als ich ausatme, macht es plopp. Mehrfach plopp. Wie in einem schlechten Witzfilm fliegen die Knöpfe von der Bluse.

»Ich glaube, Tamara hat recht, sie ist irgendwie zu klein«, kichert Anita.

Bisher hat Sabine die Bluse ja nicht vermisst, ich werde ihr trotzdem beichten, dass ich sie gefunden habe und sie jetzt eher ein Bolerojäckchen ist.

Wir sortieren aus, ich bin allerdings eher zögerlich und kann den Sinn davon nicht wirklich erkennen. Warum soll ich bei einem Umzug in ein Riesenhaus möglichst wenig Gepäck haben? Ist dieser Reduktionstrend nicht ein absolutes Luxusphänomen? Ich meine, man kann sich doch nur von Dingen trennen, wenn man viele hat. Aber warum soll man, wenn man doch genug Platz hat? Inwiefern ist das befreiend? Macht eine leere Schublade glücklich?

»Wahrscheinlich brauchst du den Großteil von dem Kram auf dem Land tatsächlich nicht«, schleicht sich Anitas Stimme in meine Gedanken. »Feste Schuhe, Jeans, Cordhosen und Fleece-Oberteile sollten an sich reichen.«

»Nur weil man ein bisschen weiter rauszieht, heißt

das ja noch nicht, dass man in der modischen Diaspora gelandet ist!«, verteidige ich mein zukünftiges Zuhause. Im Grunde denke ich aber ähnlich wie Anita. Wem soll ich da mit schicken Klamotten imponieren? Hannelore? Wann und wo soll ich mein Paillettenoberteil tragen? Beim sonntäglichen Kirchgang? Im Hühnerstall? Mit betrübter Miene werfe ich das Top in die Kann-weg-Kiste.

Anita fischt es wieder heraus: »Andrea, es gibt noch ein Leben danach!«

Das hoffe ich sehr.

6

Ich bekomme jede Menge Besuch in meinen letzten Tagen im Reihenhaus. Gerade so, als hätte ich eine sehr schlimme Krankheit und nur noch kurze Zeit zu leben. Alle wollen Abschied nehmen.

»Ich ziehe nicht nach Australien, nur nach Palsdorf«, sage ich wieder und wieder, und alle nicken, aber man sieht in ihren Gesichtern, dass es für sie keinen Unterschied macht.

Am Abend vor dem großen Umzug sitze ich ermattet auf dem Sofa in meinem Noch-Wohnzimmer und spiele eine Runde Candy Crush, um mich abzulenken. Wenn ich das nächste Level schaffe, dann wird alles wunderbar in Palsdorf, mache ich mit mir selber aus. Ich schaffe es nicht. Nicht so schlimm. Wenn ich es spätestens beim dritten Versuch hinkriege, dann wird es zwar nicht wunderbar, aber immer noch richtig gut. Wieder scheitere ich. Man hat genau fünf Versuche bei Candy Crush, und dann ist Pause, bis man wieder fünf neue Leben bekommt. Oder man bezahlt. So tief bin ich bisher noch nicht gesunken. Allein die Tatsache, dass ich wie eine Elfjährige dieses dusselige Spiel auf dem Handy spiele, ist ja schon dämlich genug. Geld zu investieren habe ich mir bisher verkneifen können. Drei von fünf Möglichkeiten sind vorbei. Wenn ich es bei den letzten beiden Anläufen schaffe, werde ich es auch in Palsdorf schaffen, ändere ich die Regeln zu meinen Gunsten ab. Ich schaffe es nicht. Ich bin ganz niedergeschlagen. Obwohl ich weiß, dass solche Gedankenspiele absoluter Quatsch sind, sitze ich die halbe Nacht auf dem Sofa und mache mir Sorgen. Vielleicht bin ich einfach nicht geeignet fürs Landleben. Kann man eine Nichteignung mit Willenskraft und Engagement ausgleichen? Gibt es das überhaupt – eine Nichteignung? Muss man sich nicht einfach nur einlassen und anpassen? Ich kann mich nicht mal bei Paul ausjammern, denn er ist schon vor zwei Tagen mit unseren Kisten, denen von Mama und Malgorzata in Richtung neue Heimat aufgebrochen.

»Dann ist schon alles hübsch, wenn ihr kommt«, war sein Angebot. Außerdem will er mit Horst noch eine ausführliche Übergabe machen und alle Details besprechen.

Ich bleibe hier, solange ich kann. Morgen gegen zehn Uhr kommen die Löbers. Unsere Mieter. Sobald ich ihnen die Schlüssel gegeben habe, werde ich mich mit Mama und Malgorzata auf den Weg machen. Auf den Weg in unser neues Zuhause. In die Herausforderung. Meine 365-Tage-Challenge. Ich bin unglaublich angespannt und nervös. Morgen muss ich cooler sein, damit sich das nicht auf meine Mutter überträgt, nehme ich mir fest vor. Ich muss die souveräne und überzeugte Umzieherin sein.

Hannelore, spreiz schon mal dein Gefieder, ich komme!

Dr. Löber ist pünktlich, und schweren Herzens überreiche ich ihm die Schlüssel zu unserem Haus. »Man kann hier wunderbar leben, die Nachbarn sind alle nett!«, begrüße ich ihn.

»Das spielt für mich keine Rolle, Frau Schnidt, ich bin eh nie da, und wenn, dann bin ich lieber für mich. Ich mach mir nichts aus Grillabenden und so einem Gedöns.«

Herr Löber wird für Tamara das sein, was Hannelore für mich ist. Eine Herausforderung. Auch der Löber hat direkt sein Gefieder gespreizt.

Dr. Löber ist überhaupt nicht mein Typ. Er hat so einen Zug um den Mund wie jemand, der davon überzeugt ist, im Leben zu kurz gekommen zu sein. Charme gehört auch nicht zu seiner Kernkompetenz. Nicht ein einziges nettes Wort über das Haus kommt ihm über die Lippen. Die Art und Weise, wie er das Mobiliar mustert, hat etwas Herablassendes. Schon beim ersten Zusammentreffen war er mir nicht besonders angenehm.

Paul hat mich damals besänftigt: »Er ist halt ein typischer Wissenschaftler, halt ein bisschen sozial auffällig. Stock im Arsch eben. Er meint es nicht so, glaube ich. Und wenn, kann es uns auch egal sein. Er wohnt zwar in unserem Haus, aber ja nicht mit uns zusammen. Wir müssen dieses Motzgesicht nicht sehen. Mir tut es nur ein bisschen um die Patienten leid. Aber das Erstaunliche ist, dass diese Typen bei ihren Patienten oft ganz anders drauf sind.«

Ich hoffe es für die Leute. Es langt ja schon, dass man krank ist. Da kann man doch erwarten, dass der behandelnde Arzt mitfühlend und freundlich ist. Aber im Prinzip hat Paul natürlich recht. Wen interessiert es, ob der Löber ein netter Kerl ist. Wir wollen keine Zeit mit ihm verbringen. Er soll nicht unser bester Freund werden.

Uns muss es nur darum gehen, dass er kein Messie ist und dass er pünktlich seine Miete zahlt. Und die Möbel gut behandelt. Fertig. Trotzdem ist es ein komisches Gefühl, ihn in unser Haus zu lassen. Es ist nur ein Reihenhaus, aber ein schönes Reihenhaus. Und was heißt hier eigentlich *nur*? Ein Reihenhaus ist ein Haus. Und klar ist ein Haus ein Ding, und man soll sein Herz nicht an Dinge hängen. Aber jetzt erst, beim Abschied, merke ich, wie sehr ich an diesem Haus hänge. In diesem Haus habe ich viel erlebt. Es ist ein Teil meines Lebens. Trotz aller Vorstadtvorurteile habe ich mich hier immer wohl gefühlt. Das Haus hat eine angenehme Ausstrahlung. Klingt albern, ich weiß das. Bei meinem neuen Palsdofer Wohnsitz bin ich mir da nicht sicher. Innen ist das Riesenhaus durchaus ganz heimelig, aber von außen hat es etwas Abweisendes. Etwas Dunkles. So als wolle es sagen: Komm mir bloß nicht zu nahe! Bleib weg! Mir schaudert.

»Frau Schnidt, hören Sie mir überhaupt zu?«, unterbricht mich Herr Löber.

Ich war tatsächlich völlig woanders mit meinen Gedanken.

»Ich wiederhole mich ungern, aber ich habe gesagt, dass ich einen Dauerauftrag eingerichtet habe und dass Sie mir bitte innerhalb des nächsten halben Jahres Bescheid geben, ob der Mietvertrag auf ein Jahr befristet bleibt oder ob wir länger bleiben können. Dann würden wir uns natürlich auch anders einrichten. Und Sie müssten ihre Möbel rausholen.«

»Geht klar«, antworte ich, »das haben wir ja alles schon besprochen und auch schriftlich fixiert.«

»Ich wollte Sie auch nur noch mal daran erinnern«, behält Pauls Kliniknachfolger das letzte Wort.

Gott, ist das ein steifer Knochen. Ob der je lächelt? Ob der auch mal Spaß hat oder Spaß macht? Ich bin immer wieder erstaunt, dass auch solche Männer Frauen finden, die sie sogar heiraten. Na ja, die Geschmäcker sind ja zum Glück verschieden. Den würde ich nicht in Betracht ziehen, und wenn er der letzte Typ auf Erden wäre.

»Ach übrigens, Frau Schnidt, Sie sehen besonders hübsch aus heute.«

Hat der Löber das gerade tatsächlich gesagt? Ich nehme all meine Gedanken sofort zurück. Wie konnte ich mich so täuschen? Was für ein ausgesprochen netter Mann! Und so charmant! Geht doch, Löber, denke ich. Bei manchen Kerlen braucht es definitiv den zweiten Blick.

Meine Mutter und Malgorzata stehen abfahrbereit an der Haustür. Beide mit kleinem Reiseköfferchen, gerade so, als wollten wir eine nette Wochenendtour in den Taunus machen. Sie wirken freudig erregt. Meine Mutter trägt ihren Lieblingshausanzug aus dunkelblauem Nickistoff. Wenn man nicht so ganz genau hinschaut, sieht er fast nach Alltagsklamotte aus.

»Schick bist du, Mama!«, begrüße ich die beiden.

»Ja, sehr schick gemacht Mama«, bestätigt Malgorzata, und meine Mutter strahlt. Lob von Malgorzata ist ihr Schönstes. Es geht mir das Herz auf, sie so zu sehen. So strahlend. Sie sieht richtig glücklich aus.

»Ich freu mich jetzt, viel mehr mit euch zusammen zu sein«, sage ich, als wir ins Auto steigen.

Schon vor Fulda müssen wir mangels Tankstelle von der Autobahn runter, weil Mama mal muss.

»Nichts mehr perfekte Kontrolle«, zischt mir Malgorzata zu. »Wenn muss, dann muss schnell gehen!«

Wir schaffen es rechtzeitig. Zum Glück.

Zwei Stunden später erreichen wir unser Ziel.

»Sehr, sehr dunkel hier. Und ist noch nicht mal Nacht, ist noch Mittag«, bemerkt Malgorzata.

»Innen ist es sehr, sehr schön«, werfe ich mich für unser neues Zuhause in die Bresche.

»Hoffe ich!«, ist der schlichte Kommentar von Malgorzata.

Meine Mutter sagt gar nichts. Sie starrt das Haus an. »Sehr groß«, ist alles, was sie sagt.

Dem kann ich nur schwer widersprechen, und deshalb lasse ich es auch. Groß ist ja auch zunächst mal nichts Schlechtes.

Paul hat wirklich gute Arbeit geleistet und Mamas und Malgorzatas Etage richtig schön hergerichtet. Sogar der Fernseher ist schon angeschlossen. Mama ist begeistert, und als Malgorzata sieht, dass das WLAN funktioniert, ist auch sie zufrieden. Die erste Hürde ist genommen. Selbst den Kühlschrank hat Paul bestückt. Männer wachsen tatsächlich mit ihren Aufgaben, denke ich und bin stolz auf meinen Lebensgefährten.

Das Abenteuer »Land« kann beginnen. Ich wäre dann so weit.

7

Der erste Abend in Palsdorf-Dunkelland ist erstaunlich schön. Wir essen alle zusammen zu Abend. Mama, Malgorzata, Paul und ich. An unseren Küchentisch würden auch noch fünf bis sechs weitere Esser passen. Platzprobleme werden wir hier keine haben. Immerhin. Paul hat Gemüselasagne vorbereitet, und Mama murrt kurz, weil es kein Fleisch gibt und wir beim Essen kein Fernsehen gucken.

»Wir haben hier unten keinen. Malgorzata und du, ihr könnt nachher oben in aller Ruhe schauen«, versuche ich, sie zu beruhigen.

»Brauchst du Geld?«, fragt meine Mutter und sieht mich entsetzt an. »Du hattest noch nie ein Händchen für Geld. Schon mit dem Taschengeld war es bei dir schwierig. Das war ja immer sofort weg, weil du direkt zum Büdchen gerannt bist und Süßkram gekauft hast. Deine Schwester hat immer so schön gespart. Die hat bestimmt auch einen Fernseher«, hält sie mir einen ungewohnt langen Vortrag.

»Wir wollen keinen Fernseher, also Paul will keinen«, versuche ich, nah bei der Wahrheit zu bleiben. Ich hätte, ehrlich gesagt, nichts gegen einen einzuwenden. Aber Paul empfindet Fernsehgucken als Zeitverschwendung. Es gibt ihm nichts. Mir auch nicht wirklich, aber hier in dieser Einöde hätte ein Fernseher durchaus seine Daseinsberechtigung. Wir werden sehen. Kommt Zeit, kommt vielleicht auch ein Fernseher. Ich bin gespannt, ob ich einen vermissen werde. Eine Sendung wie Bauer sucht Frau könnte hier direkt zum Bildungsfernsehen avancieren. Kleine Einblicke in eine Welt, die jetzt auch meine ist.

»Gib ihr Geld, damit sie sich einen Fernseher kaufen kann, die arme Frau. Zwar selbst schuld, aber ich will mal nicht so sein«, sagt Mama zu Malgorzata.

Weiß sie nicht, wer ich bin? Hat sie nicht gerade eben noch davon gesprochen, wie schlecht ich mit meinem Taschengeld umgegangen bin? »Komm, wir gehen hoch, dann kann Mama schön gucken, gleich gibt es Nachrichten und dann die nette Sendung mit der Tierärztin.«

Mama freut sich und legt sofort die Gabel aus der Hand. »War ja eh kein Fleisch drin«, stellt sie fest. »Kein Geld für einen Fernseher und kein Geld für Fleisch, das tut mir leid. Sehr traurig«, flüstert sie in Richtung Malgorzata.

Die tätschelt ihr einfach nur den Arm. Ich erspare mir jedwede Erklärung. Bringt ja nichts. Paul grinst und lehnt Malgorzatas Angebot, beim Ab- und Aufräumen zu helfen, ab. »Lasst nur, das ist unsere Küche, ihr seid für oben zuständig. Das hier machen wir. Habt einen schönen Abend. Morgen zeige ich euch den Garten. Es ist ja Wochenende, da habe ich Zeit.«

Ich wünsche meiner Mutter und ihrer wunderbar verständnisvollen Begleitung eine gute erste Nacht in ihrem neuen Zuhause.

»Was man in der ersten Nacht in einem neuen Haus träumt, das geht in Erfüllung!«, haucht mir Paul vor dem Einschlafen noch ins Ohr. Ich bin wirklich aufgeregt und nehme mir fest vor, etwas Wunderbares zu träumen, habe dann aber zum Glück kaum mehr Muße, darüber nachzudenken. Statt über Träume zu sinnieren, habe ich traumhaften Sex, und der Wald sieht schon gar nicht mehr so gruselig aus. Kurz vor dem Einschlafen denke ich, dass wir uns vielleicht tatsächlich anfreunden können, das Land und ich.

8

Am nächsten Morgen werde ich von der Türklingel geweckt. »Paul, es klingelt«, sage ich und merke, da ist kein Paul. War eh keine besonders schlaue Bemerkung. Wäre Paul da, hätte er es ja auch gehört. Das Kissen neben mir ist leer.

Es ist Sonntagmorgen, und es klingelt an der Tür. Ein medizinischer Notfall? Ich schlüpfe in meinen Bademantel und mache mich auf die Suche nach Paul. Es klingelt wieder. Er scheint nicht im Haus zu sein, oder er ist über Nacht schwerhörig geworden, wer weiß das schon. Ich haste runter ins Erdgeschoss und öffne vorsichtig die Tür.

»Sie müssen die Frau Doktor sein!«, begrüßt mich eine mittelalte und mittelgroße Frau. In der Hand hält sie eine Auflaufform.

Müsste ich die Frau kennen? Was will sie hier? »Ja, also, hallo und guten Morgen. Kann ich Ihnen helfen?«

»Sie mir helfen?« Die Frau fängt an zu lachen. »Hier draußen in Palsdorf helfen wir denen, die neu sind. Ich wollte Sie begrüßen. Willkommen heißen in Palsdorf. Wir sind so froh, dass Ihr Mann die Praxis übernimmt. Sonst ist da ja kein Doktor mehr weit und breit.«

Während sie all das sagt, drängt sie sich an mir vorbei ins Haus.

»Soll ich den Auflauf direkt in den Kühlschrank stellen. Ich weiß ja, wo alles ist«, plappert sie weiter und steigt dabei die Treppe zu unserer Wohnung hinauf.

»Also, das ist natürlich irre nett, aber wir haben noch gar nicht gefrühstückt und, ehrlich gesagt, bin ich gerade erst aufgestanden.«

Sie ist unbeeindruckt von meinen Einwänden und stiefelt in die Küche. »Da trinken wir zum Kennenlernen doch erst mal einen Kaffee zusammen, damit Sie wach werden, Frau Doktor.«

Wer ist diese Person? Wie werde ich die los? Ich bin wirklich noch nicht vorzeigbar um diese Uhrzeit. Wie viel Uhr haben wir überhaupt, und wo steckt Paul?

Frau Unbekannt macht die Kaffeemaschine an und stellt den Auflauf, oder was auch immer sich in dem Glasgefäß befindet, in den Kühlschrank. Sie kennt sich verdammt gut hier aus. Ist hier der Meeting Point von Palsdorf? Ist das normal? Es ist halb neun am Sonntagmorgen. Müssen die da nicht zum Gottesdienst? Hat diese Frau keine eigene Familie, die sie um diese Uhrzeit volllabern kann? Woher weiß die überhaupt, dass wir gestern eingezogen sind? Fragen über Fragen.

»Der frühe Vogel und Sie sind wohl keine Freunde«, kichert die Frau und setzt sich unaufgefordert auf unsere Holzeckbank. »Dauert einen Moment, bis die Kaffeemaschine betriebsbereit ist«, erklärt sie mir meine Maschine in meiner Küche.

»Es geht mir ähnlich wie der Kaffeemaschine«, versuche ich ihr auf möglichst charmante und freundliche Art klarzumachen, dass auch ich um diese Uhrzeit leider noch nicht betriebsbereit bin. Vor allem nicht am Sonntagmorgen.

»Ich bleib nur ein Stündchen, um zehn ist Messe, und

dann gibt's ja schon fast Mittagessen«, antwortet sie, komplett ungerührt von meinem Einwand. »Ach, was bin ich für eine unhöfliche Person. Ich hab ja ganz vergessen zu sagen, wer ich bin. So was aber auch. Ich bin die Frau Huber, Marianne. Vom Erwin die Frau. Der Erwin ist der Bruder vom Wilhelm, dem Förster. Ich hab den kleinen Laden am Ende von Palsdorf. Also am anderen Ende. Hier am Ende sind ja Sie.«

Das kann man definitiv so sagen. Ich bin am Ende. Am Ende von Palsdorf.

Die Kaffeemaschine ist einsatzbereit, und diensteifrig springt Marianne Huber auf und macht sich an die Arbeit.

»Ich kann das doch machen«, versuche ich, mich einzubringen, aber umsonst.

»Lassen Sie mal, Frau Doktor, ich mach das schnell. Sie kennen sich ja noch nicht so aus. Und das ist ja Horstis ganzer Stolz, diese Kaffeemaschine. Ich finde das ja völlig übertrieben. Das würde der Erwin auch nicht gutheißen. Ich meine, so eine Maschine kostet ja Unsummen. Und letztlich kommt ja doch auch nur Kaffee raus, oder?« Sie sieht mich nach Zustimmung heischend an.

»Ja, na ja, der Kaffee ist schon gut. Aber klar, die Dinger sind schon sehr teuer«, stimme ich zu.

Sie schüttelt ihre aschbraunen, kinnlangen Locken. Es ist schwer zu schätzen, wie alt sie ist. Sie ist ungeschminkt, hat ein paar graue Strähnchen in ihrem Haar, trägt tatsächlich eine Cordhose und dazu einen blassgelben Pullover. Zwischen 50 und 60 könnte sie alles sein. Kleidergröße 42, würde ich schätzen. Ihre Augen sind braungrün und schmal mit ausgeprägten Schlupflidern (Lidschatten wäre definitiv eine Verschwendung), dafür hat sie eine recht große Nase und wirklich gute Haut. So rosig. Ausgesprochen wenig Falten. Wird die gute Landluft sein. Oder all das selbstgezogene Gemüse.

»Wenn Sie sich gleich schnell fertig machen, dann können Sie mitkommen zur Messe«, schlägt mir Frau Huber vor.

Mein Verhältnis zur Kirche ist, freundlich gesagt, schwierig. Wenn ich heute gehe, gehe ich ab jetzt immer, mache ich mir klar und entscheide mich, nein zu sagen. Ich will nicht in die Messe. Nicht heute und schon gar nicht jeden Sonntag. Manchen Dingen muss man von Beginn an einen Riegel vorschieben.

»Meine Mutter und ihre Pflegekraft sind oben, die leben hier mit uns, da muss ich mich kümmern. Und dann muss ich gucken, wo Paul steckt und, na ja, ich bin ja erst gestern angekommen. Hier ist noch furchtbar viel zu tun. Vielleicht ein anderes Mal«, entscheide ich mich für eine feige kleine Ausrede. Man muss sich ja nicht direkt unbeliebt machen.

»Schaden würde es nicht. Man will doch für das neue Leben auch Gottes Segen. Aber wer bin ich, dass ich Ihnen was aufzwänge. Jeder soll es machen, wie er will. Ich kann Sie ja in meine Gebete einschließen.«

»Das wäre nett!«, schleime ich ein wenig.

Sie nippt an ihrem Kaffee. Trinkt winzige Schlückchen.

»Also ich würde mich dann mal fertig machen. War nett, dass Sie da waren, und danke für den Auflauf. Was ist es denn für einer?«, frage ich und hoffe, sie versteht den Wink. Es war ja eigentlich mehr als ein Wink, es war deutlich. Aber wohl noch nicht deutlich genug.

»Mein Klassiker. Sauerkraut, Püree und Fleischwurst. Wildschweinfleischwurst. Ganz was Feines. Sie geben nur zwei, drei Butterflöckchen drauf, also nicht auf die Wurst natürlich, sondern aufs Kartoffelpüree, und dann schön im Ofen warmmachen. Zum Schluss hin die Überbackfunktion einschalten, dann bekommt der Auflauf so eine schöne braune Kruste. Schmeckt ganz phantastisch. Der Erwin könnte das täglich essen.«

Ich überlege, ob ich ihr sagen soll, dass der Herr Doktor kein Fleisch isst, ahne aber, dass das hier draußen am Ende von Palsdorf einer öffentlichen Kastration gleichkäme. »Ich bin sicher, meine Mama wird begeistert sein. Ganz lieb, herzlichen Dank dafür!«

»Vielleicht haben Sie und Ihre Mutter ja Interesse, übermorgen Nachmittag zum Frauentreff zu kommen. Wir planen schon unseren jährlichen Weihnachtsmarkt. Immer eine Riesengaudi. Kränze binden, Schürzen nähen, Schals stricken, Mützen häkeln, Stollen backen. Das ganze Programm. Und Sie würden gleich mal alle Frauen kennenlernen.«

»Ich schaue mal, ob wir das schaffen. Wenn es sich einrichten lässt, kommen wir gerne mal vorbei. Auch wenn es mit meinen Nähkünsten nicht zum Besten steht«, antworte ich so begeistert wie möglich. Ich bin noch nicht mal 24 Stunden auf dem Land, und schon soll ich Kränze binden und, noch schlimmer, Schürzen nähen! Was, um alles in der Welt, haben Schürzen mit Weihnachten zu tun?

Verdammt nochmal, wo ist Paul?

Anstelle von Paul steht auf einmal meine Mutter in der Küche. Sie mustert Frau Huber. »Was macht die hier?«, lautet ihre Begrüßungsfrage.

Eine ziemlich berechtigte Frage. Ich schaue Frau Huber trotzdem beschwichtigend an. »Meine Mutter hat Demenz«, flüstere ich entschuldigend.

»Und fragt ganz zu Recht«, lacht Frau Huber. »Ich war einfach neugierig und wollte mal schauen, was die Frau Doktor für eine ist. Jetzt muss ich eh los. Der Gottesdienst fängt nämlich auch an, wenn ich nicht da bin.« Sie steht auf und streckt meiner Mutter die Hand entgegen: »Ich bin die Marianne Huber, die vom Dorfladen. Schön, dass Sie da sind. Wir freuen uns auf Sie!«

»Angenehm!«, antwortet meine Mutter, und sie sieht so aus, als meine sie das auch ernst.

Frau Huber ist in meiner Achtung sofort gestiegen. Sie hat meine Mutter einfach wie eine ganz normale Person behandelt. Mit Respekt. Sie ist neugierig, trägt grässliche Feincordhosen, aber sie ist lieb zu Mama.

»Auf ganz bald, Frau Doktor. Wir freuen uns auf Sie und Ihre Frau Mutter. Dienstagnachmittag, halb vier. Im Raum hinterm Laden. Ich zähle auf Sie!« Mit diesen Worten verabschiedet sich Marianne Huber.

Uff geschafft. Bis Dienstag läuft die Schonfrist. Dann werde ich ihr auch erklären, dass ich keine Frau Doktor bin.

Wahrscheinlich wird innerhalb der nächsten zwei Stunden jeder wissen, dass ich sonntags um halb neun noch schlafe, einen knittrigen Bademantel trage, nicht vorhabe, in den Gottesdienst zu gehen, und dass meine Mutter dement ist. Was soll's, ist ja alles wahr.

»Mama Erika, hast du dich verlaufen? Wir wohnen doch oben«, sagt Malgorzata und betritt nun auch noch die Küche. Mama wirkt sehr erleichtert, fast wie ein junges Entchen, das seine Mutter wiedergefunden hat. Alles wird sich finden. Das sind nur kleine Startschwierigkeiten, versuche ich, mich selbst zu beruhigen.

»War keiner da, da oben. Da habe ich mich mal umgeschaut«, rechtfertigt sich Mama wie ein kleines Mädchen vor Malgorzata.

»Alles gut, Mama«, sage ich, »du bist hier bei uns unten immer willkommen. Das wird sich alles finden. Noch ist alles neu. Wir sind alle noch ein bisschen durcheinander.«

»Ihr müsst eure Tür schließen. Sonst nix mit private Sphäre!«, teilt mir Malgorzata mit strenger Stimme mit.

»Das ist kein Problem, sie kann jederzeit runterkommen«, sage ich und hoffe, dass ich diesen Satz nicht bereuen werde.

Jetzt steht Paul in der Tür. »Na, hier ist ja schon ordentlich was los. Ich wollte dich eigentlich mit einem Frühstück wecken. Hab frische Brötchen geholt. War ein etwas weiterer Weg, als ich vermutet habe.« Er lacht. »Ich habe unten an der Tür eine Frau Huber getroffen. Sie hat mir direkt noch ihren geschwollenen Knöchel gezeigt. Und mir Tiefkühlbrötchen empfohlen. Und gesagt, dass um zehn Messe ist. Und dass sie mit euch verabredet ist. Nicht zur Messe, sondern zu irgendwas mit Schürzen. Sie war sehr, na ja, sagen wir mal, kommunikativ.«

Ich muss lachen. Sehr kommunikativ, das trifft es ziemlich genau.

»Aber sie war nett und aufgeschlossen, und das ist ja schon mal was«, ergänzt Paul noch.

»Was glaubst du, wie alt sie ist?«, frage ich Paul.

Er zuckt mit den Schultern. »Keine Ahnung. Vielleicht sechzig. Oder vielleicht auch Mitte sechzig. Spätestens morgen weiß ich es.«

Als ich ihn verwundert anschaue, sagt er nur: »Krankenkassenkarte.« Und als er meinen Blick sieht, lacht er: »Arztgeheimnis.«

Mama und Malgorzata wollen lieber oben frühstücken und dabei den Fernsehgarten gucken. Auch gut. Es ist ein wunderschöner Spätsommermorgen, und all das Licht nimmt dem Wald seine bedrohliche Note.

»Gehen wir später ein bisschen spazieren?«, fragt Paul.

»Ich muss auspacken«, antworte ich, und er zieht mich zu sich und flüstert: »Die Kisten laufen nicht weg. Wir sollten den Moment leben. Kistenauspackwetter wird es sicher noch genug geben.« Er hat recht. Ich werde hier noch genug Zeit für die paar Kisten haben.

Aber erst mal nutzen wir die Ruhe, um nach dem Frühstück einfach noch mal zwei Stündchen im Bett abzuhängen. Der Fernsehgarten gibt mir die Sicherheit, dass wir ungestört sein werden. Danke, liebes ZDF, meine Sonntagvormittage sind gerettet! Zumindest in den Sommermonaten.

»Heute Nachmittag nehmen wir die M und Ms aus dem zweiten Stock mit und stellen sie den drei Hs vor«, schlägt Paul vor.

Meine Mutter und Malgorzata sind für Paul neuerdings die zwei Ms. Und die Hühner nennt er nur die drei Hs. Hannelore und ihre Entourage, bestehend aus Hedwig und Heidrun.

»Meine Mutter war noch nie eine besondere Tierfreundin, ich weiß nicht, ob sie begeistert sein wird«, hege ich gewisse Zweifel.

Aber Paul entgegnet nur: »Man weiß nie. Und Malgorzata stammt ja vom Land, vielleicht hat sie eine Affinität zu Hühnern, vielleicht sogar eine Hühnerstrategie und Spaß dran, sich um die Tiere zu kümmern.«

Es wird ein lustiger Nachmittag. Ich hätte gedacht, dass Malgorzata über die Gemüsebeete erfreut sein würde, aber sie guckt eher verächtlich. »Nur arme Leute brauchen Gemüse in Garten. Andere kaufen Tiefkühl, viel praktischer und immer da und frisch.«

Tja, nicht ganz das, was ich mir erhofft habe. Ich werde mich wohl doch selbst um die Beete kümmern müssen. Mit den Hühnern verhält es sich ähnlich.

»Eier sind billig. Warum ganze Arbeit?«, fragt Malgorzata. »Sind auch zu dünn für Suppe!«

Gott sei Dank hat Horst das nicht gehört. Seine Hannelore in der Suppe!

»Und wo ist Mann im Stall? Ohne Mann kein Ei! Arme Hühner. Ganz ohne Männer«, kritisiert Malgorzata Horsts Tierhaltung.

So habe ich das ja noch gar nicht gesehen. Wie legen Hühner Eier? Legen sie Eier auch ohne Hahn? Ich bin kurz verwirrt. Das sollte man doch wirklich wissen. Jetzt bin ich über 50 und habe nicht den blassesten Schimmer, wie die Fortpflanzung bei Hühnern vonstattengeht. Peinlich.

Zum Glück ist Paul da und klärt uns auf: »Sie legen Eier. Der Hahn ist nur für die Befruchtung zuständig. Damit aus den Eiern kleine Küken schlüpfen. Es braucht keinen Hahn für die Eier. Und mal ehrlich, ich bin ganz froh, dass hier kein Hahn ist. Nicht, dass die drei Hs sich streiten und wir morgens in aller Herrgottsfrühe aus dem Bett gekräht werden.«

»Das sind Brakel, die haben keinen Bruttrieb«, fällt ihm Mama ins Wort.

Ich bin baff. »Wie bitte? Wieso kennst du dich mit Hühnern aus?«, frage ich meine Mutter ungläubig.

»Egbert hatte Hühner«, antwortet sie und geht auf Hannelore zu.

Egbert? Welcher Egbert? Ich habe den Namen bisher noch nie von meiner Mutter gehört.

»Wer ist denn Egbert, Mama?«, will ich wissen, und warne sie dann noch vor dem Alphahuhn der Truppe. »Vorsicht, Mama, die ist speziell!«

»Papperlapapp«, antwortet sie streng und öffnet die Stalltür. »Brakel-Hühner sind zutraulich. Sie mögen den Kontakt. Ganz alte Rasse. Aus Belgien. Sehr gute Legerinnen«, redet sie weiter und geht auf Hannelore zu.

Ich bin mehr als überrascht. Ich dachte, ich kenne meine Mutter. Ich dachte, ich wüsste, was sie in ihrem Leben so gemacht hat. Aber ich kenne sie wohl hauptsächlich doch nur in ihrer Funktion als Mutter, weniger als eigenständige Person, als Individuum. Klar hatte sie auch ein Leben vor meinem Vater und bevor wir drei Kinder auf der Welt waren. Das vergisst man bei Müttern schnell mal. Und man vergisst auch oft zu fragen. Eins ist ganz offensichtlich: Sie hat keinerlei Angst vor den drei Hs.

»Hast du keinen Schiss vor den Hühnern?«, frage ich durch das Gitter hindurch. »Horst hat gesagt, die können ziemlich aggressiv sein. Und die da mag Frauen nicht«, sage ich und zeige auf Hannelore.

Meine Mutter reagiert nicht. Sie kniet inzwischen vor Hannelore und macht seltsame Geräusche. Fast so, als würde sie sich Hannelore vorstellen. Meine Mutter kommuniziert mit einem Huhn.

Bevor ich weitere Bedenken äußern kann, packt mich Paul an den Schultern und flüstert mir ins Ohr: »Lass sie. Sie scheint genau zu wissen, was sie tut. Und es gefällt ihr augenscheinlich.«

Jetzt gurrt auch Hannelore. Und kein Gefiedergespreize und kein Schwanzaufstellen. Ich bin fast ein bisschen eifersüchtig auf meine Mutter. Was hat sie im Hühnerumgang, was mir fehlt? Was habe ich falsch gemacht? Hat man ein Hühner-Gen?

»Ihr müsst weg hier, ihr macht sie nervös. Ich muss mit den Hühnern allein sein«, teilt sie uns mit einer gewissen Strenge in der Stimme mit.

Ich zögere, und Malgorzata trifft die Entscheidung. »Gut, Mama, bleibst du bei Hühnern. Kommst du, wenn du fertig bist mit Huhn. Wir gehen zu Haus.«

»Was soll schon passieren?«, meint auch Paul. »Im schlimmsten Fall wird ein Huhn nach deiner Mutter picken, aber die fressen ja keine Menschen. Es sind ja keine Tiger, nur Hühner. Wenn sie Spaß hat, warum nicht.«

Ich bin richtiggehend verwirrt. Wer hätte gedacht, dass meine Mutter eine Hühnerflüsterin ist? Ich mache noch schnell ein Foto mit dem Smartphone, um es meinen Geschwistern zu schicken.

Paul will gerne noch eine Runde mit mir durch den Wald spazieren und fragt Malgorzata, ob sie mitmöchte.

Sie lehnt ab. »Besser ich bin in Haus, wenn Mama fertig ist mit Huhn. Und mal ehrlich, sieht sehr, sehr gefährlich aus Wald.«

Ich hätte nicht gedacht, dass Malgorzata ein noch größerer Angsthase ist als ich. Man lernt viel auf dem Land. Ich weiß nun, dass Hannelore ein Brakel ist, Mama mal irgendwas mit einem Egbert hatte und Malgorzata zu viel Tannen furchteinflößend findet. Nicht schlecht für einen Tag.

9

Der nächste Tag beginnt selbst ohne den ungebetenen Weckdienst von Frau Huber noch sehr viel früher. Schon um sieben sitzen wir in der Küche und frühstücken die aufgebackenen alten Brötchen von gestern. Ich muss heute unbedingt einkaufen und rausfinden, wo ich in der Nähe das Nötigste besorgen kann.

Die Praxis öffnet wochentags um acht, Paul will um halb acht da sein, um gut vorbereitet zu starten. Außerdem möchte er mir die gute Seele der Praxis vorstellen. Petra, die Sprechstundenhilfe.

»Sie ist entzückend und wirklich unglaublich loyal und tüchtig. Schon seit der Praxiseröffnung arbeitet sie für Horst. Hat auch immer mit ihm zu Mittag gegessen und die Mittagspause hier oben verbracht. Ich meine, sie wohnt eine halbe Stunde entfernt, und gastronomisch bietet Palsdorf ja nicht wirklich viel.«

Ich hoffe, das habe ich jetzt falsch verstanden. Sicherheitshalber frage ich nach: »Soll das übersetzt heißen, dass ich für euch beide Mittagessen mache und sie die Pause hier oben mit uns verbringt?«

Paul wirkt verlegen. »Also nicht jeden Tag, nur an den Tagen, an denen wir auch nachmittags auf haben. Das wäre toll. Aber wenn du nicht willst, musst du natürlich nicht. Ich dachte nur, weil du ja eh zu Hause bist und sicherlich was kochst, macht es doch keinen großen Unterschied, wenn die Petra mitisst.«

Das geht ja wirklich gut los hier. Ich war so froh, aus dem Mittagessenkochmodus raus zu sein. Die gesamte Schulzeit meiner Kinder habe ich mittags gekocht. Seitdem auch Mark mit der Schule fertig ist, ein Fakt, mit dem kaum mehr jemand gerechnet hat, war ich diese Aufgabe endlich los. Paul hat ja immer in der Klinikkantine gegessen. Dass das hier anders sein würde, daran habe ich im Vorfeld überhaupt nicht gedacht. »Hat man als Sprechstundenhilfe nicht selbst für seine Mahlzeiten zu sorgen?«, will ich von Paul wissen.

Er zuckt verlegen mit den Schultern. »Na ja, das ist halt zu so einer Art Gewohnheitsrecht geworden. Horst fand das immer nett. Ich bin nicht sicher, was da genau zwischen den beiden war, aber da beide zusammengearbeitet haben und unten ja keine Küche ist und Horst sich eh was gemacht hat, da hat sich das halt so ergeben.«

Ich kenne diese Petra noch nicht, glaube aber jetzt schon, dass ich nicht jeden Tag mit ihr zu Mittag essen möchte. Ich bin ja schließlich nicht die Praxisköchin. Und meine Küche ist auch keine Kantine. Nicht gleich aufregen, rufe ich mich selbst zur Ordnung. Abwarten. Es wird dieser Petra ja auch klar sein, dass das jetzt komplett neue Bedingungen sind und andere Umstände herrschen. Es gibt kein Anrecht auf Verköstigung am Arbeitsplatz. Andere bringen sich ja auch ein belegtes Brot mit. Ich will nicht gleich zu ablehnend sein, aber doch deutlich machen, dass ich nicht vorhabe, hier eine Art von Minikantine zu etablieren.

»Ich habe noch den Auflauf von Frau Huber, den können wir heute an eurem ersten gemeinsamen Arbeitstag gerne zusammen essen. Aber es wäre schön, du würdest dieser Petra – hat die eigentlich auch einen Nachnamen? – klarmachen, dass ihre Mittagspause nicht in meiner Wohnung stattfinden kann.«

Paul seufzt. Ich sehe, dass ihm allein der Gedanke, diese Botschaft zu übermitteln, Probleme bereitet. »Vielleicht kommt sie von selbst drauf«, wirft er ein.

Ich habe Kinder, und schon deshalb ist mir bewusst, dass man besser nicht mit zu viel eigenständiger Einsicht rechnet. »Wir werden sehen«, sage ich und finde das sehr, sehr großmütig von mir. »Bitte klär das«, ergänze ich dann noch.

»Ach, Andrea!«, seufzt er.

Hat der wirklich gedacht, ich würde Juchhu schreien? Das ohne Mucken einfach nebenher erledigen?

»Ich arbeite auch, Paul. Und ich muss mich hier zurechtfinden. Und Kochen ist, nebenbei bemerkt, von allem anderen Drumherum mal abgesehen, nicht meine Lieblingsbeschäftigung. Das weißt du.«

Er seufzt noch einmal: »Ich dachte ja nur, dass es dir vielleicht Spaß macht. So teilzuhaben am Praxisleben. An meiner Arbeit.«

Jetzt bin ich kurz davor, sauer zu werden. Will der mich für blöd verkaufen? Teilhaben an seiner Arbeit? Weil ich Mittagessen koche? Für ihn und diese Petra. Geht's noch?

»Du könntest eine Mikrowelle für die Praxis kaufen, und sie kann sich was mitbringen und unten warm machen«, leiste ich einen produktiven Vorschlag. Ich will mich nicht aufregen. Nein. Nein. Nein.

»Eine Mikrowelle?« Entsetzen auf Pauls Seite. Ich hatte in meinem Deeskalationsversuch kurz vergessen, dass Paul Mikrowellenapparate für Teufelszeug hält.

»Soll die Petra da unten allein Aufgewärmtes aus der fiesen Mikrowelle essen? Und wir sitzen hier oben, ein Stockwerk drüber am Esstisch, und lassen sie dort unten allein?« Er hat einen Tonfall, als hätte ich beschlossen, ein Neugeborenes bei klirrendem Frost vor dem Haus liegen zu lassen.

»Aber sie ist eine Angestellte und nicht unsere engste Freundin. Und mal ehrlich, Paul, ich würde selbst bei den meisten meiner Freunde nicht wollen, dass die jeden Tag mit uns zu Mittag essen.«

»Ich muss jetzt runter, Andrea, die Arbeit ruft. Aber ich sehe das ein bisschen anders. Hier draußen hilft man sich, das habe ich in den paar Tagen schon gelernt. Man ist hier nicht so egoistisch wie in der Stadt. *Wir* statt *ich*. Das ist das Credo auf dem Land!«

Jetzt bin ich tatsächlich angefressen. Was wirft er mir da vor? Nur weil ich keine Lust habe, einen regelmäßigen Mitarbeitermittagstisch einzuführen, muss ich mich doch nicht als egoistisches Etwas bezeichnen lassen. Das habe ich nicht verdient, finde ich und bin beleidigt. Sehr beleidigt.

»Andrea, jetzt guck nicht so. Ich will so nicht in meinen ersten Arbeitstag starten!«, kommt es ein wenig versöhnlicher von Paul.

Ich finde, er hat dieses So-Gucken selbst verschuldet und muss jetzt verdammt nochmal damit leben. Jedenfalls für den Moment.

»Magst du mit runterkommen und Petra kennenlernen?«, fragt er mich noch.

»Nee, keine Lust!«, lautet meine zugegebenermaßen ziemlich bockige Antwort. »Um halb eins ist der Auflauf bereit. Dann gibt's Essen. Du kannst deine Petra mitbringen. Jedenfalls heute. Dann lern ich sie ja kennen.«

Die Praxis hat montags bis freitags geöffnet. Immer von acht bis etwa zwölf Uhr und nachmittags, außer mittwochs, von halb drei bis halb sechs. Zusätzlich gibt es noch eine Sprechstunde an jedem zweiten Samstag von neun bis zwölf Uhr. »Für alle Berufstätigen, die es unter der Woche schwer schaffen«, hat mir Paul erklärt.

Sehr viel Freizeit bleibt bei diesen Sprechzeiten nicht. Paul sieht das anders. »Ich habe ja keine Fahrtzeit. Und kann in den Pausen immer bei dir sein. Und wenn unten nichts los ist, komme ich schnell hoch.«

Eine interessante Vorstellung. Ich sitze hier oben in meiner Vollholzbude und warte auf kurze Stippvisiten des attraktiven Dorfarztes. Na ja. Wir werden sehen.

Mein erster Montag in Palsdorf hat irgendwie richtig doof angefangen. Ich bin sauer, Paul hält mich für eine selbstsüchtige Ziege, und jetzt heißt es auch noch Hühner füttern. Ich werde meine Mutter fragen, ob sie Lust hat mitzukommen. Vielleicht erzählt sie mir ja was von diesem ominösen Egbert. Danach packe ich noch ein paar Kisten aus, und dann lerne ich mein neues Kind Petra kennen.

Mama hockt schon vor dem Fernseher. »Gleich gibt's ›Volle Kanne‹«, informiert sie mich.

Das ZDF sollte meiner Mutter Blumen schicken. Sie zählt mit Sicherheit zu den treusten Zuschauerinnen. Als sie hört, dass ich zu den Hühnern gehe, will sie tatsächlich mit.

»Muss ich auch?«, fragt Malgorzata, und ich verneine.

In letzter Zeit habe ich meine Mutter fast nie ohne Malgorzata gesehen. Vielleicht tut es ihr gut, wieder ein wenig selbständiger zu werden. Ein bisschen weniger symbiotisch zu sein. Ich habe immer Angst, dass Malgorzata eines Tages sagt: »Es reicht mir.« Oder: »Ich kann nicht mehr.« Oder einfach nur: »Ich mag nicht mehr.« Ob sich Mama dann noch mal auf eine andere Person so einlassen wird, ist fraglich. Aber wozu sich vorab aufregen? Es bringt ja nichts. Wenn der Moment kommt, und dass er kommt, ist wahrscheinlich, dann ist immer noch Zeit, um sich zu sorgen. Ich versuche seit einiger Zeit, weniger diese Was-ist-wenn-Gedanken zuzulassen. Man sollte sich von möglichen Sorgen in der Zukunft nicht die Gegenwart vermiesen lassen.

»Wer war eigentlich dieser Egbert?«, frage ich meine Mutter auf dem kurzen Weg zum Stall.

»Ein guter Freund«, lautet ihre sehr kurze Antwort.

»War das vor Papa?«

Sie schaut mich empört an.

»Selbstverständlich! Was denkst du denn?«

Sehr mitteilsam ist sie bei diesem Thema nicht. Aber ich habe ja Zeit. Sehr viel Zeit. Und ich kann warten. Na ja, eigentlich nicht besonders gut. Geduld ist nicht gerade meine Stärke. Aber meine Mutter war schon immer stur, und in ihrem jetzigen Zustand hat sich dieser Charakterzug eher noch verstärkt.

»Du musst mir nichts erzählen, wenn du nicht magst«, sage ich deshalb, und sie antwortet nur knapp: »Ich weiß das.«

Kaum sieht sie den Stall, wird sie weitaus freundlicher. »Hallo, Hühnchen!«, ruft sie schon von weitem.

»Wir lassen sie heute raus und treiben sie heute Abend wieder rein. Horst hat gesagt, sie sind sehr gute Futtersucher. Sie brauchen nur Wasser und noch ein bisschen Körnerfutter. Den Rest machen sie selbst.«

»Ich weiß das«, sagt meine Mutter wieder, und man sieht an ihrem Blick, dass sie das für Allgemeinwissen und mich für ein klein wenig doof hält.

»Hattest du mal Hühner?«, bohre ich doch noch ein wenig nach im Egbert-Hühner-Kosmos.

»Nein. Leider nicht!«, antwortet sie.

»Aber jetzt, Mama, jetzt hast du welche!«

»Ja«, sagt sie freudig und öffnet die Käfigtür. »Wir brauchen Wasser. Du musst Wasser holen. Ich bleibe hier«, gibt sie mir kurze Anweisungen und erinnert mich mal wieder an meine *alte* Mutter.

Ich deute auf einen Wasserspender. 30 Liter fasst er, hat mir Horst stolz erzählt. »Da kann man auch mal ein, zwei Tage nicht da sein, und die Hühner haben genug zu trinken. So ein Huhn hat mächtig Durst. Die trinken nahezu einen halben Liter am Tag. Jedes Huhn«, hat er mir weiter erklärt. Auf die Körpergröße bezogen klingt das wirklich nach sehr viel. Zusätzlich stehen über den Stall verteilt kleine Blumentopfuntersetzer, in denen sich

Regenwasser sammelt. »Hannelore hat lieber Regenwasser, da ist halt kein Chlor drin.« Natürlich bekommt die Hühnerkönigin eine Extrawurst. Alles andere hätte mich auch verwundert. Ich erzähle meiner Mutter davon.

Sie zeigt Verständnis für Hannelore. »Ich trinke auch lieber Champagner als Sekt«, ist ihr Kommentar.

Wir müssen die Hühner aus dem Stall locken, und als ich es versuche, plustert sich Hannelore auf und wirft mir einen bösen Blick zu. Hedwig und Heidrun verdrücken sich in die hinterste Ecke des Stalls. Mein Hühnerkarma scheint ausgesprochen schlecht.

»Hol Wasser, ich kümmere mich darum!«, befiehlt meine Mutter. Einen Ton hat die drauf wie ein Feldwebel.

»Aber der Wasserspender ist doch noch halbvoll«, wage ich einen zarten Widerspruch.

Meine Mutter sagt nur: »Jetzt mach schon!«

Ich habe das Gefühl, sie will mit den Hühnern allein sein. Ich willige ein. Nicht weil es Sinn macht, sondern einfach nur, um meiner Mutter einen Gefallen zu tun. Wenn es sie glücklich macht, mit den drei Hs zusammen zu sein, bitte sehr. Das kann sie täglich haben. Als ich zurückkomme, mit einem gefüllten Fünf-Liter-Plastikbehältnis, das Horst eigens für diesen Zweck auf der Terrasse platziert hat, kommt mir meine Mutter schon entgegen. Hinter ihr die Hühner. Ich bin beeindruckt. Wie ein menschlicher Leithammel führt Mama die Hühner durch den Garten. Es ist ein wunderbares Bild. Mama im obligatorischen Hausanzug, heute in leichtem Apricot und dahinter die Hühner. Erst Hannelore und dann Hedwig und als Schlusslicht Heidrun.

»Wir machen einen Spaziergang. Füll du das Wasser auf, und halte dich von uns fern. Ich glaube, sie mögen dich nicht«, gibt mir meine Mutter erneut Anweisungen.

Aber immerhin. Sie hat sich jetzt sicherlich schon mehr bewegt als sonst an einem ganzen Tag.

Ich zücke das Handy und mache ein weiteres Foto. Ich muss mich heute sowieso bei Birgit melden. Sie verlangt regelmäßigen Rapport. Am Freitag will sie vorbeikommen und nachschauen, wie es mit Mama so läuft. Ein mulmiges Gefühl, so als hätte sich das Jugendamt angekündigt, um zu prüfen, ob man als Pflegeperson geeignet ist. Ich muss wirklich aufhören, so einen Mordsrespekt vor meiner Schwester zu haben. Mama lebt bei mir, und ich bestimme, was zu tun und zu lassen ist. Das klingt gedanklich sehr gut. Ich bin gespannt, ob ich es schaffe, auch so zu agieren, wenn Birgit vor mir steht. Ich schicke ihr das Foto und schreibe: »Mama hat ihre wahre Bestimmung gefunden. Als Hühnermutti!«

Es dauert keine Minute, und Birgits Antwort ploppt auf. »Sie soll sich nicht zu sehr anstrengen. Sie ist ja nicht eure Magd!«

Ich bin nicht sicher, ob das ein Witz sein soll oder ob sie das ernst meint. Ich gehe mal wohlwollend davon aus, dass sie versucht hat, einen Scherz zu machen.

Ich antworte: »Sie muss jetzt eh reinkommen, um sich ums Mittagessen zu kümmern! Bevor sie das Haus putzt und den Rasen mäht!« Vorsorglich mache ich einen Smiley dahinter. Bei Birgit weiß man nie!

»Mama, ich muss mal rein und ein paar Kisten auspacken. Willst du mitkommen oder noch ein bisschen mit den Hühnern Gassi gehen?«, frage ich meine Mutter.

»Ich bleibe hier und leiste den Hühnern Gesellschaft.«

Irgendwie freut mich Mamas Begeisterung. Es ist schön, sie jenseits des Fernsehers zu erleben. Für ihre Verhältnisse grenzt das schon fast an Sport. Gut so. Sport, da fällt mir ein, ich hatte auch große Pläne, was mein Sportprogramm angeht. Ich wollte mal wieder einen neuen Joggingversuch starten. Ab morgen, entscheide ich. Oder besser noch, ab nächste Woche. Wenn ich mich eingelebt habe. Ich muss mich ja erst an die frische Luft gewöhnen. Man soll seine Lungen ja nicht überstrapazieren.

Nachdem ich eine Kiste ausgepackt habe, schaue ich vorsichtig aus dem Fenster. Mama soll ja nicht denken, dass ich sie überwache. Sie sitzt in ihrem apricotfarbenen Hausanzug auf dem Rasen, und um sie herum picken die Hühner. Sie wirkt ganz entspannt und zufrieden. Ich überlege, ob ich ihr etwas zu essen oder zu trinken bringen soll, entscheide mich aber dagegen. Warum eine solche Situation stören? Wenn sie Hunger oder Durst hat, wird sie schon kommen.

Um zwölf Uhr schiebe ich pflichtbewusst den Auflauf in den Backofen. Viel geschafft habe ich heute noch nicht und gearbeitet schon gar nichts. Aber ich muss ja hier auch erst mal in einen neuen Rhythmus kommen. Einen Tagesablauf finden, in den meine Mama, das Mittagessen und die Arbeit passen. Übermorgen kommt mich Sabine besuchen. Darauf freue ich mich sehr. Auch Tamara will bald mit Anita aufkreuzen, und Pauls Ex samt Tochter stehen auch schon in den Startlöchern. Die Neugier treibt sie her.

Pauls Ex ist in letzter Zeit sehr handzahm. Nach ihrer wirklich peinlichen Geschichte mit dem vorgetäuschten Autounfall und dem Krankenhausaufenthalt ist sie unglaublich kleinlaut. Alles tut ihr leid. Paul war anfangs so empört darüber, dass er den Kontakt zu ihr am liebsten für immer abgebrochen hätte. Aber die beiden haben eine gemeinsame Tochter und damit automatisch einen lebenslange Verbindung. Und letztlich war Paul dann doch zu gutherzig. Er konnte seiner Ex einfach nicht lange böse sein.

Mit Alexa, Pauls ziemlich verzogener Tochter, läuft es seit unserer gemeinsamen Flusskreuzfahrt sehr viel besser. Es ist keine Liebe, die uns verbindet, aber wir haben uns doch angenähert, und ich bin auf dem besten Weg, sie vielleicht irgendwann tatsächlich sogar richtig gern zu haben.

Wer am nächsten Wochenende auf jeden Fall kommen will, sind Rudi und Irene. Rudi hat mir schon mehrere aufmunternde WhatsApp-Nachrichten geschickt und sich nach meinem Befinden erkundigt.

Von meinem Bruder habe ich noch gar nichts gehört. Und meine Kinder können ihre angebliche Neugier bisher sehr gut zügeln. Sie wollen uns Zeit zum Einleben geben und erst dann vorbeischauen, wenn wir richtig angekommen sind. Was zunächst sehr rührend klingt, ist eigentlich nur eine faule Ausrede. Zeit zum Einleben. Pah. Wahrscheinlich haben sie Angst, zu früh hier aufzukreuzen und helfen zu müssen. Mark schreibt angeblich demnächst eine ganz wichtige Klausur, und Claudia will nicht ohne ihren Emil kommen, der so irre eingespannt ist, dass sie ihm die Fahrerei nicht zumuten will. Als ich ihre Nachrichten bekomme, will ich die beiden am liebsten direkt enterben. Allerdings nur fünf Minuten lang, dann habe ich mich wieder eingekriegt. Auch ohne die zwei wird hier in den nächsten Tagen einiges los sein. Außerdem muss ich mich wirklich erst mal einleben, da haben sie schon recht.

Mist, ich habe die Butterflocken vergessen, und der Auflauf sieht auch schon ziemlich dunkel aus. Ich lege etwas Alufolie drüber und decke den Tisch – für Paul, seine Petra und mich. Mama und Malgorzata essen für sich. Nicht weil ich sie nicht hier haben will, sondern weil sie es so entschieden haben.

»Sonntag zusammen Abendessen. Sonst wie immer. Einmal die Woche bei uns, andere Woche hier unten bei dir«, hat mir Malgorzata mitgeteilt. Sie ist eine sehr entschiedene Person, die sich ungern etwas vorschreiben lässt. Eine der wenigen würdigen Gegnerinnen für meine Schwester.

»Wenn ihr häufiger mit uns essen mögt, kein Problem. Ihr könnt das jederzeit umentscheiden«, biete ich Malgorzata an.

Sie nickt. »Wir werden sehen.«

Paul und seine Petra sind pünktlich.

»Das ist so nett von Ihnen!«, begrüßt mich die Sprechstundenhilfe, die ich mir so ganz anders vorgestellt habe.

Petra ist etwa Anfang 40, und ihr Haar hat die Farbe von Hannelores Halsgefieder. Rotgold. Allerdings nicht ganz so glänzend wie bei Hannelore. Es ist nicht arg viel Haar – ich erkenne Leidensgenossinnen sofort –, egal wie sie versuchen, das Dilemma zu kaschieren. Auch ich habe nicht besonders üppiges Haar, ein Thema, über das ich tagelang jammern könnte und auch schon gejammert habe. Petra trägt einen Haarreif in einem Bordeauxton, der sich leider sehr mit ihrer Haarfarbe beißt. Sie ist hübsch, aber ein wenig blass, was natürlich auch an dem rotgoldenen Haar liegen kann. Das ist einfach eine Farbe, die blass macht. Ihr Gesicht hat etwas Niedliches. Ein kleines Näschen, volle Lippen und blitzeblaue Augen. Das, was ich an Kinn eher zu viel habe, fehlt ihr. Man könnte ihres als fliehendes Kinn bezeichnen. Sie trägt einen weißen Kittel, aber dennoch kann man erahnen, dass sich darunter, wie mein Ex sagen würde, ein Mörderfahrgestell versteckt. Üppige Brüste, ansonsten eher zart. Was für eine Minitaille. Viel wegessen wird die uns nicht, schießt es mir durch den Kopf.

»Ich freue mich so, dass Sie die Horst-Tradition fortsetzen tun. Es wäre so traurig, da unten allein die Mittagspause zu verbringen!«

Mir ist sofort klar: Paul hat nichts gesagt. Oder die kleine Petra ist unglaublich raffiniert.

»Ich darf doch?«, fragt sie freundlich und öffnet ihren Kittel. »Nicht, dass ich mir den vollkleckern tu!«

Unter ihrem Kittel trägt sie etwas Kleingeblümtes. Ein Kleidchen, das die Verniedlichungsform überaus verdient, mit Mega-Ausschnitt. Grundton ist Bordeaux, passend zum Haarreif. Mit dem Look könnte sie auch als ältliches Blumenmädchen auf jeder Hochzeit durchgehen. Das Kleid sieht aus wie von Laura Ashley, einem Laden, der seine Blütezeit in den 80ern hatte. Ich weiß gar nicht, ob es den noch gibt.

Paul und Petra sitzen erwartungsvoll am gedeckten Tisch, und ich serviere. Ich komme mir vor wie die Bedienung und frage mich, ob ich überempfindlich bin.

»Wie läuft's in der Praxis?«, beginne ich den Smalltalk.

»Gut!«, freut sich Paul und strahlt Petra an. »Dank Petra läuft die Chose rund.«

Sie kichert. »Ach, der Herr Doktor tut sein Licht unter den Scheffel stellen. Die Leute waren begeistert. Der Horsti kann manchmal ein bisschen grob sein, und der Herr Doktor hat etwas so Sanftes. Er tut das sehr gut machen.«

Tut-Tut, denke ich nur. Sie lächelt und schiebt sich den ersten Bissen des Auflaufs in den Mund. Irgendwas hier passt mir so gar nicht.

»Wie viele Patienten hattet ihr denn?«, versuche ich, trotz dieses leichten Unbehagens, die Unterhaltung am Laufen zu halten.

Paul kaut und schaut mich dann an. »Ist da Fleisch drin?«, ignoriert er meine Frage.

»Ja, ganz was Spezielles. Wildschweinfleischwurst«, antworte ich. »Es ist der Auflauf, den diese Frau Huber gestern gebracht hat«, ergänze ich noch.

»Tja, mit dem Fleischessen muss ich hier wahrscheinlich ein wenig umdenken. Ist ja auch ganz was anderes als so abgepacktes Zeug aus dem Supermarkt. Und das Wildschwein soll ja nicht umsonst gestorben sein«, sagt Paul ziemlich pragmatisch und isst.

Ich staune. Der Veggiemissionar ist ja wirklich sehr flexibel.

»Richtig lecker!«, schwärmt er sogar.

Klein-Petra nickt zustimmend.

Auch mir schmeckt es. Vor allem diese Kartoffelbreikruste. Während wir essen, überlege ich, ob ich sofort, jetzt und hier, klarstellen muss, dass dieses gemeinsame Mittagessen eine absolute Ausnahme ist.

Aber Petra spricht es selbst an: »Also, ich weiß, das tut für Sie vielleicht komisch aussehen, dass ich immer hier oben gegessen habe, aber der Horst hat gemeint, es macht ja keinen Sinn heimzufahren. Ich tu ja mindestens eine halbe Stunde bis nach Hause brauchen. Aber wenn Sie beide also jetzt vielleicht lieber nur zusammen, ohne mich, essen, dann kann ich mir auch was mitbringen und mich im Wartezimmer hinsetzen. Ich tät das verstehen.«

Paul zuckt zusammen und blickt zu mir.

»Sie können es mir ehrlich sagen. Meine Mutter hat auch schon gemeint, dass es wahrscheinlich vorbei sein tut mit den schönen Pausen. Und Sie sind ja von der Stadt, da macht man so was wahrscheinlich nicht. Also, ich tu das verstehen.«

Ich kann in Pauls Gesicht ablesen, dass ihm dieses Gespräch extrem unangenehm ist. Dennoch wäre es jetzt an ihm, etwas zu sagen, aber, wie so viele Männer, scheut er sich. Er weiß, dass er, egal, was er sagt, Enttäuschung und im schlimmsten Fall auch noch Ärger erntet. Ihm ist klar, dass er hier nicht unbeschadet rauskommt. Die Frage ist nur, welche Seite ihm mehr Probleme macht.

Er räuspert sich. »Also, Petra, man muss hier ja nichts überstürzen. Wir behalten das zunächst mal bei, gell, Andrea. Und dann sehen wir weiter. Wir warten ab, wie es so läuft. Es würde uns ja gar nicht schmecken, wenn wir wüssten, dass Sie da unten im Wartezimmer an einem belegten Brot knabbern. Auch wir Städter haben durchaus Herz.«

Was für ein Schisser. Und Schleimer. Und dann noch dieses »gell, Andrea«. Ich trete ihm unterm Tisch leicht gegen sein Schienbein. Er reagiert nicht.

Dafür ist Klein-Petra ganz aus dem Häuschen: »Das ist ja toll! Wie nett von Ihnen beiden. Kann ich noch ein bisschen Auflauf kriegen?« Das Thema scheint abgeschlossen.

Jetzt wäre der Zeitpunkt, an dem eine couragierte Frau sagen würde: Moment mal! So nicht. Ich möchte das nicht. Sie können mal mitkommen, aber ich will hier keine feste Mittagessensverabredung. Das ist mir zu viel. Ich weiß nicht, ob ich das Tut-Tut täglich ertragen kann. Genau das würde eine Frau mit Arsch in der Hose sagen. Aber ich schaffe das nicht. Es käme mir dann tatsächlich so vor, als würde ich ein Neugeborenes bei klirrendem Frost vor dem Haus liegen lassen. Es geht nicht. Ich möchte nicht als hartherzige Städterin abgestempelt werden. Hat sie ziemlich schlau gemacht, die Frau Tut-Tut. Außerdem finde ich, es wäre Pauls Aufgabe gewesen. Aber wer macht sich schon gerne unbeliebt? Ich höre direkt seine Argumente: Andrea, ich arbeite mit ihr. Da ist eine gute Atmosphäre wichtig, blablabla.

Petra hilft mir beim Abräumen.

»Gibt es Nachtisch?«, will Paul wissen. Er wirkt erleichtert.

Denkt der echt, er kommt damit durch? Glaubt er wirklich, er bekommt zur Belohnung auch noch Nachtisch?

»Ich möchte keinen, vielen Dank!«, sagt Petra höflich und tätschelt ihren nicht vorhandenen Bauch, noch bevor ich sagen kann, dass Nachtisch gar nicht im Angebot ist.

»Du kannst einen Apfel essen, mehr ist nicht da. Ich muss noch einkaufen«, antworte ich Paul so freundlich, wie es mir in Anbetracht der Lage möglich ist.

»Bringst du ein bisschen Eis mit?«, grinst er mich an. »Was machen die drei Hs?«

»Alles gut. Mama hat sie gefüttert und ist mit ihnen durch den Garten gezogen. Sie sind draußen, und Mama ruht sich aus. Heute Abend treiben wir sie wieder in den Stall.«

»Wie mutig Sie sind. Ich habe ein bisschen Angst vor den dreien«, gibt Petra zu. »Ich fühle, dass sie mich nicht leiden können. Ich weiß, das tut kindisch klingen, aber so ist es.«

Immerhin haben wir nun einen gemeinsamen Nenner, die kleine Tut-Tut und ich.

»Mir geht es genauso. Meine Mutter hingegen hat einen totalen Draht zu den Hühnern. Keine Ahnung, wieso die Hühner sie mögen.«

»Heike haben sie auch nicht leiden können. Na ja. Bei

Heike war es auch schwierig. Auch für mich. Die war so verschlossen, nicht so offen wie Sie.« Petra strahlt mich an.

Geschickt von ihr. Wie soll ich sie nach dieser Frontalschleimattacke noch von meinem Mittagstisch wegbekommen?

»So, ich werde jetzt mal zum Einkaufen fahren. Ich weiß ja nicht, was Sie normalerweise in der Pause noch so machen, aber ich muss jetzt mal los, damit es heute Abend auch wieder was zu essen gibt«, bemerke ich.

Petra kichert kurz. »Ach, der Horst und ich haben alles Mögliche gemacht.« Sie verzieht ihr Gesicht und macht einen trotzigen Eindruck, als sie weiterredet: »Aber das ist ja jetzt Geschichte. Der ist ja weg. Hat mich hiergelassen. Tut wohl denken, da draußen wäre Besseres. Soll er doch. Ich kann auch ohne ihn.«

Paul schaut überrascht auf. »Also, heißt das, der Horst und Sie waren ein Paar?«, fragt er ziemlich ungeniert.

»Sie sollen doch du sagen«, antwortet Petra und lässt die eigentliche Frage damit unbeantwortet.

Aber so schnell gibt Paul nicht auf: »Na gut. Waren der Horst und du ein Paar?«

»Ja und nein. Ach, es ist kompliziert. Offiziell nicht. Ist eine lange Geschichte und ja eh vorbei«, antwortet Petra reichlich kryptisch.

Ich denke mir meinen Teil und lasse sie in Ruhe. Wahrscheinlich hat er sich mittags hier mit Tut-Tut vergnügt, aber in der Öffentlichkeit war sie ihm peinlich. Was für ein mieser Sack! Dass sie sich das hat gefallen lassen! Warum tun wir Frauen das bloß? Ist seine Sehnsucht nach der großen weiten Welt in Wirklichkeit nur eine profane Flucht vor Petra?

»Ist Heike deshalb weggegangen?«, insistiert Paul.

Wie indiskret ist der denn? »Paul, das geht uns gar nichts an. Hör auf damit!«, rufe ich ihn zur Ordnung.

Ich würde zwar auch gerne wissen, was da genau vorgefallen ist, aber da muss man ein wenig langsamer vorgehen. Warten, bis sie selbst bereit ist auszupacken. Taktik ist da alles. Wir haben ja noch sehr viele Mittagessen Zeit!

»Ich kann mit Ihnen zum Einkaufen fahren, Ihnen zeigen, wo was ist und so. Also, wenn Sie das wollen tun«, bietet Petra mir an, und ich muss sagen, das finde ich wirklich sehr nett. Immerhin ist es ihre Mittagspause. Und sie kann ja auch schlecht Paul zum Horst machen!

»Gerne nehme ich das Angebot an!«, antworte ich.

»Ich lege mich ein Stündchen hin, bevor es in die Nachmittagsrunde geht«, sagt Paul und wünscht uns viel Spaß.

Beim Einkaufen! Denken Männer tatsächlich, es wäre ein Heidenspaß, Lebensmittel einkaufen zu gehen? Wie oft ich in meinem Leben wohl schon einkaufen war? Ich gehe mindestens dreimal die Woche, und das seit mindestens 30 Jahren. Das sind grob gerechnet: drei mal 52 mal 30. Also ungefähr 4680-mal war ich bisher in meinem Leben einkaufen. Und das ist schon sehr knapp kalkuliert. Ich war garantiert häufiger einkaufen, als ich Sex hatte. Keine gute Bilanz. Wenn man jetzt noch bedenkt, wie lange ein gewöhnlicher Einkauf dauert, also um die 45 Minuten, mit Fahrt zum Supermarkt und zurück auch eher knapp kalkuliert, dann sind das 210 600 Minuten (Gut, dass Handys Taschenrechner haben!). Geteilt durch 60, kommt man auf 3510 Stunden. Ich habe 3510 Stunden meines Lebens mit Einkaufen verbracht. Das schockiert mich. Vor allem, wenn ich mir vorstelle, was noch dazukommen wird. Ich beschließe, effizienter einzukaufen. Mehr auf einmal oder eben mehr Spaß am Einkaufen zu haben. Wie das genau gehen könnte, ist mir allerdings noch unklar. Aber vielleicht macht das Einkaufen auf dem Land ja mehr Spaß, wer weiß.

»Also«, legt Petra los, sobald wie im Auto sitzen, »hier in Palsdorf ist der kleine Laden von Marianne. Der Huber Marianne. Da gibt es das Nötigste und vor allem jede Information, die man brauchen tut.«

Ich zucke kurz zusammen. Das Tut tut mir weh.

»Marianne weiß alles. Die wusste sogar das von Horst und mir. Die hat uns mal, na ja, gesehen, als sie in der Mittagspause mit irgendeinem Leiden vorbeikam. Marianne kommt dauernd. Die hat schon fast ein Arztabonnement. Sie ist nett, aber sie tut alles ausplaudern. Man muss vorsichtig sein. Sie hat zwei Gesichter. Vorne und hinten eben.«

Vorne und hinten ein Gesicht, aha. Petra scheint eine sehr gute Informationsquelle zu sein.

»Bei Marianne ist es natürlich teuer. Deshalb fahren alle zu Lidl, auch wenn der zwanzig Minuten weg ist. Bei Marianne holt man was, wenn man bei Lidl was vergessen hat. Sie hat auch Zeitungen und Zigaretten. Und alles an Alkohol, was es geben tut.«

Ich überlege, ob ich ihr das mit dem Tut sagen kann. Wäre das übergriffig? Ja, das wäre es. Ich muss lernen, darüber wegzuhören. Es geht mich nichts an. Sie ist nicht meine Freundin, und sie hat mich nicht nach meiner Meinung gefragt. »Gibt es auch einen schönen Markt?«, frage ich stattdessen.

»Donnerstag ist Markt«, kommt ihre prompte Antwort, »aber nicht in Palsdorf natürlich.« Sie lacht herzhaft, so als wäre das die abwegigste Idee überhaupt. »In Maschhausen. Das liegt an der Straße Richtung Fulda. Da wo die Blitzer stehen tun. Da ist auch ein Metzger und eine Bäckerei. Und ein Gemüselädchen. Wir nennen es die Obstapotheke. Weil's da so teuer ist. Also eigentlich kriegst du alles, was du brauchen tust, beim Lidl.« Sie hört sich fast an, als wäre sie die Marketingfachkraft des Discounters.

Ich weiß auch nicht, warum ich dachte, auf dem Land wäre das Einkaufen anders. Irgendwie habe ich mir vorgestellt, hier gäbe es nur so niedliche kleine Spezialgeschäfte. »Ich dachte, hier kauft man direkt beim Bauern oder so. In Dorfläden eben«, sage ich zu Petra.

Sie schüttelt den Kopf: »Wer soll denn das bezahlen? Ich meine, in so Dinger gehen doch nur die Leute, die in der Stadt wohnen!«

Das Land ist sehr viel weniger romantisch als gedacht. Jedenfalls was das Einkaufen betrifft.

Neben dem Lidl ist eine KIK-Filiale. »Da war früher Schlecker!«, informiert mich Petra.

Ernüchternd.

Eineinhalb Stunden Lebenszeit hat mich der Einkauf gekostet. Ich weiß auch nicht genau, wann das angefangen hat, dieses ständige Nachdenken über die verbleibende Zeit und ihre Nutzung. Trotzdem war der kleine Shoppingtrip interessant. Petra spricht gerne und viel. Und sie nimmt kein Blatt vor den Mund.

»In Palsdorf gibt es eine Menge alte Frauen. Die Männer sind weggestorben, und die Frauen hocken allein in ihren großen Häusern und warten aufs Ende. Inzwischen ziehen auch wieder mehr junge Familien her. Weil es hier ja so viel billiger ist. Der Bürgermeister, unser Herr Tummler, tut viel Werbung machen für Palsdorf. Der war auch wirklich froh, dass Horst einen Nachfolger gefunden hat. Wie sollen all die Omas denn sonst zum Arzt kommen? Kulturell ist hier nix los. Kein Kino oder so. Da muss man immer fahren.«

Das alles hört sich nicht nach Begeisterung an.

»Was machen Sie denn dann noch hier?«, frage ich bei Petra nach. »Ich meine, das muss doch sterbenslangweilig sein.«

»Ja und nein. Also langweilig ist es schon. Einerseits. Aber andererseits ist es auch schön. Es ist ruhig, man kann sich aufeinander verlassen, und neuerdings haben wir sogar Yoga. Da müssen Sie mal mitkommen. Im Kindergartensaal. Immer mittwochs. Da treffen sich alle. Also die Frauen. Nur der Tummler ist manchmal dabei. Also unser Herr Bürgermeister. Und ich, na ja. Warum ich hier bin? Ich komm von hier. Ich tu hier hingehören. Und ich bin auch wegen dem Horst geblieben. Der wär ja sonst auch sehr allein gewesen. Gut, zum Dank ist er jetzt weg. Aber meine Mutter lebt hier. Und die kann Unterstützung gebrauchen. Viel Geld hat die nicht.« Sie räuspert sich. »Ich sollte nicht so negativ sein. Es ist auch schön hier. Echt. Sie werden sich wohl fühlen. Ganz sicher. Und es ist billig. Von den Mieten her und so.«

Dienstags Schürzen nähen, mittwochs Yoga mit dem Herrn Bürgermeister, kein Kino und ein Dorf voller alter Frauen. Wie verlockend! Nur noch 363 Tage, sage ich mir. Wie ein Mantra. 363 Tage. Verdammt: Noch 363 Tage!

Es ist später Nachmittag, und meine Mutter sitzt im Garten, die Hühner in Sichtweite. Malgorzata residiert auf der Terrasse und trinkt Kaffee. Es sieht geradezu idyllisch aus. Ich gehe zu Malgorzata und frage, ob ich ihr Gesellschaft leisten darf.

»Musst du doch nix fragen. Ist dein Haus«, antwortet sie nicht besonders charmant.

»Na ja, vielleicht willst du allein sein. Ich will dich nicht stören«, gebe ich zu bedenken.

»Unsinn, wobei stören? Sitze doch nur«, sagt sie und deutet auf den Stuhl neben sich. »Ich glaube, Mama ist verliebt. In Huhn«, lacht Malgorzata und zeigt auf meine Mutter, die wie festgetackert auf dem Rasen sitzt.

»Hallöchen!«, ertönt da eine Stimme. Eine ältere Frau lugt um die Ecke. Mitte 60 etwa, komplett in hellem Steingrau gekleidet. Passend zu ihrem silbrigen Haar. »Ich war grad beim Doktor. Ich hab wieder so schlimm Rücken und wollte Ihnen noch was abgeben. Ich bin die Lotte, die Lotte Hebbel, eine Freundin von der Marianne. Marianne Huber. Die mit dem Auflauf gestern.

Ich hab auch was mitgebracht.« Sie hält einen Kuchen hoch.

Essen scheint hier die Freundschafts- und Begrüßungswährung zu sein. Wenn das so weitergeht, werden wir komplett aufspecken. Der Kuchen sieht gut aus.

»Apfelstreusel. Unten ist noch Pudding«, erklärt diese Lotte ihr Backwerk.

Malgorzata schaut anerkennend. »Auf dem Land viel und gut essen!«, freut sie sich.

Frau Hebbel freut sich gleich mit. »So ist es!«, bestätigt sie Malgorzatas Aussage. »Er ist ganz frisch. Heute Morgen gemacht. Sollen wir ihn mal anschneiden?«, fragt sie.

Zehn Minuten später sitzen wir mit Lotte Hebbel am Tisch, Malgorzata hat Geschirr und Kaffee geholt, und auch Mama ist dem Ruf des Apfelstreusels gefolgt.

Berührungsängste hat hier anscheinend niemand. Es scheint auch normal zu sein, zu jeder Tageszeit einfach mal vorbeizuschauen. Ohne vorherigen Anruf oder auch nur ein Klingeln. Einfach rein in die gute Stube oder rauf auf die Terrasse.

Ich bin noch unsicher, ob mir das gefällt oder eher nicht. Ich mag es, wenn Menschen freundlich sind, aber diese Form der extremen Zutraulichkeit hat doch etwas Bedrängendes. Man hat keine Wahl. Von wegen, Ruhe und Einsamkeit auf dem Land!

Auch Lotte findet es unerlässlich, dass wir alle morgen Nachmittag zum Frauentreff kommen. »Das würde hier niemand verpassen. Da kommen alle. Alt und Jung. Da lernen Sie gleich mal alle kennen. Und gemeinsam was werkeln und handarbeiten ist halt auch eine Riesenfreude.«

Ich verspreche, dass wir kommen.

Der Kuchen ist köstlich. Mama isst drei Stücke, und ich bin froh, dass Birgit das nicht sieht. Meine Schwester möchte, dass meine Mutter abnimmt. Leider gibt es keine Diät, in der drei Stücke Apfelstreusel auf dem Plan stehen. Ich kann, im Gegensatz zu Birgit, meine Mutter sehr gut verstehen. Wenn ich einfach nach Lust und Laune essen würde, was ich leider oft genug tue, hätte ich mir mit Sicherheit auch mehrere Stücke gegönnt. Wenn ich das allerdings ein Jahr lang mache, dann kann man mich aus Palsdorf nur noch rausrollen. Im Gegensatz zu meiner Mutter ist mir das noch nicht egal.

»Ich bringe Ihrem Mann und der Petra noch ein Stückchen, bevor alles weg ist«, schlägt Frau Hebbel vor.

Eine nette Idee.

»Er ist nicht mein Mann, sondern mein Lebensgefährte«, sage ich noch rasch.

Jetzt habe ich ihre ganze Aufmerksamkeit. »Sie sind nicht verheiratet?«, fragt sie, und ich höre einen merkwürdigen Unterton heraus.

»Nein, noch nicht. Wir leben zusammen. Seit einer Weile. Ich bin geschieden und Paul auch.« Wenn schon, denn schon. Das Dorf braucht ja Gesprächsstoff. Es sollte sich inzwischen ja auch bis Palsdorf herumgesprochen haben, dass das durchaus nichts Ungewöhnliches und schon gar nichts Verwerfliches ist.

»Oha, na dann vielleicht ein bisschen Obacht geben. Die Petra mag die Herrn Doktoren.« Sie rollt mit den

Augen und fügt schnell hinzu: »Hm, vergessen Sie das. Ich hab nichts gesagt. War nur so ein Hinweis. Gell. Man will ja keinen Ärger. Die Petra ist ja 'ne ganz Liebe. Aber mit einer kleinen Schwäche.«

Petra tut mir fast ein wenig leid. Frau Tut-Tut scheint als Femme fatale von Palsdorf zu gelten. Das ist irgendwie witzig.

»Da mache ich mir keine Sorgen«, lasse ich Frau Lotte wissen.

»Wenn Sie meinen. Das hat die Heike, die Frau vom Horst, auch mal gedacht. Und sich dann umgeguckt. Aber wie gesagt. Ich hab nix gesagt. Gar nix!«

»Erzählen Sie doch mal ein bisschen von sich«, lenke ich unseren Besuch auf ein anderes Thema.

»Erst bringe ich noch schnell den Kuchen in die Praxis und schau gleich mal nach dem Rechten.« Sie zwinkert mir verschwörerisch zu.

Hat Horsts Frau, Heike, das Weite gesucht, weil sie ihn mit Petra erwischt hat? Oder ist das ein Erklärungsmodell der Dorffrauen? Können die sich keinen anderen Grund vorstellen, warum man von hier wegwill? So oder so, hier scheint mehr Drama zu sein als in der Vorstadt. Das überrascht mich.

Es dauert, bis Frau Hebbel wieder auftaucht. »Ich hab schnell bei Ihnen oben für den Doktor und die Petra Teller und Kuchengabeln geholt. Ich kenn mich ja in der Küche aus.«

Privatsphäre auf Wiedersehen. Bye-bye Intimität. Entweder ich verrammle alles, oder ich muss ab jetzt damit leben, dass jeder ungefragt und ungebeten bei mir in der

Küche steht. Oder ich muss in der Angelegenheit sofort den Riegel vorschieben. Trau dich, Andrea, du bist erwachsen und kannst dir hier nicht alles bieten lassen.

»Frau Hebbel, das mag ich nicht besonders. Meine Wohnung ist meine Wohnung. Ich liebe meine Privatsphäre. Ich möchte, dass Menschen klingeln, bevor sie meine Wohnung betreten.«

Ich bin kurz stolz auf mich. Aber nur kurz, denn sie schaut mich an, als hätte ich gesagt, dass ich ihr jetzt und hier die Kehle durchschneiden werde. Und das, während ich ihren köstlichen Apfelstreusel verzehre. Ohne jegliche Betäubung.

»Wie Sie meinen«, stammelt sie, »ganz wie Sie meinen. Ich wollte Ihnen nur Arbeit abnehmen. Aber wenn Sie das nicht wollen. Bitte.«

Die Worte sind versöhnlich, ihr Blick aber ist kalt und abschätzig. »Ich verstehe Ihre Absicht, aber Sie haben recht, ich will das nicht. Ist nicht böse gemeint«, versuche ich, meiner Aussage die Schärfe zu nehmen, alles nachträglich ein wenig abzumildern. Das wird mir hier in Palsdorf keine Pluspunkte einbringen. Ich stelle mir vor, wie diese Lotte allen davon erzählt. Sie, die barmherzige Kuchenspenderin, wird getadelt, weil sie mir, der abweisenden Großstädterin, Arbeit abnehmen wollte.

Malgorzata unterbricht das peinliche Schweigen: »Müssen wir Hühnchen in Käfig treiben und gucken, was gibt zu Abend. Danke für Kuchen, Frau Lotte!«

Im Gegensatz zu Frau Huber versteht Frau Hebbel immerhin die versteckte Aufforderung. »Ich geh dann mal. Ich lasse Ihnen den Rest Kuchen trotz allem da.

Vielleicht bis morgen Nachmittag. Hinten in Mariannes Laden.«

Jetzt bin ich einen Hauch beschämt. Sie ist superfreundlich, und ich verhalte mich kleinlich. Was gibt es oben in der Wohnung schon groß zu entdecken? »War nicht böse gemeint!«, entschuldige ich mich ein weiteres Mal.

»Ich habe schon verstanden«, sagt sie im Gehen, und es hört sich nicht so an.

Wahrscheinlich ist das hier einfach normal so, und es kommt nur mir komisch vor.

»Guter Kuchen!«, ist Mamas einziger Kommentar, als Frau Hebbel weg ist. »Kann ich noch was haben?«, schiebt sie hinterher.

Malgorzata mustert sie mit einer gewissen Strenge: »Genug Zucker, Mama Erika. Für heute genug.«

Mama zieht, wie eine Dreijährige, der man Süßigkeiten verweigert, einen Flunsch. Aber, und das erstaunt mich jedes Mal aufs Neue, sie fügt sich ohne Murren. Sie akzeptiert Malgorzata als Autoritätsperson. Sie könnte in ihrem Alter ja auch sagen, mir doch egal, aber das tut sie nicht.

Wenn die Sonne untergeht, wird es schnell ziemlich kalt. Der Sommer geht, denke ich wehmütig. Wie wird es hier sein, wenn es ständig dunkel ist? Werden so wie heute auch meine nächsten 362 Tagen aussehen? Ein bisschen einkaufen, Hühner füttern, Essen machen und Petra in der Mittagspause bespaßen? Werde ich, wenn die neuen Eindrücke nicht mehr neu sind, vor Langeweile eingehen? Einfach verkümmern? Werde ich irgendwann sogar den Besuch einer Frau Huber oder einer Frau Hebbel herbeisehnen? Oder ist Langweile vielleicht auch eine Chance? Braucht jegliche Form von Kreativität nicht sogar Langweile als Dünger? Was könnte ich hier bloß tun? Mein Kopf ist voll mit all diesen Fragen, als ich ins Bett sinke.

Paul hingegen scheint sehr zufrieden mit seinem Praxistag. »Ich kann mir Zeit nehmen für die Menschen. Sie sind sehr freundlich. Es ist so herrlich anders als in der hektischen Klinik. Fast schon entspannt. Und die Leute sind nicht so fordernd. Hier gilt noch das, was ein Arzt sagt. Die hören auf mich.«

Ich bin müde, lasse das Ich-bin-der-Doktor-und-alles-hört-auf-mein-Kommando-Gerede gnädig unkommentiert und habe keine Lust, das Petra-Mittagessen-Thema jetzt zu besprechen. »Wir müssen da noch mal drüber reden, Paul! Das kann kein Dauerzustand werden«, ist alles, was ich vor dem Einschlafen sage.

»Ja, das machen wir«, antwortet er und ist innerhalb weniger Minuten eingeschlafen. Wahrscheinlich ist er froh, relativ unbehelligt davongekommen zu sein.

Mitten in der Nacht wache ich auf. Es ist geradezu unheimlich ruhig. Eine beängstigende Ruhe. Eine Stille, die ich nicht gewohnt bin. Kann es zu still sein? Ich schleiche mich aus dem Schlafzimmer und versuche, möglichst leise zu sein, um Paul nicht zu wecken. Die Holzböden ächzen. Das ganze Haus macht irgendwie Geräusche. So als würde es atmen, als hätte es ein Eigenleben. Es ist das Holz, Andrea, beruhige ich mich selbst. Draußen unglaubliche Stille, und hier dieses seltsame Geknarze. Ich erinnere mich an einen Satz meines Vaters: Holz arbeitet. Als Kind fand ich das ausgesprochen seltsam. Ich weiß noch, dass ich meinen Vater erstaunt gefragt habe, wo und wie denn?

Ich tapse barfuß in die Küche und esse ein Stück Kuchen. Kohlenhydrate beruhigen ja angeblich. Also ist es keine Gier, sondern eher so was wie eine therapeutische Maßnahme. Ich habe den letzten Bissen gerade im Mund, da öffnet sich die Tür. Ich schreie, und kaum ist der Schrei raus, sehe ich, wer es ist. Meine Mutter.

»Mama, ich hätte fast einen Herzinfarkt gekriegt, das darfst du nicht machen, mitten in der Nacht hier anschleichen.«

»Ich bin es doch nur«, sagt sie erstaunlich gelassen. »Was machst du denn nachts in der Küche?«, fragt sie und schaut sich um, als würde sie etwas suchen.

»Ich konnte nicht schlafen«, antworte ich wahrheitsgetreu und schlucke schnell den letzten Rest Streusel hinunter. »Die Frage ist ja eher, was du hier machst?«

»Ich habe mich verlaufen«, antwortet sie, und ihre Augen zucken. Dabei fasst sie sich an die Nase.

Sie lügt, denke ich. Sie schwindelt mir was vor. Das habe ich neulich im Fernsehen gesehen. Angeblich fassen sich Menschen beim Lügen häufig an die Nase. Auf einmal dämmert es mir. »Wolltest du noch ein Stück Kuchen essen?«, frage ich sie.

»Darf ich?«, lautet die Rückfrage.

Gleiches Recht für alle, denke ich und gebe ihr das

letzte Stück. »Aber, Mama, das ist eine Ausnahme. Das geht nicht. Du kannst nicht nachts allein durchs Haus laufen. Was da alles passieren kann. Du könntest stürzen oder so. Und außerdem habt ihr doch oben auch eine Küche.«

»Aber keinen Kuchen«, stellt sie sehr trocken und durchaus logisch fest. Manchmal scheint sie mir im Kopf vollkommen klar.

»Ich mache mir noch einen Pfefferminztee. Magst du auch einen?«, erkundige ich mich bei ihr.

Sie will, und so sitzen wir nachts um halb drei in der Küche und trinken Pfefferminztee. Was soll's, denke ich, wir haben ja morgen früh keine Termine.

»Erzähl mir doch ein bisschen von diesem Hühnermann, diesem Egbert«, fordere ich meine Mutter auf.

»Er hatte so volles Haar, dichtes, volles, schwarzes Haar. Sehr, sehr schönes Haar«, schwärmt sie.

»Aber wer war er? Woher kanntest du ihn? Was war da mit euch?«, bestürme ich meine Mutter mit Fragen.

Ihr Gesichtsausdruck verändert sich abrupt. Sie macht dicht. Ich sehe es sofort. »Ist lange her. Weiß ich nicht mehr«, lautet ihre Antwort.

Chance vertan. Ich war zu forsch. Ich hätte abwarten müssen.

»Ich bringe dich ins Bett«, biete ich meiner Mutter an, als wir den Tee ausgetrunken haben. »Du brauchst deinen Schlaf. Du wirkst müde.«

Sie nickt und lässt sich brav ins Bett bringen. »Nix verraten mit dem Kuchen«, flüstert sie mir noch zu, als ich ihr einen Kuss auf die Wange drücke.

Vielleicht ist das ja das Gute hier auf dem Land. Ich bin bei meiner Mama. Verbringe viel mehr Zeit mit ihr. Schon jetzt, nach den ersten beiden Tagen, kommt mir ihre Krankheit weniger bedrohlich vor. Sie ist und bleibt meine Mutter. Es ist schön, ihr wieder nah zu sein.

In mir macht sich ein wohliges Gefühl breit, als ich zurück ins Bett schlüpfe. Ich sollte mir die Zähne putzen, denke ich noch kurz. Und dann: Was soll's! Morgen ist auch noch ein Tag. Mit dem Geschmack von Apfelstreusel schlafe ich ein. Eine Zahnpasta mit diesem Geschmack wäre phantastisch, ist mein letzter Gedanke.

10

Ich wache auf, weil ich Autotüren zuschlagen höre. Die Patienten parken quasi direkt unter unserem Schlafzimmerfenster auf der Kiesauffahrt. Zum Glück wohnen wir im ersten Stock, und sie können nicht an die Scheibe klopfen. Bei der allgemeinen Distanzlosigkeit hier würde mich nicht mal das mehr wundern.

Mein nächtlicher Streuselkuchen-Ausflug macht sich bemerkbar. Ich bin noch müde. Ich schaue zum Fenster hinaus, und Palsdorf präsentiert sich von seiner düsteren Seite. Alles ist grau. Man kann den Wald nur ahnen und nicht mehr sehen. Ein Wetter zum Liegenbleiben. Und das im Sommer. Nichts da draußen ruft nach mir, und alles in mir schreit danach, im Bett zu bleiben. Aber die Hühner. Meine Mutter. Das Mittagessen für Petra und Paul. Wollen die Hühner bei dem Wetter raus? Mögen die Regen? Sind die robust? Ich habe keine Ahnung. Werde mich heute mal im Internet schlaumachen.

Hoffentlich ist es morgen, wenn Sabine kommt, schöner. Ich will mein neues Zuhause gerne im besten Licht präsentieren.

Ich bleibe bis halb zwölf im Bett. Was für ein Luxus-Lotterleben. Zum Glück kann ich das Nichtsnutzgefühl ganz gut genießen.

Zum Mittagessen mache ich nur ein paar Spaghetti mit Tomatensauce. Ist ja kein Gourmet-Restaurant hier oben.

Petra ist trotzdem voll des Lobes. »Morgen Mittag haben Sie Ihre Ruhe von mir! Mittwochs ist ja der Nachmittag frei, da tu ich natürlich heimfahren! Und Donnerstag bringe ich Essen mit. Sie sollen nicht immer solche Arbeit haben.«

Jetzt habe ich beim Anblick meiner Spaghetti fast ein schlechtes Gewissen. So viel Arbeit war das jetzt, ehrlich gesagt, nicht. Die Sauce war aus dem Glas, und Spaghetti zu kochen hält sich vom Aufwand her ja auch in Grenzen.

Trotzdem hat es etwas Komisches mit Petra. Jetzt sind meine Kinder aus dem Haus, und ich habe mir ein neues erwachsenes Kind angelacht. Merkwürdig.

Heute trägt Petra einen hellgelben Haarreif. Wenn wir uns besser kennen, muss ich ihr sagen, dass sie kein Haarreif-Typ ist. Dieser stirnfreie Look betont ihr fliehendes Kinn. Aber sie ist, weiß Gott, alt genug, um selbst zu entscheiden. Mir würde es auch nicht gefallen, wenn sie mir ungefragt Frisurentipps geben würde.

»Gehen Sie heute Nachmittag zum Frauenmittag?«, fragt sie mich.

»Ich glaube nicht, dass ich eine Wahl habe. Nicht zu gehen käme ja fast schon einem Affront gleich«, antworte ich.

Paul lacht. »Du warst heute schon Gesprächsstoff unten in der Praxis. Weil du dieser Kuchenfrau von gestern verboten hast, in unsere Wohnung zu gehen. Das hat sich anscheinend in Windeseile rumgesprochen. Du hast dich augenscheinlich mit einer der Top-Herrscherinnen von Palsdorf angelegt. Sehr mutig, Andrea!« Er grinst.

Petra nickt nur: »Die Lotte wirkt harmlos, aber es stimmt, was der Herr Doktor sagt, die bestimmt hier einiges in Palsdorf. Und sie tut Stimmung machen. Ich hab das schon zu spüren bekommen. Als die Frau von Horst, die Heike, weggegangen ist. Ich weiß, was da alle gesagt haben. Dabei stimmt das gar nicht.«

»Was haben denn alle gesagt?«, kann ich meine Neugier nicht zügeln.

»Na, dass sie weg ist, weil der Horst und ich halt, aber das ist nicht wahr. Da ist nichts gewesen. Erst viel später. Und ich glaube, nur weil der Horst sich trösten wollte.«

Oje.

Sie schüttelt den Kopf und redet weiter: »Und mal ehrlich, ich glaube, die Lotte wollte selber was vom Horst. Die war eifersüchtig. Die ist schon lange Witwe, und so viel Auswahl ist hier ja nicht. Der Bürgermeister ist einer der wenigen, die noch in Frage kämen. Aber der will die Hebbel nicht. Kein Wunder! Sie ist ja auch viel älter.« Das Thema scheint sie ziemlich aufzuwühlen.

»Ist der Bürgermeister Single?«, ziehe ich weitere Erkundigungen ein.

Petra ist wirklich eine Eins-a-Quelle.

»Ja, wieder. Der hatte mal eine Lebensgefährtin, die wollte heiraten, aber er nicht. Und dann war da mal was mit einer Frau aus Fulda. Da wissen wir aber nichts Genaues. Die kannte hier keiner. Also man sagt«, sie kichert wie ein kleines Mädchen, »der Tummler tut sich gern tümmeln. Also er lässt so schnell nichts anbrennen.«

»Wäre der nicht was für Sie? Der Bürgermeister?«

Sie schüttelt heftig den Kopf. »Auf keinen Fall, der hat

eine Glatze. Das gefällt mir so gar nicht.« Sie schaut auf Pauls volles Haar und seufzt.

Muss ich mir da Gedanken machen? Will Miss Haarreif ran an den nächsten Doktor? Sind Ärzte ihr Spezialgebiet? Oder habe ich schon leichte Paranoia?

»Ich gehe eine Runde spazieren«, sagt sie, nachdem sie wieder brav aufgegessen hat. Ich bin echt erstaunt, was dieses zarte Persönchen so in sich reinschaufelt. Hat die einen magischen Stoffwechsel, oder ist sie eine heimliche Extremsportlerin, oder isst sie ansonsten den ganzen Tag lang nix?

»Es regnet, und alles ist grau. Sie können sich auch im Wohnzimmer hinsetzen und was lesen oder so. Es sieht nicht wirklich verlockend aus da draußen«, zeige ich mich von meiner nettesten Seite. Jetzt, wo ich schon Frau Hebbel gegen mich aufgebracht habe, sollte ich ein bisschen vorsichtig sein. Eine Feindin reicht. Das muss man auch erst mal schaffen – drei Tage hier, und schon eine, die mich nicht leiden kann. Und anscheinend noch die menschliche Leitwölfin. Das biege ich heute Nachmittag wieder hin, denke ich. Ich mag es nicht, wenn man mich nicht mag. Ist kindisch und weist auf zu großes Harmoniebedürfnis hin, ich weiß. Aber dass Frau Hebbel hier die große Strippenzieherin ist, macht mich schon nervös.

»Nein danke, sehr freundlich, aber ein bisschen Frischluft schadet nicht. Ich habe meine wetterfeste Kapuzenjacke und auch ein paar Turnschuhe. Die liegen immer bei mir im Auto. Man weiß ja nie, ob man mal ein paar Extrakilometer laufen muss.«

»Soll ich Sie begleiten?«, frage ich und denke, ein wenig frische Luft würde auch mir nicht schaden.

»Wenn Sie mögen, gerne. Ich gehe schnell runter zum Auto und hole meine Sportsachen«, lautet ihre schlichte Antwort.

Paul ist überrascht. »Du gehst freiwillig spazieren? Ich dachte, wir machen ein Mittagsschläfchen?«

»Genug geschlafen für heute, der Wald ruft«, antworte ich.

Petra scheint sehr erstaunt. »Sie gehen lieber mit mir spazieren, als ein Mittagsschläfchen mit dem Doktor zu machen?«, fragt sie unverblümt.

Hoffentlich deutet sie diese Entscheidung nicht falsch. Denkt nicht, da wäre eine Liege-Stelle vakant. Eine Mittags- oder Sonst-wie-Schläfchen-Stelle. Ich suche meine Gummistiefel, hole mir ein Fleece-Shirt und eine dickere Jacke. Das sieht wirklich verdammt scheußlich aus da draußen. Danach werde ich verzückt von mir selbst sein, rede ich mir gut zu. Ich werde mit rosigem Teint zurückkommen und später gutgelaunt zum Damenkränzchen gehen.

»Einerseits schade, dass du mir keine Gesellschaft beim Mittagsschläfchen leistest, andererseits schön, dass ihr euch anfreundet. Petra und du. Und so ein bisschen Sport schadet ja nie! Sieht man ja bei Petra.«

Auf diesen kleinen Nachsatz hätte ich gut verzichten können. Petra hingegen strahlt Paul an und schiebt ihre Oberweite in Position. Ich glaube, bei dem hackt's. Und bei der gleich mit.

Was soll das wohl heißen? Wenn ich nur genug spazieren gehe, bekomme ich auch so ein Figürchen wie Petra? So was denken echt nur Männer. Ich könnte Tag und Nacht durch den Wald stapfen und würde nicht so aussehen. Wie schnell einem die Laune versaut werden kann. Blöde Petra. Das zu denken ist wiederum blöd von mir. Sie kann ja nichts für Pauls doofen Spruch. Ich beschließe, einfach nicht darauf zu reagieren.

»Bitte räum die Küche auf, bevor du schläfst, und schau mal nach den Hühnern. Du bist ja derjenige, der aufs Land und zu den dummen Hühnern wollte«, kann ich meine latente Wut dann doch nicht verbergen.

Er schaut betrübt und ist sich offensichtlich keiner Schuld bewusst. »Aber es lässt sich doch alles gut an, oder?«, sagt er und haucht mir einen Kuss auf die Wange. »Wo kann man schon mittags einfach mal spontan durch den Wald spazieren?«

Gute Frage. Aber was soll man auch sonst hier tun? Spontan vor allem! Außer Wald hat die Gegend nicht wirklich viel zu bieten.

Wir laufen durch den Wald, und ich bin innerhalb von fünf Minuten nassgeschwitzt. Meine Füße rutschen in den Gummistiefeln. Die zarte Petra scheint ein Vorleben in einem Marschkommando der Bundeswehr gehabt zu haben. Die hat einen Stechschritt drauf, den man keinesfalls als Spaziergang bezeichnen kann. Ich glaube, ich jogge langsamer. Trotzdem kommt mir kein Gejammer über die Lippen. Auch wenn ich mit Sicherheit zehn Jahre älter bin als sie, möchte ich nicht den Eindruck einer unfitten Städterin erwecken.

»Ist Ihnen das zu schnell?«, fragt sie zwischendrin mal mit einem leicht mitleidigen Blick.

Obwohl ich kaum Luft übrig habe, presse ich schnell »Nein, ist prima, genau mein Tempo« heraus.

Nach den ersten 15 Minuten hoffe ich nur noch, das hier zu überleben. Sie scheint keinerlei Luftprobleme zu haben, ganz im Gegenteil. Sie schnattert in einer Tour. Ihr absolutes Lieblingsthema: Männer im Allgemeinen und Horst im Besonderen. Zum Glück braucht sie für ein Gespräch nicht zwangsläufig einen Gesprächspartner. Sie monologisiert einfach vor sich hin: »Ich wollte ein Baby. Das hat Horst in die Flucht geschlagen. Er fühlt sich noch nicht bereit dafür. Ich kann aber nicht mehr lange warten. Mein Zeitfenster geht zu. Bald ist Schicht mit meinen Eizellen. Ich kann doch nicht warten, bis er bereit ist. Der Mann ist fast sechzig. Sollte der nicht froh sein, dass eine relativ junge Frau, also jedenfalls im Vergleich zu ihm, eine Familie mit ihm gründen will? Dankbar sollte der sein! Aber nein, er will lieber wie ein dreiundzwanzigjähriger Jungspund um die Welt reisen. Was glaubt er, was er da finden tut, was er hier nicht hat?«

Da war es wieder. Das Tut. Hätte ich genug Puste, könnte ich ihr diese Frage mit Sicherheit beantworten. Ich meine, mal ehrlich, was hat er hier schon?

»Sie wollen bestimmt wissen, warum ich mir keinen anderen suche, warum ich unbedingt den Horst will«, stellt sie sich einfach selbst eine Frage. »Er ist ein guter Mann. Bis auf dieses Ich-bin-noch-nicht-bereit-Thema. Er hat so schön breite Schultern, und er tut so gut riechen. Na ja, und alles andere ist auch unglaublich gut. Meine Mutter sagt immer, andere Mütter haben auch schöne Söhne und all diese Sprüche. Aber mal ehrlich, Frau Schnidt, ich will keinen anderen. Ich will Horst. Ich wollte schon immer einen Arzt.«

Diese Arztliebe. Sabine wollte auch immer einen Arzt. Jetzt hat sie einen Studenten. Ist das das gleiche Phänomen wie bei Männern, die auf Krankenschwestern stehen? Eher nicht, glaube ich. Es hat mehr mit Status zu tun als mit Pflegebereitschaft.

Petra ist bei genauem Hinsehen eine Art faszinierende Mogelpackung. Der Haarreif, das piepsige Stimmchen. Sie wirkt auf den ersten Blick wie ein zartes, weiches Vanillekipferl, so weich, dass es fast schon in der Hand zerfällt, ist aber eigentlich eher eine sehr harte, zähe Aachener Printe. Oder ein Kanten altes Brot. Verpackung ist nicht immer aussagekräftig, lenkt schnell mal auf die falsche Fährte.

Inzwischen sind wir immer tiefer in den dunklen Wald reingelaufen. Würde sie mir weglaufen, wäre ich verratzt. Ausgesetzt im Hinterwald von Palsdorf. Dann wäre der Weg frei zum nächsten Doktor. Zum Glück ist ihre Mittagspause endlich. Das hier kann nicht ewig dauern. Ich werde es überstehen.

»So, hier mache ich immer noch ein paar Übungen, eine Art Crossfit. Das kennen Sie ja sicher!« Mit diesen Worten bleibt sie tatsächlich stehen.

Egal, was mir diese Pause verschafft, ich will sie. Crossfit? Von mir aus. »Ich bin natürlich dabei«, sage ich und kann schon wieder fast normal atmen.

In den nächsten zehn Minuten ist offensichtlich, dass

ich schon seit Jahren nur sehr halbherzig Sport treibe. Petra ist meine Waldvorturnerin, und ich mühe mich redlich. Wir machen Kniebeugen, die bei ihr Squads heißen, hüpfen und absolvieren eine Art Liegestütze mit den Händen auf Baumstämmen. Es ist eine Tortur.

Fast alle Übungen kenne ich irgendwie unter anderem Namen von früher.

»Das haben wir manchmal in der Schule gemacht, das hieß Zirkeltraining«, japse ich in einer kleinen Pause.

»Ich habe das mal durch eine Freundin kennengelernt. In Frankfurt. In einer Crossfitbox. Hier gibt's das natürlich nicht, deshalb habe ich mir eine App runtergeladen. Auf meinem Po kannst du inzwischen Walnüsse knacken!«, erklärt sie mir und streckt mir ihren Hintern entgegen.

Ich kann der Versuchung nicht widerstehen und packe zu. Sie hat tatsächlich einen knallharten kleinen Po. Unglaublich. Ob man darauf noch bequem sitzt? So ohne jede Polsterung? »Ich werde mir diese App auch runterladen, man soll ja neben dem aeroben Ausdauertraining auch noch Muskeltraining machen«, sage ich beeindruckt.

Der Halbsatz »neben dem aeroben Training« war natürlich eine Schwindelei. Was mein Ausdauertraining angeht, bleibt es zumeist beim Vorsatz. Ich habe eben auch so viel Zeug zu tun. Im Ausredenfinden erbringe ich immerhin Spitzenleistung. Aber hier habe ich Zeit, geht mir durch den Kopf. Ich könnte täglich im Wald laufen. Ich werde meine Joggingkarriere neu starten. Wiederbeleben. Werde mir die Umgebung von Palsdorf erlaufen.

Was Petra nebenher schafft, sollte ich doch auch hinbekommen. Ich fühle eine große Motivationswelle tief in mir drin.

»Ich werde wieder regelmäßig laufen gehen. Ich wollte schon immer mal einen Halbmarathon laufen!«, platzt es aus mir heraus. Jetzt habe ich es gesagt, und natürlich direkt ziemlich auf den Putz gehauen. Halbmarathon. Ich muss einen Frischluftschock haben.

Petra schaut einen Tick verwundert. »Halbmarathon, na das ist ja ein ambitioniertes Ziel. Aber wir können gerne zusammen laufen. Regelmäßig, am besten vor dem Essen. Joggen mit so vollem Magen tu ich eher schwierig finden.«

»Ja, das habe ich heute auch gemerkt. Ich habe mich so schwergetan«, antworte ich und danke Petra insgeheim für die perfekte Ausredenvorlage. Aber vielleicht ist es tatsächlich nicht gut, mit einer großen Portion Spaghetti im Bauch durch den Wald zu wetzen.

»Ich zeige Ihnen die App, und wenn Sie für den Marathon trainieren, vielleicht komm ich da mal mit. Obwohl ein Marathon für mich persönlich sehr hart klingt. Ich glaube nicht, dass ich das schaffen kann.«

Ich kann es mir ehrlich auch nicht vorstellen, aber gesagt ist gesagt. Zur Not lege ich mir eine Verletzung zu. Irgendwas, was man nicht gut überprüfen kann.

Nach 45 Minuten sind wir zurück am Haus. Ich bin komplett durchgeschwitzt und nassgeregnet, aber irgendwie zufrieden. Vor allem verdammt froh, es überlebt zu haben.

»Das war nett«, freut sich Petra, »ich mache mich mal

wieder an die Arbeit. Wir sehen uns dann am Donnerstagmittag. Da können wir ja mit dem Joggen loslegen.«

Wie soll ich in eineinhalb Tagen das Joggen lernen? Oder zumindest so wirken, als würde ich das regelmäßig machen. Warum nur muss ich immer gleich so hoch einsteigen? Warum nicht ehrlich sagen, dass ich zur Zeit gerade nicht so in Form bin? Zur Zeit ist auch noch sehr beschönigend. Zur Zeit umfasst die letzten Jahre. Jahrzehnte, um genau zu sein. Ich war eigentlich noch nie besonders fit. Wenn man jung ist, fällt es nur nicht so auf. Man hat eine Art solide Grundfitness, naturgegeben. Auf die kann man sich, wenn man nur einen Tick ehrlich mit sich selbst ist, irgendwann allerdings nicht mehr berufen. Man kann es sich einreden, aber seit meinem kleinen Spaziergang eben ist klar, dass ich etwas tun muss. Ich bin nicht fit. Mich bringt ein Spaziergang an den Rand meiner Kräfte. Mir das einzugestehen tut weh.

Weh tun auch die drei Blasen an meinen Füßen, die ich mir durch die schubbernden Gummistiefel gelaufen habe. Mit den richtigen Schuhen wird mir das Training sehr viel leichter fallen. Hoffe ich jedenfalls.

In der Badewanne fühle ich mich, als hätte ich einen Ironman geschafft. Mein Körper schmerzt, aber er wird sich an diese Art der Belastung gewöhnen müssen. Freundchen, das ist nur der Anfang, bereite ich ihn auf meine zukünftige Sportlaufbahn vor. Ich habe Großes mit ihm vor!

Meine Mutter hat den Vormittag im Garten mit den Hühnern verbracht. Als Schirmfrau der Hühner. Im wahrsten Sinne des Wortes.

»Ich wollte nicht, dass sie nass werden, und sie können den Schirm ja nicht selbst halten«, lautete ihre Erklärung.

Das ist in aller Verrücktheit doch schlüssig.

Malgorzata zuckt mit den Achseln. »Was soll's. Wollte verhindern, aber war Mutti wichtig, weil Hühner sonst sich erkälten.«

Ich hoffe, dass sich jetzt meine Mutter nicht erkältet hat.

»Mama, bei dem Wetter, da kannst du die Hühner ruhig mal im Stall lassen, und du bleibst auch besser drin. Bei dem Wetter sollte man nicht rausgehen!«

»Du warst auch draußen«, ist ihre Antwort.

Dagegen kann ich nicht wirklich viel sagen. Ich versuche es trotzdem: »Ich habe Sport gemacht, Mama, das ist was anderes.«

»Sport?« Meine Mutter lacht. Aus voller Seele. »Du hast Sport gemacht, das ist lustig, Andrea. Guter Witz!«

So viel zur Wahrnehmung in meiner eigenen Familie. Meine demente Mutter lacht mich aus. Sei's drum. Ich lache mit. Andrea und Sport waren bisher tatsächlich Begriffe, die nicht zusammenpassten – bisher. Wenn ich bei den ersten Wettkämpfen am Start stehe, wird meine Familie schon kapieren, dass ich es diesmal ernst meine.

»Wollt ihr mit auf den Frauennachmittag, von dem die Auflauffrau gesprochen hat? Diese Frau Huber, Marianne«, will ich von Mama und Malgorzata wissen.

»Gibt es Kuchen?«, ist die prompte Frage meiner Mutter.

»Davon gehe ich mal aus«, antworte ich.

Das erscheint mir auf dem Land inzwischen als sicher.

Meine Mutter ist sofort überzeugt. Die Aussicht auf Kuchen reicht ihr vollkommen.

Malgorzata wirkt unschlüssig. Sie sieht weniger begeistert aus. »Muss ich mit, wenn Mama kommt, oder?«, fragt sie mich.

Ich schüttle den Kopf: »Quatsch. Ich gehe mit ihr hin. Mama braucht ja keine Eskorte. Es langt, wenn ich dabei bin. Mach dir einen schönen freien Nachmittag, Malgorzata.«

»Shopping, Museum, Cafe, Kino, Theater. Schwere Entscheidung, was ich machen werde in Palsdorf. So viel Möglichkeiten«, schnaubt Malgorzata. Und dann grinst sie. »Gut, bleibe ich hier und mache Skype mit Zuhause. In aller Ruhe. Ohne Kommentare von Mama.«

Um kurz vor drei gehen Mama und ich los. Zu Fuß.

Ich habe lange überlegt, was ich anziehe. Was trägt man hier bei so einem Event?

Mama stellt sich diese Frage nicht mehr. Sie hat einen ihrer Hausanzüge an, heute die Ausgehvariante in dezentem Anthrazitgrau und dazu ihre dicke goldene Panzerhalskette mit passendem Armband. Das Ensemble hat sie vor etwa 35 Jahren von Papa auf einer Türkeireise geschenkt bekommen. So gestylt, vielleicht noch mit einer Basecap und Kopfhörern, könnte sie auch als betagte Rapperin durchgehen. Ihr Hausanzug spannt trotz des stretchigen Nickistoffs. Ich glaube, sie nimmt tatsächlich stetig zu. Da werde ich mir von Birgit schön was anhören dürfen.

Ich habe mich für eine Jeans und eine lange, locker fallende Bluse entschieden. Ich hoffe, das passt. Ich möchte nicht komplett aus dem Rahmen fallen. Aber so gekleidet, bin ich auf keinen Fall die exzentrische Großstädterin, muss allerdings auch keine Angst davor haben, als Street-Style-Bloggerin entdeckt zu werden. Mit Mode hat das, was ich anhabe, nix zu tun. Ich hätte es vor zehn Jahren tragen können und könnte es in zehn Jahren auch noch tragen, ohne besonders aufzufallen. Die totale Trendsetterin bin ich eben noch nie gewesen. Das kann ich nicht auf Palsdorf schieben. Nicht, weil es mich nicht interessiert, ich wäre gerne hip und auch ausgesprochen gerne eine Stilikone, habe aber noch nie ein besonderes Gespür für Trends gehabt. Bis ich merke, dass etwas total angesagt ist, ist es meistens schon fast wieder vorbei, zumindest kennen es dann wirklich schon alle. Wenn ich mich an Outfits versuche, die bei anderen lässig und chic wirken, sehe ich nicht lässig, sondern doch eher lächerlich aus. Egal, es wird schon keinen Dresscode geben, und dass die Frauen alle in Kittelschürze oder Tracht kommen, kann ich mir auch nicht vorstellen. Es ist kein Ausflug zu irgendeinem Eingeborenenstamm, es ist ein Frauennachmittag auf dem Land. Nicht mehr und nicht weniger.

Unser Weg führt uns durch ganz Palsdorf. Vom einen Ende zum anderen.

Mama fängt schon nach etwa hundert Metern an zu meckern. »Ich wollte nicht wandern, sondern Kuchen essen«, beklagt sie sich.

Ich ignoriere ihren Kommentar und deute die Straße hinunter. »Wir sind gleich da«, sage ich zu meiner Mutter wie zu einer Dreijährigen.

»Schade, dass Hannelore nicht mitkann«, ist ihr Kommentar.

Dorf klingt immer nach Idylle, dieses hier ist allerdings keine niedliche Ansammlung von pittoresken Fachwerkhäuschen. Palsdorf hätte wenig Aussicht, bei einem Schönheitswettbewerb viel zu reißen. Palsdorf ist optisch sehr uneinheitlich. Die meisten Häuser haben ihre besten Jahre hinter sich, viele Besitzer haben im Laufe der Jahre anscheinend noch irgendwie an- und drangebaut. Hier noch eine Garage, da noch ein Wintergarten, ein Treppchen, ein Schuppen. Es gibt sogar noch Glasbausteine. Und sehr viel Waschbeton. Platz zu haben scheint der entscheidende Faktor zu sein. Und Platz sollte hier doch wirklich kein Problem sein, denke ich. Wenn es hier etwas gibt, dann Platz. Man merkt, dass Palsdorf keine Reichen-Enklave ist. Alles ist bodenständig und hat wenig mit Design, aber viel mit Eigenbau zu tun.

Der kleine Laden von Frau Huber ist am Ortseingang. Sie steht schon in der Tür. »Das finde ich aber prima, dass Sie kommen!«, begrüßt sie uns herzlich. Sie hat uns hier abgepasst, das ist offensichtlich.

Und sie hat sich schick gemacht. Mit einem Hornkamm hält sie ihre Haare aus der Stirn und hat sie zu einem Berg aus aschgrauem Gekrusel aufgetürmt. Sie trägt eine Art Janker in tannengrün, dazu eine Cordhose in senfgelb und ein wenig Apricot auf den Lippen.

Ich glaube ich kann mich, jedenfalls was Modefragen angeht, für die nächsten 362 Tage komplett entspannen.

»Hier geht's lang«, lotst sie uns um den Laden herum zu einem Hintereingang.

In einem großen Raum sitzen mindestens zehn Frauen an einem großen Tisch und starren uns an.

»Die Frau Doktor und ihre Frau Mutter«, stellt uns Marianne Huber vor.

Ich weiß nicht genau, was jetzt von mir erwartet wird. Eine Ansprache? »Hallo, allerseits«, sage ich ein wenig eingeschüchtert.

Meine Mutter hat weniger Hemmungen. »Wo ist denn der Kuchen?«, fragt sie.

Peinlich. »Mama, aber wirklich«, bricht es aus mir heraus, »man sagt doch erst mal guten Tag.«

»Guten Tag, wo ist der Kuchen?«, wiederholt sie brav.

Frau Huber deutet auf einen langen schmalen Tisch hinten an der Stirnseite des Raumes. »Da ist der Kuchen! Alle haben etwas mitgebracht. Das ist hier Usus.«

Mist. Gleich mal einen Rüffel eingefangen. Das hätte ich ahnen müssen, dass hier Kuchen zur Besuchsgrundausstattung gehört.

»Also, noch mal. Hallo, alle zusammen! Ich bin Andrea Schnidt, und das ist meine Mutter Erika. Wir freuen uns, dabei sein zu dürfen. Das mit dem Kuchenmitbringen wusste ich nicht.«

»Ein Fläschchen Sekt tut es beim nächsten Mal auch!«, ruft eine Frau im Alter meiner Mutter. Alle, bis auf Frau Huber, kichern.

»Hannelore, du musst die Frau Doktor doch nicht gleich verschrecken«, wird die Zwischenruferin direkt getadelt.

Hannelore, wie unser Huhn, denke ich.

Meine Mutter belässt es nicht beim Denken. »Hannelore, mein Huhn!«, ruft sie, und wieder kichern alle.

Ich bin verlegen. Ich kann ja schlecht hier vor meiner Mutter sagen, dass sie dement ist. Dass sie das nicht so meint. Dass man das alles nicht ernst nehmen kann und darf. Dass ihre Demenz zu einer gewissen Enthemmung führt. Dass das irgendwas mit dem Frontallappen im Gehirn zu tun hat. Paul hat mir das mal erklärt. Die natürliche Benimmbremse ist quasi getilgt. Der Filter fehlt.

Frau Huber tätschelt meine Hand. »Alle wissen Bescheid«, raunt sie mir zu.

Natürlich wissen alle längst Bescheid. Hätte ich wissen können. Das hier ist ein Dorf.

»Na, da machen wir doch gleich mal mein Fläschchen auf. Das Huhn hat Sekt dabei«, reagiert auch Hannelore sehr entspannt auf die Huhnbemerkung. Wieder kichert die Runde, und alle klatschen in die Hände.

»Für uns nicht«, sage ich freundlich, »ist noch ein bisschen früh am Tag für uns.«

»Papperlapapp«, kommt die sofortige Reaktion von Hannelore. »Wir wollen doch anstoßen auf die Neuen in unserer Runde. Ein Begrüßungsschlückchen geht doch immer. Ist doch auch gut für den Kreislauf. Und Sie sind ja nicht mit dem Auto da.« Alle lachen.

Ich blicke in die Runde. Frau Hebbel fehlt, fällt mir auf. Bisher kenne ich ja nur Frau Huber und Frau Hebbel. Die hier versammelten Frauen sehen alle so ähnlich aus. Und alle sind ungefähr im selben Alter. Alle etwa zehn bis 15 Jahre älter als ich. Wo sind die Frauen in meinem Alter? Gibt es keine? Sind die alle längst geflohen? Oder haben die keine Lust auf diese Veranstaltung? Haben die ihre eigene Runde?

»Jetzt erst mal hinsetzen, und dann sehen wir weiter«, tönt es von Hannelore, die gerade dabei ist, eine Flasche Sekt zu öffnen.

Mindestens sechs verschiedene Kuchen und drei Flaschen Sekt stehen auf dem langen Tisch am Ende des Raums, der apricotfarben, genau im Ton von Frau Hubers Lippenstift, gestrichen ist. Mit Wischtechnik. Willkommen in den 90ern!

Als wir anstoßen, geht die Tür auf, und Frau Hebbel, heute nicht in Steingrau, sondern in Pastellblau, hat ihren Auftritt. Ob sie noch sauer ist?

»Ach, da sind ja die Neuen!«, begrüßt sie uns und wirkt nicht unfreundlich. Eher neutral. Sie setzt sich an den Kopf der Tafel.

Alle blicken sie erwartungsvoll an, und Frau Huber stellt ihr sofort ein Glas Sekt hin. Der Auftritt der Dorfkönigin. Die Dienerschaft in Habtachtstellung.

»Ich hatte noch zu tun!«, erklärt ihre Majestät die Verspätung.

Im Stau kann sie ja schlecht gestanden haben, denke ich nur. Musste sie noch ihr Wohnzimmer wischen? Die Spülmaschine ausräumen? Ich habe Vorurteile, geht mir durch den Kopf. Wer weiß, was Frau Hebbel so macht? Vielleicht pflegt sie alte Menschen oder engagiert sich im Tierschutz?

»Die Torte war ein wenig aufwendig«, sagt sie, und mein Blick fällt auf den Monster-Tupperware-Kuchenbehälter, den sie vor sich auf den Tisch stellt. Sie hebt den Deckel und präsentiert ihr Machwerk. »Frankfurter Kranz!«, sagt sie stolz.

Ein Raunen geht durch den Saal.

»Unsere Neuen sind ja aus der Gegend um Frankfurt, und da dachte ich, das wäre passend.«

Alle klatschen. Zu Recht.

Der Frankfurter Kranz sieht perfekt aus. Und die Geste ist wirklich nett. Aber es ist eine dieser Gesten, bei denen man nicht weiß, ob sie gemacht werden, um wirklich andere zu erfreuen oder um selbst zu glänzen. Im Endeffekt natürlich egal, und im besten Fall eine Win-win-Situation. Leider mag ich keinen Frankfurter Kranz. Diese Massen an Buttercreme. Alles fettig und obersüß. Am allerschlimmsten finde ich die kandierten Kirschen. Ich bekomme schon Bauchweh nur bei dem Gedanken daran. Diese Konsistenz. Matschig und doch hart. Irgendwie zäh.

»Natürlich gehen die ersten Stücke deshalb auch an unsere Neuen!«, redet Frau Hebbel weiter und schaut Frau Huber an. Die eilt los und reicht der Tortenkönigin diensteifrig ein Messer und zwei Teller mit Kuchengabeln.

Kann ich jetzt ablehnen? Nachdem sich Frau Hebbel solche Mühe gemacht hat? Selbstverständlich nicht. Ich könnte natürlich irgendeine Allergie vorschieben, aber dann müsste ich auch auf den restlichen Kuchen verzichten. Außerdem bin ich unsicher, ob man gegen Buttercreme allergisch sein kann. Ein Stück geht, rede ich mir gut zu.

»Na dann guten Appetit!«, ruft Frau Hebbel in den Saal, und es gibt schon wieder Applaus.

Nur meine Mutter und ich haben Torte vor uns stehen. Alle schauen erwartungsvoll.

Meine Mutter schiebt sich sofort den ersten Bissen rein. »Nicht schlecht! Der Biskuit könnte aber mehr Kirschwasser vertragen. Ist ein bisschen trocken«, lautet ihr Urteil, das sie mit vollem Mund verkündet.

Manchmal denke ich, meine Mutter bräuchte eine Art Vorkoster für ihre Wortbeiträge. Ungefiltert ist sie wirklich ein Risiko. Mist.

Ich probiere ein Stück und merke, dass der Biskuit tatsächlich etwas trocken ist. »Also ich finde ihn perfekt«, behaupte ich und versuche, Frau Hebbel mit der kleinen Schwindelei milde zu stimmen.

Sie ringt sich ein sehr verhaltenes Lächeln ab. »Ist eben Geschmackssache«, presst sie heraus und wirkt beleidigt.

Man merkt, wie die Stimmung im Raum sinkt. Die Königin zu kritisieren, und das auch noch laut und in aller Öffentlichkeit, scheint mehr als unüblich. Selbst wenn es eine demente Frau tut.

»Trink ein Gläschen Sekt, Lotte«, traut sich Hannelore.

»Ich nehme auch noch eins. Mit ein bisschen Flüssigkeit rutscht der Kranz besser!«, ruft da meine Mutter. Sie schafft es tatsächlich, sich in dem Fettnapf, in dem sie steht, auch noch zu suhlen.

Hätte ich sie lieber zu Hause lassen sollen? Und ich denke tatsächlich zu Hause. Ist dieser dunkle Kasten am Waldrand schon mein Zuhause? Nein, nein und noch mal nein. Er ist mein derzeitiger Wohnort, aber nicht mein Zuhause. Ob er als Zuhause taugt, wird sich zeigen. Lohnt es sich überhaupt, für 362 Tage ein Zu-Hause-Gefühl zu entwickeln? Will ich überhaupt das Palsdorf mein Zuhause ist?

Ist es von Bedeutung, was andere über meine Mutter und damit über mich denken? Ist es nicht die Hauptsache, dass meine Mutter hier Spaß hat? Ist ihr Auftreten tatsächlich peinlich, oder ist es nicht eher peinlich, dass es mir peinlich ist? Ich schäme mich für meine Scham.

Sie ist meine Mutter, sie hat sichtlich Spaß, da sollte mir die Meinung, die eine Frau Hebbel vielleicht hat, schnuppe sein. Das muss ich hinkriegen, denke ich.

Im Laufe des Nachmittags werde ich nach und nach allen persönlich vorgestellt. Zweimal werde ich um orthopädischen Rat gefragt.

»Ich bin keine Ärztin«, wiederhole ich quasi mantramäßig. Einmal kann ich mir ein Hört-sich-nach-Bandscheibe-an allerdings nicht verkneifen.

»Als Arztfrau kriegt man doch einfach viel mit«, heißt es mehrfach. Auch als es um die Hüfte von Frau Huber geht, werde ich um meine Einschätzung gefragt. »Was denken Sie? Soll ich mir eine neue einsetzen lassen? Ihr Mann ist dafür, ich bin mir unsicher. Was glauben Sie? Es heißt ja immer, man sollte sich eine Zweitmeinung einholen.«

Ich spare mir den Kommentar, dass es sinnvoll wäre, Fachpersonal zu fragen, und rate auch zur neuen Hüfte.

Es wird Kuchen gegessen, als gäbe es die nächsten Wochen nichts mehr zu essen. Ein wahrhaftiger Zuckerrausch. Diabetes ist nicht haus-, sondern wahrscheinlich landgemacht, fährt es mir durch den Kopf.

Meine Mutter besetzt eine der Spitzenpositionen. Ihr Hausanzug ist am gesamten Oberkörper mit Streuseln und einem Hauch Puderzucker überzogen. Kommt auf dem samtigen Anthrazit besonders gut zur Geltung. Der Anzug verrät, was es an Kuchen gibt und welche ihre persönlichen Favoriten sind. Vor all den Frauen hier will ich sie nicht maßregeln und lasse ihr die Freude.

Frau Hebbel nötigt mir ein zweites Stück Frankfurter Kranz auf. »Der schmeckt Ihnen doch so gut. Und Sie können es sich ja locker leisten.« Sie lacht und lädt mir den Teller voll.

Ich bin unsicher, ob ich da Ironie aus ihrer Stimme heraushöre oder mir das nur einbilde.

Ein weiteres riesiges Stück Frankfurter Kranz wartet auf mich. Allein der Gedanke, noch eine kandierte Kirsche zu essen, ist nahezu unerträglich. Ich lege sie an den Tellerrand, so als wollte ich sie mir als Krönung für den Schluss aufheben, und nehme mir vor, sie unauffällig verschwinden zu lassen. In einem unbeobachteten Moment stecke ich sie schnell in die Hosentasche.

Da erhebt sich Frau Hebbel: »So, meine Lieben. Genug des Müßiggangs. Jetzt werden wir mal loslegen und die Aufgaben verteilen. Wir wollen doch beim Palsdorfer Weihnachtsmarkt wieder glanzvoll dastehen. Zunächst sollten wir die Positionen besetzen, Aufgaben verteilen und dann den Zeitplan erstellen. Wie sagte mein verstorbener Mann, Gott hab ihn selig, so oft: Planung ist das halbe Leben.«

In den nächsten eineinhalb Stunden wird gewählt. Die Leitung des Festkomitees übernimmt nach einstimmiger Wahl – welch eine Überraschung – Frau Hebbel. Ihr zur Seite, als Stellvertreterin, steht Frau Huber. Ansonsten hat sich auch niemand aufgestellt. Fast so, als wäre Palsdorf ein kleines Nordkorea.

»Die beiden machen das, seit ich hier wohne«, raunt mir die Frau neben mir zu. »Ilse Pochanski«, stellt sie sich vor. »Wir wohnen in dem Bungalow rechts beim Stoppschild.«

Frau Pochanski selbst wird zur Kassenwartin gekrönt. »Mein Mann ist bei der Sparkasse, da liegt das immer nah«, erklärt sie mir ihre Wiederwahl.

Auch ich werde gefragt, wie wir uns einbringen wollen.

»Tja«, sage ich, »ich hab da so gar keine Erfahrungen mit so großen Festen. Und ich bin ja auch berufstätig. Wahrscheinlich ist es am besten, ich schaue im ersten Jahr einfach mal, wie das so läuft.«

Ich finde, das ist geschickt. Im nächsten Jahr bin ich ja nicht mehr hier. Da habe ich mich fein aus der Affäre gezogen. Denke ich.

»Was machen Sie denn beruflich?«, will eine der Frauen wissen.

Ich sage nur kurz: »Marketing.«

Die Doppel-H-Spitze aus Hebbel und Huber schaut sich an, und Frau Hebbel sagt nur: »Prima. Das können wir brauchen. Marketing. Werbung. Sie können unseren Weihnachtsmarkt groß rausbringen. Die Werbemaßnahmen koordinieren. Mit der Presse sprechen. Unser Kundeneinzugsgebiet erweitern.«

Was für ein Fachvokabular! Kundeneinzugsgebiet? Was meint sie damit? Will sie den Nachbarort für ihren Weihnachtsmarkt gewinnen? Ich bin überrumpelt und gebe mein Bestes, um aus der Nummer ganz schnell wieder rauszukommen. »Also ich weiß nicht, das ist nicht ganz mein Spezialgebiet. Und ich bin beruflich doch sehr eingespannt, und meine Mutter ist ja auch noch da.«

»Das schaffen Sie!«, antwortet Frau Huber, und Frau Hebbel nickt und fügt hinzu: »Sicher, Frau Doktor, das wird ein Klacks für Sie. Schön, dass Sie sich so engagieren. Das wissen wir sehr zu schätzen. Danke schon mal dafür.« Alle klatschen.

Ich habe verloren. Jetzt kann ich keinen Rückzieher mehr machen. Verdammt geschickt, die H-Doppelspitze.

»Dann sind Sie jetzt unsere Presse- und Werbefrau. Alles natürlich nur in Absprache mit uns. Wegen der Koordinierung. Heutzutage kann man da ja viel machen. Auch mit diesem Social-Media-Kram. Ich bin schon ganz gespannt. Ich schicke Ihnen die Videos von den letzten Jahren, da wissen Sie ungefähr, worum es geht. Und den Rest erklären wir Ihnen.«

Schon jetzt überrollt mich die Vorfreude auf Videos der letzten Festivitäten. Ein Vorteil hat mein neuer Posten allerdings: Bei der weiteren Aufgabenverteilung bin ich raus. Ich muss keine Kränze binden und keine Schürzen nähen. Mir schwant jedoch schon jetzt, dass ein gebundener Kranz im Zweifelsfall sehr viel weniger Arbeit gewesen wäre.

Hannelore, die Sektfrau mit dem Huhnnamen, übernimmt die Bar beim Weihnachtsmarkt.

»Was mache ich denn?«, will meine Mutter wissen, als die Pöstchen und Aufgaben verteilt sind.

Frau Hebbel schaut irritiert. »Was könnten Sie denn anbieten?«, fragt sie freundlich.

Meine Mutter wirkt ratlos. Auch ich stehe irgendwie auf dem Schlauch. Ich möchte mir meine demente Mutter nicht beim Kränzebinden vorstellen. Was da rauskommt, wird im besten Fall extravagant sein. Selbst vor ihrer Demenz war Bastelarbeit nicht gerade ihre Stärke. Kochen und backen macht sie, seit Malgorzata im Haus ist, auch nicht mehr.

»Ich könnte Verstärkung beim Sektausschank brauchen«, unterbricht Hannelore die unangenehme Stille. Wie nett von ihr! »Hätten Sie da Lust zu?«, fragt sie meine Mutter.

»Sekt ist gut!«, antwortet die, und ich bin froh.

»Dann hätten wir das ja jetzt geklärt«, beendet Frau Hebbel die Aufgabenverteilung. »Nächsten Monat besprechen wir die ersten Schritte und die Ergebnisse der heutigen Sitzung. Damit wäre die Arbeit für heute beendet«, beschließt sie dann die Zusammenkunft.

»Darauf noch einen Absacker!«, ruft Hannelore in die Runde und greift in die Plastiktüte unterm Tisch. »Ich habe uns ein feines Likörchen mitgebracht! Wir können einfach noch mal die Sektgläser benutzen!« Sie schenkt sich gleich einen ordentlichen Schluck ein und reicht die Flasche weiter.

»Moment, Hannelore«, sagt die kleine Frau neben ihr.

Es ist das erste Mal, dass ich sie heute reden höre. Sie ist eine der Schürzennäherinnen, so viel habe ich immerhin mitbekommen. »Das ist Kochsherry, Hannelore, kein Likör.«

»Oh, na ja.« Hannelore seufzt, schaut auf die Flasche und hält sie nah vor ihr Gesicht. »Wenn man ohne Lesebrille einpackt. Tja. Aber was soll's. Ich lasse mir von dir, kleiner Flasche, doch nicht sagen, wofür ich dich verwende. Ich trinke dich auch ungekocht, was auch immer du für ein Sherry bist! Prost!«

Der Rest der Runde verzichtet. Bis auf meine Mutter tun es alle sogar freiwillig.

Dann herrscht Aufbruchsstimmung. Gerade als wir uns von Frau Hebbel verabschieden, fragt mich meine Mutter, ob sie die Kirsche haben kann. Ich gucke Frau Hebbel entschuldigend an, murmle was von Krankheit und Verwirrung, aber meine Mutter lässt nicht locker. »Die hast du in der Hose! Die Kirsche vom Kuchen. Von dem trockenen Kuchen!«, insistiert sie. »Die hast du eingesteckt!«

»Wir gehen jetzt, Mama! Red nicht so einen Unsinn. Das ist der Sekt. Wir müssen heim«, versuche ich, sie zu stoppen.

»Du lügst. Man darf seine Mutter nicht anlügen. Hol sie raus!«, lässt sie sich nicht einfach so stoppen. Peinlicher geht's ja kaum noch.

Frau Hebbels Busen unter ihrem pastellblauen Strickjäckchen wogt auf und ab. Sie atmet schwer. Ich fühle mich, als hätte man mich auf frischer Tat bei einem Kapitalverbrechen ertappt. Wieder kommt uns Hannelore zur

Hilfe. Sie stößt ein paar Gläser um, und Frau Hebbel ist abgelenkt. Sie schüttelt missbilligend den Kopf und sagt nur: »Kochsherry, pff.«

Ich mag Hannelore. Nicht das Huhn, aber die Frau. Ich habe fast das Gefühl, es war gar kein Versehen, sondern ein absichtlicher Rettungsversuch. Oder es war doch der Sherry? Wer weiß das schon. Das Gute ist, wir haben den Nachmittag überstanden.

11

Ich wache mitten in der Nacht auf. Der Wecker zeigt 3:35 Uhr an. Je älter ich werde, umso häufiger passiert mir, dass ich nachts einfach wach werde. Früher war das nie so.

Früher! Jetzt fange ich auch schon an mit diesem »früher«, das ich früher bei meinen Eltern so gehasst habe. Früher. Allein die Verwendung des Wortes lässt einen auf einen Schlag um zehn Jahre älter erscheinen. Mindestens. Aber es ist nun mal so: Früher habe ich geschlafen wie das sprichwörtliche Murmeltier. Inzwischen ist es fast normal, nachts immer mal aufzuwachen.

In meinem Bauch rumort es, und meine Beine tun unglaublich weh. Meine Sporteinheit mit Frau Tut-Tut und zwei Stück Frankfurter Kranz haben meinen Körper nachhaltig beeindruckt. In unterschiedlicher Weise allerdings. Ich glaube, das, was sich da in meinen Beinen entwickelt, wird sich zu einem Mördermuskelkater auswachsen. Muskelkater vom Spazierengehen! Damit würde ich wahrscheinlich sogar in einem Seniorenheim noch verächtliches Gelächter ernten.

Ich werde meine neue Sportkarriere zur Sicherheit lieber ein paar Tage auf Eis legen, beschließe ich. Nicht, dass ich mich mit diesen geschwächten und strapazierten Muskeln irgendwie gravierend verletze. Man muss ja vorsichtig sein. Zum Glück habe ich für den Fall der Fälle Fachpersonal im Haus. Sogar im Bett. Einen Arzt an der

Seite zu haben beruhigt ungemein. Aber mein persönlicher Notarzt schläft selig. Und ich glaube nicht, dass ein Muskelkater als Notfall in Orthopädenkreisen gilt. Ich lasse meinen Arzt schlafen. Ich kann wirklich nett sein.

Als ich morgens aufstehe, habe ich gute Laune, aber immer noch schmerzende Beine. Immerhin signalisiert der Schmerz, dass sich da was tut. Also ist es ein produktiver Schmerz. Wahrscheinlich baut mein Körper gerade jetzt Berge von Muskulatur auf. Ich werde ihn bei dieser Arbeit keinesfalls durch unnötige Bewegung stören. Nicht, dass er die Aufbauarbeit unterbricht!

Heute kommt Sabine. Und es gibt Mittagessen ohne Petra. Klingt nach einem herrlichen Tag. Gut, da sind noch die vermaledeiten Hühner. Aber schon seit dem zweiten Tag betrachtet meine Mutter Hedwig, Heidrun und Hannelore ja als ihr persönliches Hoheitsgebiet. Sie ist für den Hühnerstall das, was Frau Hebbel für Palsdorf ist. Nur – heute muss der Käfig gereinigt werden.

»Ich gucke, dass du es richtig machst«, teilt sie mir mit Chefstimme mit. Auf niedere Arbeiten scheint sie wenig Lust zu haben. Eine Haltung, die ich durchaus verstehen kann. »Ich habe genug geputzt in meinem Leben«, sagt sie nur und reicht mir den groben Besen.

Mein Putzbedarf ist eigentlich auch schon gedeckt. Auf einen zusätzlichen Bereich, wie den Hühnerstall, könnte ich gut verzichten. Ich überlege, ob ich die undankbare Aufgabe ebenfalls delegieren kann. Ich schaue Malgorzata auffordernd an, aber die schüttelt nur sanft den Kopf.

Wie schon erwähnt, Malgorzata ist eine sehr entschiedene Person. Auch wenn ich ansonsten erstaunlich wenig über sie weiß, diese Eigenschaft ist ganz offensichtlich. Malgorzata ist eine Frau mit einer sehr klaren Haltung und Einstellung. Wenn sie nicht will, dann will sie nicht.

»Nicht meine Zuständigkeit, ich mache Mama komplett, alles, oben bis unten. Aber Hühner mache ich nicht!«, erklärt sie mir ihr Kopfschütteln.

Natürlich könnte ich darauf hoffen, dass Paul sich nach seiner Sprechstunde bereit erklärt, den Stall zu reinigen, immerhin war er derjenige, der so dringend hier raus aufs Land wollte. Und überhaupt müsste ich eigentlich heute Vormittag selbst mal ein paar Stunden arbeiten und hab für Hühnerdreck so gar keine Zeit.

Sei nicht so, Andrea, ermahne ich mich. Es ist ja kein Hexenwerk, und wenn ich den Anfang mache, zeige ich meinen guten Willen und sammle ein paar Karmapunkte. Bei der Menge, die ich an Hühnern bisher gegessen habe, sicherlich kein Fehler. Denn was Hühner an sich betrifft, müsste ich noch sehr viele Ställe putzen, um für einen Karmaausgleich zu sorgen.

Also kehre und putze ich den Stall unter der Anleitung meiner Mutter, die so lange die Hühner bespaßt. Immerhin werde ich so von der fiesen Hannelore und ihrer Gefolgschaft in Ruhe gelassen. Dieses Huhn kann mich definitiv nicht leiden. Ich dich auch nicht, denke ich nur und staune, wie es meine Mutter schafft, Hannelore sogar zu streicheln.

Als Putzaufsicht läuft meine Mutter zu alter Prä-Demenzform auf. Extrem pingelig. Als ich fertig bin, kann man im Hühnerstall fast eine OP durchführen. Vom Boden essen allemal.

Jetzt ist meine Mutter tatsächlich zufrieden. »Siehst du, Hannelore, ich hab doch gesagt, sie wird es hinkriegen!«

Heute, für Sabines Besuch, zeigt sich Palsdorf von seiner allerbesten Seite. Die Sonne scheint, und der dunkle Wald wirkt dadurch sehr viel freundlicher. Gerade so, als ginge es um eine Bewerbung und die Gegend hätte sich eine Runde aufgerüscht.

»Ist doch viel schöner, als du gesagt hast«, begrüßt mich Sabine, als sie aus dem Auto steigt. »Was für eine Idylle!«, schwärmt sie direkt los.

Ich muss gestehen, dass es heute tatsächlich irgendwie schön ist. Dieses satte Grün um uns herum, dazu die Ruhe. So gesehen, hat das hier schon was.

»Aber die Leute!«, fange ich an zu jammern, kaum dass wir bei einem Kaffee auf der Terrasse sitzen. »Die sind schon speziell. So distanzlos, so übergriffig! Und dazu so verdammt neugierig.« Ich erzähle ihr von den diversen Spontanbesuchen, die fast schon an Überfälle erinnern, von dem Auflauf mit Wildschweinfleischwurst und dem Kuchen.

»Ich hätte nichts dagegen, wenn mir jemand ungefragt Essen vorbeibringen würde! Ist doch praktisch. Und irre nett«, sagt sie. »In der Stadt kannst du zwei Wochen tot in deiner Wohnung liegen, und erst wenn du verwest und anfängst erbärmlich zu stinken, wird es jemand merken. In der Stadt ist Ignoranz die Währung. Ist dir das lieber? Lieber als ein Auflauf und Zuwendung?«

Ein durchaus berechtigter Einwand. Natürlich möchte ich nicht gerne ignoriert werden, aber ich will eben auch nicht überrannt werden. Irgendwas dazwischen wäre schön, versuche ich ihr zu erklären.

»Neugier ist immer auch eine Form von Interesse. Dass sich die Dorfbewohner für dich interessieren, für euch interessieren, ist doch erst mal nur nett und freundlich«, schlägt sie sich auf die Seite von Frau Huber, Hebbel und Co. »Und es ist so entspannt und so herrlich malerisch hier!«, seufzt sie dann noch.

Es ist leicht, etwas malerisch zu finden, wenn man weiß, dass man es in drei, vier Stunden wieder hinter sich lassen kann, denke ich. Wahrscheinlich fühlt sich Sabine wie eine Tante, die für einen Nachmittag ihre reizenden Neffen und Nichten besucht. Sobald die einem auf den Wecker gehen, kann man auch einfach wieder abfahren. Und sobald hier die Sonne untergeht und der Wald kühl und finster wird, ist Sabine sowieso wieder weg.

Aber der heutige Nachmittag ist ein Landnachmittag wie aus der Margarine-Werbung. Fehlt nur noch eine karierte Tischdecke im Gras unter der großen Linde und ein Korb mit Picknickleckereien.

Paul, der mittwochs nur vormittags Sprechstunde hat, werkelt inzwischen im Gemüsebeet, meine Mutter tourt mal wieder mit den Hühnern durch die Gegend, und wir sitzen in der Sonne.

»Deine Mama scheint hier sehr zufrieden zu sein«, bemerkt Sabine.

Das stimmt. Meine Mutter wirkt sehr ausgeglichen. Ich hätte gedacht, dass der Umzug ihr zu schaffen macht.

Veränderungen gelten für Demenzkranke als besondere Herausforderung. Aber in ihrem Fall scheint die Veränderung sich positiv auszuwirken. So voller Elan habe ich sie schon lange nicht mehr gesehen.

»Und du?«, fragt Sabine. »Wie ist es bei dir? Bist du zufrieden hier?«

Eine an sich einfache Frage, die gar nicht so einfach zu beantworten ist: »Ja, nein, ach, ich weiß es nicht wirklich. Ich bin hin- und hergerissen. Ich denke, eher nein. Du fehlst mir. Selbst Tamara fehlt mir. Anita. Rudi. Meine Kinder. Es ist komisch, die Neue zu sein. Sich beweisen zu müssen. Und diese Art, wie alle um Paul herumscharwenzeln. Herr Doktor hier, Herr Doktor da, das ist auch irgendwie merkwürdig. Es ist eine Art Zeitreise. Nicht nur modisch, sondern überhaupt. Brillen, Frisuren, Klamotten, Ansichten, Haltungen – einfach alles.«

Sabine mustert mich lange und sagt dann: »Das hat was Überhebliches, wie du das sagst. So kenne ich dich gar nicht. Wenn man irgendwo neu ist, muss man sich auch einlassen. Du klingst so voreingenommen. So als wolltest du Palsdorf gar keine Chance geben. So als stünde dein Urteil von vorneherein fest.«

Und du hast gut reden, denke ich.

»Was glaubst du, wie das mit Juan ist?«, redet sie weiter, ohne dass ich etwas einwenden kann. »Was glaubst du, wie anders diese Welt ist? Seine Welt. Das ist auch eine Art Zeitreise zurück. In die Jugend. Allerdings nicht in die von damals, in unsere Jugend, sondern in die von heute. Wir haben abends Besuch von Juans Freunden, die kaum älter als deine Kinder sind. Ich muss mich zusammenreißen, ihnen nicht zu sagen, wie sie sich zu benehmen haben. Dass sie das Essen, verdammt nochmal, nicht fotografieren und bei Instagram reinstellen, sondern essen sollen. Dass man beim Essen nicht mit dem Smartphone rumspielt. Ich muss mich immer wieder selbst ermahnen, dass ich nicht ihre Erziehungsberechtigte bin, sondern die Lebensgefährtin ihres Freundes. Wirklich zugehörig fühle ich mich nicht. Du siehst, auch ich muss dafür kämpfen, anerkannt zu werden. Akzeptiert. Was glaubst du, wie die mich beäugen? Ich bin wie ein Eindringling aus einer anderen Welt. Wie eine stalkende Mutti. Und ein ganz bisschen bist du das auch hier. Ein Eindringling aus einer fernen Welt. Jeder auf dem Land weiß, dass die aus der Stadt sich für was Besseres halten. Das muss ein ätzendes Gefühl sein. Und natürlich wollen die erst mal sehen, wie du so bist. Ich würde das auch erst mal abchecken. Und klar, sind die froh, Paul hier zu haben. Einen Arzt im Ort zu haben ist heute nicht mehr selbstverständlich. Das ist ein Glück. Welcher Arzt will schon aufs Land?«

Das war ein klassisches Wort zum Sonntag. Fast schon eine strenge Predigt. Wie hart Sabine sein kann!

»Ich halte mich nicht für was Besseres. Ich bin nicht überheblich! Das sind einfach nur meine Beobachtungen. Feststellungen«, rechtfertige ich mich. Aber insgeheim bin ich mir nicht sicher, ob nicht doch was dran ist an den Vorwürfen. Ein bisschen von oben herab ist die Art schon, wie ich Frau Hebbel und Frau Huber, die kleine Petra und den Rest betrachte. So als wären sie Angehörige eines seltsamen, drolligen, leicht zurückgebliebenen Völkchens jenseits der sieben Berge. Überbleibsel aus einer anderen Welt. »Es hat nichts mit Überlegenheit zu tun, es geht um das Anderssein, ohne Wertung«, behaupte ich.

Sabine scheint nicht überzeugt. »Klar bist du anders. Aber lange nicht so anders, wie du denkst. Man muss sich einlassen auf das Neue und darf nicht von vorneherein eine vorgefertigte Meinung haben. Lass die Wertung weg. Sei offen. Ist doch scheißegal, was die für Klamotten haben. So 'ne Trendsetterin bist du nun auch nicht!« Sie schaut auf mein Sweatshirt und grinst.

So langsam geht mir das auf den Wecker. Ich habe das Gefühl, Sabine ist die Anwältin von Kack-Palsdorf. »Du bist übrigens meine Freundin und nicht die Pressesprecherin von Palsdorf«, erinnere ich sie.

»Ich weiß«, bestätigt sie, »aber es bringt doch nichts, dich in deiner Abneigung zu bestärken. Wenn du hier glücklich sein willst, musst du Palsdorf und den Bewohnern eine echte Chance geben. Was nützt es, wenn ich mit dir ablästere und dich dann frustriert hier sitzenlasse?«

Argumentativ durchaus schlüssig, trotzdem fühle ich mich ein bisschen unverstanden.

»Genug gejammert«, beschließe ich, »wahrscheinlich muss ich wirklich offener sein. Kann sein, dass an deinen Vorwürfen was dran ist. Aber genug von mir und Kack-Palsdorf. Erzähl, wie läuft es mit Juan?«

»Eigentlich gut«, beginnt sie ihre Antwort, und schon beim Wort »eigentlich« ist klar, dass noch was kommt, was alles andere als gut ist. »Eigentlich gut, solange wir unter uns sind. Dann ist alles perfekt. Er ist süß, lustig, und der Sex, na ja, der Sex ist Hammer. Der kann halt noch immer. Und er will auch immer. Das ist eine ganz andere Baustelle als mit diesen älteren Modellen.« Sie sieht hinüber zu Paul, der gerade mit der Hand über den Aufsitzmäher streicht. Fast so, als würde er ihn liebkosen.

Sofort setze ich zu einer Verteidigungsrede an: »Täusch dich mal nicht. Paul hat eine Erfahrung, die ein Kerlchen wie dein kleiner glutäugiger Spanier gar nicht haben kann. Und außerdem ist Quantität nicht gleich Qualität. Ich bin in dieser Hinsicht mehr als zufrieden.«

»Sei doch nicht gleich eingeschnappt, es geht doch nicht um deinen Paul, es geht um die große Masse. Und mal ehrlich, Andrea, das weißt du doch auch. Man liest das ja auch immer. Von der Libido her und so gibt es keine bessere Kombi als ältere Frau und junger Mann. Beide sind in der Blütezeit ihrer Sexualität.«

Ich beschließe auf das »eigentlich« zurückzukommen. »Also alles fein, wenn ihr allein seid. Bombensex. Habe verstanden. Und sonst? Wo bleibt das ›eigentlich‹?«

Sie fährt sich durch die Haare und seufzt: »Ich hätte nicht gedacht, dass es mir etwas ausmacht, in der Öffentlichkeit so beguckt zu werden. Am Anfang fand ich das auf eine Art sogar schmeichelhaft. Aber ich sehe in den Blicken immer häufiger eine Art von Missbilligung. So, als hätte ich Alte mir das arme junge Ding gekrallt. Gegen seinen Willen. Den wehrlosen kleinen Mallorquiner geangelt. Ins Bett gezerrt. Dabei war es ja umgekehrt. Er war der Hartnäckige. Dass das niemand weiß oder sich auch nur vorstellen kann, das kränkt mich. Neulich hat wieder mal jemand gefragt, ob ich mit dem Herrn Sohn unterwegs bin. Das nervt. Und ich fühle mich alt. Tief drin habe ich auch immer Angst, dass Juan das ständige Begucktwerden und die ewigen blöden Fragen irgendwann zu viel werden. Dass ihm das Ungleichgewicht dadurch ständig vor Augen gehalten wird. Ihm erst richtig bewusst wird. Ich wäre echt froh, wenn er älter wäre. Wenigstens ungefähr gleich alt.«

Das hört sich ganz anders an als noch vor einem halben Jahr. Da hat Sabine noch glühende Reden gehalten. Reden darüber, wie unwichtig Alter ist. Dass Liebe das Entscheidende ist. Das man den Altersunterscheid überhaupt nicht bemerkt. Dass Juan ja von selbst älter wird. Jeden Tag.

»Aber ihr liebt euch doch, oder?«, erkundige ich mich vorsichtig und streiche ihr sanft über den Arm.

»Ja, klar, das schon. Aber das ist leider gar nicht der Punkt. Es nervt so sehr, sich andauernd rechtfertigen zu müssen. Für die Wahl des Partners. Und es ist nun mal offensichtlich, dass er nicht mein Jahrgang ist. Egal wie viel Botox ich mir reinhaue. Inzwischen kann ich nicht mal mehr das Gesicht verziehen, wenn mir einer blöd kommt. Und es macht mich auch sauer, dass, wenn es umgekehrt ist, sich keine Sau dafür interessiert. Die letzten alten Knacker können mit blutjungen Frauen rumziehen, und keiner sagt was. Im Gegenteil. Die ernten noch Anerkennung. Liegt wahrscheinlich daran, dass es nichts Ungewöhnliches mehr ist. Der Maffay ist achtunddreißig Jahre älter als seine Freundin. Achtunddreißig Jahre.« Sie wirkt angeschlagen.

»Andersherum würdest du mir garantiert sagen, dass es egal ist, was andere denken«, werfe ich ein.

»Stimmt schon, aber ich merke trotzdem, dass es an mir nagt. Und es ist nicht das Einzige«, gesteht sie und zögert.

»Sag schon!«, fordere ich sie auf.

»Ich glaube, dass nicht nur seine Eltern gerne ein Enkelkind hätten, sondern auch er gerne Kinder will. Er streitet es zwar ab, aber es klingt irgendwie halbherzig.«

»Und jetzt?«, frage ich nach.

»Ich weiß es nicht. Ich hätte ja auch immer gerne Kinder gehabt, hatte aber nie den richtigen Mann dafür. Das hat alles irgendwie nie gepasst. Jetzt würde es passen, aber eigentlich ist der Zug abgefahren.«

Da ist es wieder, dieses kleine so unbedeutend wirkende Wort. Eigentlich. »Was heißt eigentlich abgefahren? Willst du adoptieren?«, frage ich.

Sie schüttelt den Kopf: »Selbst dafür bin ich zu alt. Und Juan findet Adoption auch doof. Wegen der Gene und so. Es gibt allerdings schon noch eine Möglichkeit. Deshalb eigentlich. Und da wollte ich dich fragen, was du davon hältst!«

Ich nicke ihr ermunternd zu. Was soll das für eine Möglichkeit sein? Sabine ist genau wie ich mittendrin in den Wechseljahren. Damit hat sich das Thema Schwangerschaft erledigt, so viel weiß ich über Biologie schon noch.

»In vitro?«, frage ich.

»Nein, das ist auch zu spät. Aber es gibt etwas, was in Deutschland verboten ist, in anderen Ländern aber praktiziert wird. Eizellspende. Man bekommt eine Eizelle von einer anderen Frau. Also man kauft sie. Die wird befruchtet mit dem Sperma des eigenen Mannes, außerhalb des Körpers natürlich, und dann eingesetzt. Meine Gebärmutter ist ja noch da und auch funktionstüchtig. Es fehlt ja nur die Eizelle.«

Ich staune. Staune gleich über mehreres. Eizellspende ist verboten. Das wusste ich nicht. Habe mir auch noch nie Gedanken darüber gemacht. Ich weiß, dass Samenspende erlaubt ist. »Ist das nicht gefährlich?«, gebe ich zu bedenken.

»Nein, das nicht. Es erhöht gewisse Risiken. Und man macht es im Ausland. Es weiß ja dann niemand hier, dass es eine Eizellspende ist. Man ist dann ja ganz normal schwanger. Man sieht ja keinen Unterschied. Die Leute denken halt dann, man sei eine dieser sehr alten Schwangeren, die es ja ab und an gibt. Wunder der Natur eben. Die wissen ja nicht, dass ich schon keine eigenen Eizellen mehr habe. Das steht einem ja nicht auf der Stirn geschrieben. Man fährt in den Urlaub, lässt sich das Ding einsetzen und kommt schwanger wieder. Meine Gynäkologin sagt, das wird viel häufiger gemacht, als man denkt. Sie hat inzwischen einige Patientinnen, die das gemacht haben.«

»Aber«, wende ich vorsichtig ein, »es ist dann ja nicht dein Kind. Also genetisch gesehen. Es ist ja nicht deine Eizelle.«

»Stimmt«, antwortet sie, »das hat mich zu Beginn, als ich angefangen habe, mich damit zu beschäftigen, auch sehr gestört, aber meine Ärztin meint, dass die meisten

Frauen das irgendwie vergessen, weil sie es ja sind, die das Kind austragen. Und die Eizelle wird ja mit dem Sperma des Partners befruchtet.«

»Was meint Juan dazu?«, will ich wissen.

»Er findet es eine gute Idee, überlässt die Entscheidung aber mir. Man kann das zum Beispiel auf Mallorca machen. Da ist es erlaubt. Die machen im Radio sogar Werbung dafür. Suchen junge Frauen gegen Geld als potentielle Spenderinnen.«

Jetzt, wo sie es sagt, erinnere ich mich, das auch mal im Urlaub im Radio gehört zu haben. Damals war ich nur kurz erstaunt, habe aber nicht weiter darüber nachgedacht. »Irgendwie hat das was von Science-Fiction«, rutscht es mir heraus.

»Geht mir ähnlich«, gesteht sie, »schon irgendwie spooky. Aber eine andere Möglichkeit bleibt mir nicht. Und lange überlegen kann ich auch nicht mehr. Mit jedem Jahr mehr sinkt die Wahrscheinlichkeit, dass irgendwer glauben könnte, das Kind wäre auf normalem Weg entstanden.« Sie seufzt. »Wir fahren im November zum Geburtstag von Juans Mutter noch mal nach Mallorca. Bis dahin will ich eine Entscheidung getroffen haben. Meine Gynäkologin hat mir zugeredet. Sie würde mich dann betreuen. Was rätst du mir? Soll ich es machen?« Sabine wirkt angeschlagen.

Ich bin unschlüssig. Sabine mit Anfang 50 schwanger? Ist das der Natur nicht zu sehr ins Handwerk gepfuscht? Oder ist das jetzt ein zu spießiger Gedanke? Warum nicht alle Möglichkeiten nutzen, um sich Wünsche zu erfüllen? Wir sind ja auch ansonsten jedem technischen Fortschritt gegenüber aufgeschlossen. Bisher war da eben niemand, mit dem Sabine Kinder haben wollte.

»Du solltest es nur machen, wenn du, du selbst, ein Baby willst. Diesen Schritt nur für Juan oder zur Sicherung der Beziehung zu gehen halte ich für falsch. Und auch nicht für zielführend. Ein Kind ist kein Garant für irgendwas. Auch nicht für eine Beziehung. Ganz im Gegenteil sogar.«

Sie nickt. »Ich weiß. Und ich bin eben keine achtundzwanzig mehr. Wenn das klappt und ich tatsächlich ein Kind bekomme, bin ich, bis es eventuell Abitur hat, Ende sechzig. Wenn es sitzenbleibt, Anfang siebzig. Wenn es in die Pubertät kommt, bin ich auch schon Mitte sechzig. Kann ich das aushalten? Habe ich die Nerven dafür? Ich weiß es einfach nicht, Andrea. Einerseits habe ich alle Mütter immer unglaublich beneidet. Um die Schwangerschaft, um das Gefühl, Mutter zu sein. Um das Kinder-Haben. Eine richtige Familie mit allem Drum und Dran. Aber ihr alle habt jetzt Kinder, die aus dem Gröbsten raus sind. Ich fange an, und ihr seid fertig. Ich werde mit Frauen, die zwanzig Jahre jünger sind, auf Elternabenden sitzen. Werde immer diejenige sein, bei der man sich fragt, was die da will. Wahrscheinlich wirst du schon Oma, während ich noch ein Kleinkind habe. Und ist das dem Kind gegenüber fair? Ist es peinlich, eine alte Mutter zu haben? Eine alte Mutter zu sein? Ist das nicht einfach nur egoistisch? Es sind so viele Fragen, und ich weiß einfach keine Antwort. Mal wache ich auf und bin überzeugt, es tun zu wollen, mal denke ich, auf keinen Fall. Ich bin echt hin- und hergerissen.«

Ich kann Sabines Bedenken sehr gut verstehen. Die Vorstellung, jetzt einen Säugling zu haben, quasi noch mal von vorne zu beginnen, wäre für mich alles andere als verlockend. Alles hat seine Zeit, denke ich. Hier geht es nicht darum, Juan einen teuren Geburtstagswunsch zu erfüllen. Einen Kinderwunsch zu erfüllen ist eine sehr weitreichende Entscheidung. Eine, die das Leben verändert, und das ein Leben lang.

Sabine schaut mich erwartungsvoll an.

Ich nehme sie in den Arm und sage: »Ich weiß zu wenig darüber, aber irgendwie habe ich ein ungutes Gefühl. Was, wenn das Kind seine Mutter kennenlernen will? Hat nicht jedes Kind ein Recht darauf, seine leiblichen Eltern zu kennen?«

Sie nickt. Ich sehe, wie sich ihre Augen mit Tränen füllen. »Es ist alles gut mit Juan und mir, aber dieses Thema macht mir wahnsinnig zu schaffen.« Jetzt beginnt sie zu weinen. »Dieses Mehr an Möglichkeiten macht die Dinge nicht etwa einfacher, sondern eigentlich nur schwieriger. Soll man die Möglichkeiten ausschöpfen oder sich einfach der Natur und ihrem Plan fügen? Ich war so zufrieden und so glücklich, und jetzt raubt mir diese Entscheidungsmöglichkeit den Schlaf.« Sie schnieft.

»Eins ist wichtig«, sage ich und streiche ihr dabei sanft über das Haar, »du musst es nicht tun. Juan hat von Anfang an gewusst, auf was er sich einlässt. Er wollte eine Beziehung mit dir. Er sagt, dass er dich liebt. Du musst dafür keinen Preis bezahlen. Du hast diese Liebe verdient. Lass niemanden Druck auf dich ausüben.«

»Aber das ist ja das Dilemma«, seufzt Sabine, »dass

die Entscheidung nur bei mir liegt. Juan macht keinen Druck, aber ich merke, dass er die Idee gut findet. Er will, dass wir es versuchen. Und ich will natürlich, dass er glücklich ist.«

»Was sagt dein Bauchgefühl?«, frage ich, und kaum habe ich das Wort »Bauchgefühl« ausgesprochen, bin ich unsicher, ob das beim Thema Schwangerschaft so passend ist.

»Nichts Eindeutiges. Mal so, mal so«, antwortet sie.

»Diese Entscheidung kann dir leider wirklich niemand abnehmen. Aber egal, wie du dich entscheidest, ich stehe dir bei«, beteure ich.

»Das weiß ich doch! Irgendwann werd ich hoffentlich wissen, wie ich mich entscheiden soll. Es bleibt ja noch ein wenig Zeit, und momentan dreh ich mich da eh nur im Kreis«, sagt sie und bringt schon wieder ein klitzekleines Lächeln zustande. Immerhin.

Nach einem frühen Abendessen macht sie sich wieder auf den Weg zurück in die Stadt. Es war schön, mit Sabine zusammen zu sein. Wenn sie hier leben würde, wäre alles so viel leichter. Ich bezweifle, hier eine so gute Freundin zu finden. Und ich brauche eine. Eine Verbündete. Jemanden, der mich uneingeschränkt gern hat.

Klar, ich habe Paul. Ich sehe ihn zwar mehr als früher, merke aber schon jetzt, dass ein Arzt auf dem Land so was wie Allgemeinbesitz ist. Jederzeit verfügbar. Für alles und jeden. Wir haben theoretisch hier mehr Zeit füreinander, praktisch sind hier aber immerzu Mama und Malgorzata, dazu die kleine toughe, arztbesessene Petra und der ganze Rest des Dorfes. Und natürlich die Praxis, deren Öffnungszeiten eigentlich niemanden wirklich interessieren. Am Ende der Welt ist wirklich mehr los, als man denkt.

12

Mein Muskelkater hat sich noch mal verstärkt.

»Ist ganz normal. Der zweite Tag nach dem Sport ist eigentlich immer der schlimmste«, lacht Paul. »Du kannst eine Ibu nehmen. Und in ein bis zwei Tagen ist es vorbei. Spazieren gehen – der neue Extremsport der Andrea S.«

Irre witzig. Ich bitte ihn, mein Joggingdate mit Petra abzusagen. »Verrat aber nicht, dass es wegen Muskelkater ist. Sag, ich hätte eine Zerrung oder so.«

Der Gedanke ans Joggen ist so absurd, ich kann mir kaum vorstellen, überhaupt aufzustehen. Selbst im Liegen schmerzen meine Beine.

»Ich bringe dir einen Kaffee und eine Ibuprofen. Bleib einfach im Bett. Heute Mittag kocht ja die Petra.«

Stimmt, das hatte sie ja angekündigt.

Petra hält sich tatsächlich an ihr Versprechen. Sie kommt ein wenig vor der abgemachten Zeit nach oben, um das Essen vorzubereiten. Bunter Salatteller mit Avocado und Nüssen, dazu Kabeljau. Kein Wunder, dass Petra so schlank ist und sich neulich so über den Auflauf und die Nudeln hergemacht hat. Wahrscheinlich waren das die ersten Kohlenhydrate seit Monaten. Der Salat sieht gut aus, aber ich vermisse die sogenannte Sättigungsbeilage. Es ist komisch, eine quasi fremde Frau dabei zu beobachten, wie sie in meiner Küche rumwerkelt und sich offensichtlich sehr gut auskennt.

»Es war ja auch ein bisschen meine Küche, so mit Horst und so«, erklärt sie, ohne dass ich danach frage.

»Hast du hier denn auch gewohnt?«, will ich wissen und merke, dass ich sie einfach geduzt habe. Aber wer sich so selbstverständlich in meiner Privatsphäre bewegt, den brauche ich auch nicht mehr zu siezen.

Petra scheint es gar nicht aufzufallen. Auch sie findet es offenbar ganz selbstverständlich. »Na ja, weißt du«, sie windet sich ein wenig, »nicht immer, aber doch oft. Also, meistens.« Sie zieht ein paar geblümte Untersetzer aus der Schublade und schaut sie fast wehmütig an. »Die sind von mir! Habe ich mitgebracht, weil beim Horst alles so bisschen kahl aussehen tut. Zur Dekoration. Ihr könnt sie gerne benutzen.« Sie streicht über die Plastikuntersetzer, als wären sie puschelige Kaninchen.

Da war wohl sehr viel mehr zwischen Horst und Petra, als wir bisher angenommen haben.

»Ihr hattet also eine Beziehung? Eine richtige Beziehung?«, nutze ich die Gelegenheit, um zu fragen.

»Ja. Nicht so ganz offiziell, weil hier alle so konservativ sind und wir nicht wollten, dass die Leute reden tun. Aber so haben sie fast noch mehr geredet. Der Plan ist nicht wirklich aufgegangen. Aber jetzt, wo ich die Platzsets halten tu, merke ich wieder, wie weh es tut. Da kommt alles hoch.« Ihr stehen Tränen in den Augen.

Wird um mich herum eigentlich nur noch geweint? Gestern Sabine, heute Petra.

Ich versuche, sie zu trösten. »Vielleicht kommt er bald wieder. Reumütig. Und wenn nicht, da draußen sind noch mehr Männer. Zahllose Männer. Auch jüngere.«

Sie wirkt nicht sonderlich getröstet. »Ich kenne alle hier, und den Bürgermeister Tummler will ich nicht, und der will mich auch nicht. Und der Paul hat dich. Und die anderen sind alle weg. Weggegangen in die Stadt oder weggestorben. Oder besetzt. Hier herrscht richtiger Männermangel. Also an freien, ungebundenen Männern. Was sollen die auch hier? Gibt ja keine Arbeit. Und wer will schon immerzu pendeln?«

Überraschend. Normalerweise liest man doch immer, dass es die Frauen sind, die gehen, und dann auf dem Land unzählige Männer übrig bleiben. Zumeist die nicht besonders gut ausgebildeten.

»In der Stadt stehen sie auch nicht Schlange«, versuche ich die Verhältnisse ein bisschen geradezurücken. »Mit den Männern ist es überall schwer.«

»Das sagt sich leicht, wenn man einen hat!«, kommt es schnell und ein wenig pikiert zurück.

»Ich war auch eine ganze Weile allein. Ich weiß, wovon ich rede«, entgegne ich, gerade so als müsse ich eine gewisse Single-Kompetenz nachweisen, um mitreden zu dürfen.

»Und wo hast du dann den Paul her?«, will Petra wissen.

»Vom Luxus-Schnäppchen-Ärztemarkt!«, rutscht es mir raus. Als ich ihr fassungsloses Gesicht sehe, erkläre ich schnell, dass ich nur einen Witz gemacht habe. »Das war Zufall, ein sehr glücklicher Zufall«, beende ich das Thema, nicht nur, weil ich höre, dass Paul die Treppe hochkommt.

Petra und ich sind ja keine engen Freundinnen (und

werden es sehr wahrscheinlich auch nicht werden), und noch kann ich nicht einschätzen, wie geschwätzig sie ist. Ich bin froh, dass Paul dieses Gespräch nicht mitbekommen hat. Wenn er weiterhin andauernd hört, dass er so irre begehrt ist, könnte ihm das zu Kopf steigen.

Ich habe schon jetzt, nach den wenigen Tagen in Palsdorf, das Gefühl, dass er sich verändert. Im Prinzip kein Wunder. Wenn einem Mann ständig gesagt wird, wie großartig er ist und wie wunderbar es ist, dass er da ist, dann macht das was mit ihm. Im Zweifelsfall nichts Gutes. Zu viel Lob kann schaden. Zu viel Verehrung mit Sicherheit auch. Ein großer Pluspunkt an Paul war ja bisher immer seine Bescheidenheit. Er ist kein selbstverliebter Typ, und ich habe Angst, er könnte sich hier zu einem entwickeln.

»Na ihr zwei!«, begrüßt er uns und strahlt. »Stell dir vor, Andrea, ich hatte heute eine ganz besondere Sprechstunde. Ein Privatpatient, hipp, hipp, hurra! Und Frau Huber war nicht da.«

»Ach, der MRT-Roland«, grinst Petra, »der kommt regelmäßig und glaubt immer, dass er irgendwo einen riesigen todbringenden Tumor haben tut. Deshalb will er eigentlich immer nur eine Überweisung fürs MRT. Der könnte sich sein ganzes Haus mit den Aufnahmen tapezieren. Ein Megahypodingsbums ist der. Ich weiß auch gar nicht, warum der hierherkommt. Er wohnt ganz nah bei Fulda. Aber der Horst hat ihm immer zugehört und ihn ernst genommen. Auch beim achten, neunten und zehnten Mal. Macht wahrscheinlich in der Stadt keiner.«

»Einen Privatpatienten nimmt jeder gerne ernst. Egal,

wie Banane der ist«, sagt Paul und meint diesen Satz garantiert auch ernst.

Ich gucke ein bisschen entsetzt. »Das ist doch nicht fair«, wende ich ein.

»Ein paar Privatpatienten sorgen dafür, dass ich mir die Damen Huber und Co. dieser Welt leisten kann. Die, die einmal im Quartal ihre Versichertenkarte zücken und dann ständig im Wartezimmer hocken. Für das, was dabei rumkommt, kommt kein Elektriker zu dir. Die Pauschale, die die Kasse für eine Frau Huber zahlt, liegt bei zwanzig Euro. Je nachdem, was dazukommt, Röntgen, Ultraschall oder was auch immer, geht der Satz auf knapp siebzig Euro hoch. Wie soll ich da zehnmal im Quartal ein Stündchen mit Frau Huber plaudern? Wie soll man es sich leisten können, für dieses Geld angemessen Zeit für einen Patienten zu haben? Letztlich macht es die Masse. Das ist nicht schön, aber es entspricht der Wahrheit. Es gefällt mir auch nicht. Absoluter Systemfehler.«

Petra nickt. »Da hat er recht, der Doktor!«, stimmt sie zu.

Ich bin unschlüssig. Zu tief sitzt die Überzeugung, dass die Gleichung Arzt gleich reich noch immer gilt.

»Die Zeiten, in denen wir das fette Geld scheffeln konnten, sind lange vorbei«, betont Paul.

»Aber am Hungertuch musst du auch nicht nagen!«, wage ich einen kleinen Einwand.

»Nein, und ich bin ja auch nicht Arzt geworden, um reich zu werden. Ich mache es, weil ich Menschen helfen will. Das Geld ist nie meine Motivation gewesen. Aber es nervt, wenn alle denken, wir seien die großen Abzocker.«

Petra seufzt synchron mit Paul. Sie hätte mit Sicherheit Grund, sich über ihr Gehalt zu beschweren. Arzthelferinnen verdienen wenig. Aber ihr Identifikationspotential mit dem Herrn Doktor scheint groß. Paul schaut sie liebevoll an. Zustimmung ist immer eine beliebte Währung. Wer einen Mann erobern will, sollte ihm häufig recht geben. Männer wollen sich verstanden fühlen. Das hat Petra drauf. Man darf sie nicht unterschätzen, die kleine Frau Tut-Tut, denke ich und nehme mir noch ein wenig Salat. Das hat sie übrigens auch drauf. Salat machen. Echt lecker.

13

Ich kann mich wieder einigermaßen normal bewegen. Heute werde ich endlich mal was arbeiten.

Herr Klessling, mein Chef, hat mir schon eine etwas ungeduldige Mail geschrieben. Nach dem Motto: Landleben schön und gut, aber Sie haben auch Verpflichtungen. Das schaue ich mir nicht lange an, Frau Schnidt.

Der Ton der E-Mail ist insgesamt ruppig. Uncharmant und, ehrlich gesagt, auch recht unfreundlich. Kein Wie-geht-es-denn oder Ähnliches. Nur Forderungen. Mein erster Impuls ist es zu schreiben: Dann mach deinen Scheiß doch allein. Deinen Raumduft-Spraymist. Hier macht man eh nur das Fenster auf, denn hier auf dem Land riecht es gut. Nach Natur. Nach Erde. Nach Wald.

Und während ich diese Mail in meinem Kopf formuliere, geht mir auf, dass es stimmt. Es riecht gut in Palsdorf. Vor allem, wenn es geregnet hat. Fast so, als würde sich die Natur mit diesem Wohlgeruch für das Wasser bedanken. Ist natürlich totaler Quatsch, diese Theorie. Aber nasser Wald riecht wunderbar. Nasse Erde hat etwas Würziges. Ich mag auch den Geruch von frischem Gras. Als Paul neulich stolz auf dem Aufsitzmäher durch den Garten gefahren ist, hätte ich mich am liebsten wie ein Hund im Grasschnitt gewälzt.

Wenn ich Palsdorf als Duft komponieren müsste, dann gäbe es eine erdige Grundnote im Einklang mit dem Geruch nach frischem Kuchen, und das alles ganz dezent. Nicht zu süß. Nicht zu mächtig. Nix Superparfümiertes. Unterschwellig würde der Duft Heimat suggerieren. So könnte man ihn auch nennen. Heimat. Ist ja momentan irre angesagt. Selbst in der Politik fällt der Begriff ständig. In allen Parteien. Der Begriff Heimat ist entmieft worden. Hätte jemand vor 20 Jahren von Heimat gesprochen, hätten alle nicht superkonservativen Menschen verächtlich die Augenbrauen hochgezogen. Heute heißen Hipsterrestaurants Heimat, es gibt Heimatbier, Heimatbrot, Heimatwurst. Da käme ein Heimatduft doch gerade recht. Ich google meine Idee. Mist, es gibt schon ein Räucherstäbchenset mit diesem Namen. Allerdings geht es da um Asien. Vielleicht ist Heimat als Name auch zu schlicht. Heimat, Land, das alles hört sich irgendwie zu sehr nach Trachten und Folklore an. Da muss noch was dazu. Ich jongliere mit Adjektiven. Fröhliche Heimat, beschwingte Heimat. Nichts begeistert mich so wirklich. »Heimat, o Heimat« ist zu schwülstig. »Meine Heimat« gefällt mir. Heimat ist schließlich immer auch etwas Individuelles. »Heimat pur« hat auch was. Pur verkauft sich immer gut. Klingt hochwertig und klar. Nach Jil Sander. Ich glaube, die hatte auch mal ein Parfüm namens Pure.

Ich schreibe Herrn Klessling eine geharnischte Antwortmail. Der tickt doch nicht mehr richtig. Ich bin kaum eine Woche hier, und er macht schon Druck. Wie soll man so arbeiten? Ich schreibe mir den Zorn von der Seele. Darüber, dass ich erstaunt über seinen Tonfall bin, dass ich schon längst an neuen Ideen arbeite und dass ich dachte, wir hätten ein Dreimonatsabkommen. »Wenn Sie glauben, ohne mich besser zurechtzukommen, und Ihre Entscheidung bezüglich des Homeoffice bereuen, dann können wir unser Arbeitsverhältnis auch sofort beenden«, lautet mein Schlusssatz.

Bevor ich weiter überlege, drücke ich auf »senden«. Kaum ist die Mail raus, bereue ich sie auch schon. Ich habe bei meiner Antwort außer Acht gelassen, wie das Abhängigkeitsverhältnis ist. Ich bin die Angestellte, Herr Klessling und ich sind keine Kollegen. Er kann mich anblaffen, ich sollte mich zurückhalten. Er ist der Chef, und ich habe meinen Rausschmiss geradezu herausgefordert. Fast schon drum gebeten. Soll ich noch eine Mail hinterherschicken? Ihn bitten, die erste vielleicht gar nicht zu lesen? Schürt so eine Nachricht nicht eher sogar die Neugier? Kann ich vielleicht auf seine Unbeholfenheit zählen? Er ist nicht der gewiefteste Computernutzer. Normalerweise lässt er sich die Mails im Sekretariat ausdrucken. Ich werde anrufen, beschließe ich.

Nach dreimaligem Klingeln habe ich seine Sekretärin am Apparat.

»Könnten Sie meine eben geschickte Mail bitte löschen, also ignorieren?«, frage ich sie und weiß, wie latent bekloppt das klingen muss.

»Liegt schon ausgedruckt beim Chef auf dem Tisch«, antwortet sie, und ich höre ihrem Tonfall an, dass sie das keineswegs bedauert.

Sie hat mich nie gemocht, die blöde Kuh. Frau Ludewig. Und mich hat es nie gekümmert, ob sie mich mag. Das war falsch, geht mir durch den Kopf, denn auf ihre

Hilfe kann ich natürlich jetzt nicht zählen. Die wird sich die Hände reiben über meine Dusseligkeit.

Egal. Was man nicht versucht, kann auch nicht gelingen. »Könnten Sie sie, also die Mail, wieder zurückholen vom Schreibtisch? Ich meine, also, falls Herr Klessling noch nicht da ist und so. Könnten Sie die Mail einfach verschwinden lassen? Da ist mir was durchgerutscht, und es tut mir jetzt leid. Es wäre besser, wenn er die Mail nicht sehen würde. Löschen Sie sie bitte, und werfen Sie den Ausdruck weg. Ich wäre Ihnen sehr verbunden, Sie hätten einen Gefallen bei mir gut.«

Ich höre, wie sie schnaubt. »Tja, Frau Schnidt, wahrscheinlich könnte ich das tun. Noch ist er ja nicht da, der Chef. Aber warum sollte ich? Wir zwei waren ja nicht so dicke miteinander. Oder ist mir da was entgangen?«

Ich verstehe, dass jemand nachtragend ist, ich bin auch nicht frei von dieser Eigenschaft. Aber das hier finde ich einfach nur gemein. Ich verlange ja nichts Gefährliches.

»Und welchen Gefallen sollten Sie mir schon tun?«, unterbricht sie mit einer Nachfrage meine Gedanken.

»Es ist doch immer ein gutes Gefühl, einen Gefallen gutzuhaben«, sage ich, schon weil mir so spontan gar nichts einfällt. »Vielleicht einen schönen Blumenstrauß als Dank«, mache ich ein erstes Angebot.

Sie lacht. Nicht freundlich, eher hämisch: »Ihre Existenz, Ihre berufliche Laufbahn ist Ihnen nur einen Blumenstrauß wert? Das halte ich nicht für angemessen.«

Was erwartet diese Hexe? Ein Monatsgehalt? Eine Organspende? Ist die noch ganz sauber?

»Einen lila Lappen sollte Ihnen die Vernichtung der Mail schon wert sein«, zischt sie ins Telefon.

Einen lila Lappen? »Ich verstehe nicht, was Sie meinen«, sage ich nur.

»Meine Güte, einen Fünfhunderter meine ich. Was sonst. Fünfhundert Euro. Es geht immerhin um Ihre Zukunft.«

Das hätte ich ihr wirklich nicht zugetraut. Stille Wasser sind ja bekanntlich tief, aber dass die zickige Vorzimmertante vom Klessling richtiggehende Erpresserqualitäten hat, hätte ich nicht für möglich gehalten. Niemals. Ich habe vor dieser Dreistigkeit fast schon Respekt. Ich überlege. 500 Euro, nur damit sie eine Mail löscht? Das geht absolut zu weit. Einerseits. Andererseits könnte ich einwilligen und dann, wenn sie den Auftrag erledigt hat, kneifen. So tun, als hätten wir nie eine Abmachung gehabt. Sie hat ja nichts Schriftliches. Und die Mail ist dann ja auch weg. Das wiederum wäre natürlich ziemlich abgebrüht von mir. Aber muss man mit jemandem fair umgehen, der einen dermaßen über den Tisch ziehen will? Über den Tisch ziehen kann ich auch. Wer sich mit mir anlegt, muss mit Gegenwehr rechnen. So nicht, Freundchen, denke ich nur.

»Okay«, sage ich. »Abgemacht. Sie entsorgen die Mail vom Schreibtisch und löschen sie aus dem Posteingang. Dann haben wir einen Deal.«

»Gut, Frau Schnidt. So machen wir es.« Sie lacht kurz auf. »Der Alte kommt heute eh nicht. Da kann ich mir ja Zeit lassen.«

Mal sehen, wer am Ende lacht, geht mir durch den

Kopf. Aber egal, wie das hier ausgeht, eine Freundin habe ich mir heute nicht gemacht. Und wenn ich nicht zahle, was ich mit Sicherheit nicht tun werde, dann wird sie mir im Rahmen ihrer Möglichkeiten die Hölle auf Erden bereiten. Wer weiß, was die noch so draufhat. Ich hätte es jedenfalls nie für möglich gehalten, dass sie 500 Euro für einen winzigen Gefallen von mir will. Vielleicht arbeitet sie nebenher für eine Geldeintreiberbande. Einen Inkassobetrieb. Hoffentlich hat sie keine Verbindungen zu irgendwelchen mafiösen Strukturen. Oder zur sogenannten Halbwelt. Wenn ich dann nicht zahle, wer weiß, was passiert. Sie ist eine Sekretärin, keine Kriminelle, versuche ich mich selbst zu beruhigen. Sie wird mir wegen 500 Euro keine Schläger auf den Hals hetzen. Ich überlege, ob ich sicherheitshalber Paul Bescheid sage. Oder sollte ich direkt zur Polizei gehen? Oder noch besser zu Klessling? Ihm sagen, was er da für ein durchtriebenes Stück im Vorzimmer sitzen hat. Informiere ich Klessling, steht Wort gegen Wort. Der Drachen sitzt seit Ewigkeiten bei Klessling. Holt seine Hemden aus der Reinigung, kauft Geburtstags- und Weihnachtsgeschenke und gilt als seine rechte Hand. Angeblich entscheidet er nichts ohne sie. Wahrscheinlich hat sie auch die fiese Mail an mich geschrieben. Trotzdem. Alles in allem ist es relativ klar, wem er glauben wird. Schon aus strategischen Gründen. Ich glaube, dass er sehr viel leichter auf mich als auf sie verzichten kann. Außerdem war das gesamte Theater ja dann umsonst. Ziehe ich Klessling ins Vertrauen, muss ich auch über meine E-Mail sprechen. So oder so, jetzt ist es zu spät. Ich habe den Stein ins Rollen gebracht, und jetzt kann ich nur abwarten, was passiert. Mal sehen, ob sie sich wehrt, wenn ich nicht zahle. Immerhin habe ich nichts unterschrieben. Was soll sie also machen?

»Gut, Frau Schnidt, dann harre ich mal der Dinge. Meine Kontonummer schicke ich Ihnen, oder wollen Sie bar zahlen? Und eins noch, ich bin nicht blöd. Die E-Mail habe ich natürlich gespeichert. Kommt kein Geld, schicke ich sie ab. Und lege sie auf den Schreibtisch. Bis bald dann«, verabschiedet sie sich und legt, ohne eine Antwort abzuwarten, auf. Man darf seine Gegner nie unterschätzen.

Und Vorgesetzte auch nicht. Zwei Stunden später, ich will mich gerade ans Kochen machen, klingelt mein Telefon. Klessling ruft an. Hat der Drachen es sich anders überlegt? Ist ihr mein Scheitern bei der Firma jetzt doch mehr wert als die vermeintlich zu erwartenden 500 Euro?

»Was fällt Ihnen eigentlich ein!«, lautet seine Begrüßung.

Meint der jetzt meine Mail, das Theater mit seiner Frau Ludewig, seinem Vorzimmerrottweiler, oder irgendwas ganz anderes? Ich zögere kurz.

»Sind Sie dran, Schnidt?«, fragt er.

»Ja natürlich. Hallo und guten Tag, Herr Klessling«, antworte ich und versuche, den Grundton dieser Kommunikation auf entspannt umzustellen.

»Was haben Sie sich bei dieser E-Mail gedacht? Wie reden, also schreiben Sie denn mit mir? Das geht gar nicht, Frau Schnidt. Gar nicht. Das kann und will ich mir nicht bieten lassen. Und um auf Ihr Angebot zurückzukommen: Ich nehme es dankend an. Melden Sie sich, wenn Sie wieder bei Verstand und vor allem im Land sind. Mein großzügiges Angebot gilt jedenfalls nicht mehr. Ich bin durch mit Ihnen.«

Hat der mir jetzt gerade gekündigt? Mich am Telefon rausgeschmissen? Ich fühle mich wie in einer Art Schockstarre.

»Das ist alles ein Missverständnis, Herr Klessling. Sie haben da was in den falschen Hals bekommen. Das war doch gar nicht so schlimm«, versuche ich, mich rauszureden.

So schlimm war es ja nun wirklich nicht. Ich war ein bisschen aufgebracht, aber angefangen hat ja wohl Herr Klessling selbst.

»Was ich schlimm finde und was nicht, entscheide ich immer noch selbst. Zum Glück hat sich meine Frau Ludewig bereit erklärt, Ihren Aufgabenbereich mit zu übernehmen.«

»Die fiese Kuh!«, sage ich nur, und kaum habe ich es ausgesprochen, weiß ich, dass das mit Sicherheit weder sehr professionell noch taktisch besonders klug war.

»Ich bitte Sie, Frau Schnidt. Für Ihr Verhalten kann ja nun die Frau Ludewig nichts. Ganz im Gegenteil. Sie hat sich fast für Sie eingesetzt. Hat mir erzählt, dass Sie emotional nicht stabil sind zur Zeit, und mich gewarnt, was passieren würde, wenn ich Sie anrufe. Sie hätten schon ein sehr schwieriges Telefonat geführt. Sie hat mir alles darüber gesagt und war ausgesprochen bestürzt, die Gute. Dass Sie so schlecht drauf sind, hat sie erschüttert. Das Landleben scheint Ihnen nicht zu bekommen.«

Fiese Kuh ist fast noch geschmeichelt. Miese Schlange. Raffiniertes Miststück trifft es schon eher. Hat die Ludewig sich wohl schnell ausgerechnet, dass eine Einmalzahlung von fünfhundert Euro gar nichts ist gegen die Übernahme meines Jobs. Ich bin echt platt, will das alles aber nicht unkommentiert stehen lassen.

»Sie wollte mich erpressen, Ihre Frau Ludewig. Sie war extrem unkooperativ und manipulativ. Da sollten Sie mal überlegen, ob Sie so was in Ihrem Vorzimmer sitzen haben wollen! Wenn jemand loyal ist, dann ich.«

»Genau das hat meine treue Frau Ludewig vorhergesagt. Dass Sie schlecht über sie reden würden. Wirre Theorien verbreiten. Frau Ludewig meint, Sie bräuchten Hilfe. Fachliche Hilfe. Ich weiß, dass man auch psychische Probleme sehr ernst nehmen muss. Ich wollte nichts sagen aus Diskretionsgründen, aber jetzt, wo Sie solche Dinge behaupten.«

Jetzt langt es aber wirklich. »Meine Güte!«, kreische ich. »Ich habe eine wütende E-Mail geschrieben, weil Sie mir doof gekommen sind. Nicht mehr und nicht weniger. Das war ein bisschen zu frech, ein bisschen unüberlegt, und es tut mir leid. Aber mehr war da nicht. Ich habe keineswegs psychische Probleme!«

Jemand tippt mir auf die Schulter. Frau Huber. Die Marianne. Die fehlt mir hier gerade noch. Wie ist die denn schon wieder hier reingekommen. Hat das gesamte Dorf einen Generalschlüssel?

»Herr Klessling, das macht so alles keinen Sinn. Ich

rufe Sie morgen an, und wir beide schlafen noch mal darüber. Da hat sich einiges ungut verselbständigt«, versuche ich, das Gespräch zu einem halbwegs versöhnlichen Abschluss zu bringen.

Herr Klessling ist von meinen Worten wenig beeindruckt. »Ich muss über gar nichts schlafen, und das Einzige, was sich ungut verselbständigt hat, sind Sie, Frau Schnidt. Unser Arbeitsverhältnis ist beendet. Einen ordentlichen Vertrag hatten wir ja eh nicht.« Er legt auf.

Frau Huber, die inzwischen unaufgefordert am Esstisch sitzt, schaut mich neugierig an. »Und?«, fragt sie nur.

»Ich habe gerade meine Arbeit verloren!«, bricht es aus mir heraus. Ich muss mich zusammenreißen, um nicht direkt loszuheulen. Nicht jetzt und hier vor Frau Huber.

»Aber, aber, Kindchen, das ist doch nicht so schlimm!«, beruhigt sie mich. »Sie haben doch den Herrn Doktor und uns. Das wird schon! Sie könnten eventuell auch einmal die Woche bei mir im Laden aushelfen«, schlägt sie vor. »Ach, und die Arbeit für unseren Weihnachtsmarkt bleibt ja auch noch. Da haben Sie ja jetzt richtig viel Zeit für«, freut sie sich.

Ist heute der Tag der Irren?

»Frau Huber, ich muss Geld verdienen. Ich brauche keine Beschäftigung. Es geht um einen richtigen, bezahlten Job.«

Bevor ich weiter ausholen kann, kommen Petra und Paul in die Küche. Das Mittagessen! Mist, das habe ich in dem ganzen Klessling-Schlamassel komplett vergessen.

»Was tut es denn Feines geben?«, fragt die kleine Petra, heute mit silbernem Haarreif und passendem silbernen Lidschatten mit Glitzer.

Die mit ihrer permanent guten Laune fehlt mir jetzt gerade noch. »Es gibt noch gar nichts. Ich hatte Stress. Arbeitsstress. Bin noch nicht dazu gekommen. Und jetzt will ich eigentlich nur noch ins Bett und mir die Decke über den Kopf ziehen. Macht euch ein Brot. Oder Nudeln. Oder ordert euch ’ne Pizza!« Kaum habe ich das gesagt, muss ich trotz allem grinsen. Wo soll man hier am Ende der Welt schon eine Pizza bekommen.

»Pizza?«, fragt dann auch Petra.

»Ich mach uns ein paar Brote«, schlägt Paul vor.

»Ich kann das übernehmen«, bietet sich pflichteifrig Frau Tut-Tut an.

»Magst du reden?«, erkundigt sich Paul bei mir und streichelt mir über den Arm.

Frau Huber schaut bei alledem zu. Sie hat keinerlei Distanzbewusstsein. Jeder normale Mensch hätte gemerkt, dass der Besuch gerade nicht so passt, wäre aufgestanden und gegangen.

Selbst Paul scheint das zu bemerken: »Frau Huber, kann ich Ihnen denn helfen?«

Sie schüttelt den Kopf und verneint: »Nee, ich muss Ihre Frau sprechen. Wegen der Hüfte und so komme ich morgen vorbei. Jetzt brauche ich Ihre Frau. Wegen des Weihnachtsmarkts und so. Da ist ja einiges zu tun.«

Petra mischt sich ein: »Frau Huber, also Marianne, du siehst doch, dass es grad nicht so passen tut. Die Frau Schnidt meldet sich bei dir, wenn hier alles klar ist. Bis dann!«

Was für eine bizarre Situation. Ich sitze in meiner Küche, und über meinen Kopf hinweg unterhalten sich Leute über mich.

»Ich könnte auch schnell eine Kleinigkeit für den Doktor kochen! So ein belegtes Brot ist doch keine ordentliche Mahlzeit für ein ausgewachsenes Mannsbild«, bietet sich Frau Huber an.

Jetzt reicht es mir aber. Ich fühle mich wie in einer Szene eines drittklassigen Bauernschwanks. »Alle bitte raus hier. Bis auf die, die hier wohnen.«

»Du kannst was bei mir essen, Petra«, erkennt Frau Huber immerhin jetzt den Ernst der Lage.

»Bitte jetzt raus!«, rufe ich noch einmal und versuche, nicht zu hysterisch zu klingen.

»Und wegen Ihrer Psyche, da gibt's Fachleute!«, ruft Frau Huber mir noch im Rausgehen zu.

Alles nicht so tragisch, findet Paul. Der Job sei doch eh doof gewesen. Sei die Trauer wirklich nicht wert. Eine Aussage, die nicht tröstlich, sondern eher ärgerlich ist. Immerhin habe ich die Arbeit gemocht. Sie hat mir Spaß gemacht, und ich habe genug Geld verdient, um mich zu finanzieren. Sicherlich kann man über die gesellschaftliche Relevanz von Marketing und Werbung diskutieren. Als Arzt ist man, was diesen Aspekt angeht, immer auf der moralisch einwandfreien Seite. Aber es kann eben nicht jeder Leben retten.

Ich finde, ich, nicht Paul, habe zu entscheiden, ob mir der Jobverlust weh tut. Und natürlich tut er mir weh. Dass Herr Klessling wegen einer solchen Lappalie, ohne großes Nachdenken, einfach auf mich verzichtet und glaubt, mich durch Frau Ludewig ersetzen zu können, kratzt an meinem Ego. Überhaupt ist es kein gutes Gefühl, entlassen zu werden. Gefeuert. Auch wenn man selbst ein wenig dazu aufgefordert hat.

Dieses Kack-Palsdorf. Kaum lebe ich hier draußen, bin ich meinen Job los. Ich hasse es hier. Ich will zurück in mein altes Leben. Ich will keine Frau Huber, keine Frau Tut-Tut und eine gackernde aggressive Hannelore schon gar nicht. Ich will, dass alles wieder so ist, wie es war.

Ich gehe ins Bett und ziehe mir die Decke über den Kopf. Die können mich hier alle mal. Paul eingeschlossen.

Am liebsten würde ich die nächsten 358 Tage hier im Bett verbringen. Das Landleben einfach verschlafen. Wegschlafen. Aufwachen, und der Albtraum ist vorbei. Ich möchte keine Hühner versorgen, keine Landfrauenfeste planen und keine Zucchini ernten. Ich will mein soziales Umfeld zurück. Ich suche keine neuen Freunde, ich habe Freunde. Nur – sie sind nicht hier. Nicht verfügbar.

Paul schaut zwischen zwei Patienten noch mal bei mir vorbei. »Schatz, wir finden eine Lösung. Soll ich den Klessling mal anrufen? Das unter Männern klären?«

Ich werfe mein Kissen nach ihm. Unter Männern klären! Für den Satz gehört ihm eigentlich was hinter die Ohren. Was soll das bedeuten? Etwa: Lass mal vernünftige Menschen ran, Kleines, Erwachsene ohne Hysterie-Gen. Ich könnte direkt ausrasten. Ich weiß momentan überhaupt nicht, wohin mit meiner Wut. Wut auf Klessling, auf mich, auf Paul – einfach auf alle. Aber vor allem auf Palsdorf. Wie konnte ich jemals einwilligen, hierherzuziehen. Wie naiv war ich? Bin ich?

»Du kannst gerne ein, zwei Tage die Woche unten bei mir arbeiten. Dann hätte die Petra endlich mal die freien Tage, die ihr zustehen, und wir wären noch mehr zusammen. Das wäre doch wunderbar. Ich würde natürlich auch ein kleines Gehalt zahlen. Ist doch klar.«

Was bildet der sich ein? Glaubt der ernsthaft, es wäre mein Wunschtraum, unter ihm zu arbeiten? Er, der Herr Doktor, und ich, seine kleine Sprechstundenmieze. Kann man, wenn man in einem solchen Gefälle arbeitet, nach Feierabend gleichberechtigt nebeneinander leben? Ich glaube, nein. Jedenfalls ich nicht. Mit mir nicht, Herr Doktor. Ich fühle mich wie Rumpelstilzchen und würde mich sehr gerne auch so verhalten, habe aber immerhin noch einen kleinen Rest Selbstkontrolle, der das zum Glück verhindert. Er meint es lieb, Andrea, rede ich mir selbst zu. Er will dir was Gutes tun. Sei nicht so grantig und zornig. Er kann nichts dafür. Da bist du schön selbst dran schuld. Das ist das Allerblödeste an der Situation. Dass ich es tatsächlich durch einen kurzen Moment der Unbesonnenheit selbst geschafft habe, mich in diese Lage zu manövrieren.

»Ich glaube, ich bleibe einfach hier liegen, bis ich mich abgeregt habe. Im Moment bin ich zu sauer, um alles zu besprechen. Das Beste ist, du lässt mich einfach in Ruhe. Bis heute Abend wird das schon wieder!«

Paul drückt mir einen Kuss auf die Stirn, haucht: »Ich

liebe dich, du wütender Racheengel«, und geht dann zurück in die Praxis. Ich schaue zum Fenster hinaus. Sehe den Wald.

Wenn ich den Wald sehen kann, kann der Wald mich dann auch sehen? Gespenstisch.

Ich werde von etwas Nassem geweckt. Etwas Nassem in meinem Gesicht.

»Willich, hör uff, ich will des net. Nein. Aus. Net lecke! Net die Andrea abschlecke!«, ruft eine Stimme. Eine mir sehr bekannte Stimme. Rudis. »Herzscher, entschuldige, dass mer einfach neigekomme sin, aber du hast uff mein Kloppe net reagiert, un da wollt ich gucke, ob alles in Ordnung is. Isch mach mer ja schnell mal Sorge, gell. Willich, komm da runner. Er hört noch net so rischtig gut, de Willich.«

Ich setze mich auf und sehe etwas sehr Felliges. Eine kleine schwarzweiße Flauschkugel, die über meine Füße springt.

»Runner da. Willich, mach dich runner. Jetzt aber, komm zu Papa.«

Ich bin keine Hundekennerin, aber ein Dackel, wie der frühere Hund von Rudi, ist das nicht. Auch kein Schäferhund oder Retriever. Nach Kampfhund sieht es auch nicht aus.

»Rudi, hallo! Was machst du denn hier?«, frage ich, und allein der Anblick meines Ex-Schwiegervaters hebt augenblicklich meine Laune.

»Ach, des is kompliziert un eine länger Geschicht«, lautet seine kryptische Antwort.

»Ich dachte, du wolltest am Wochenende kommen. Oder hab ich mich da vertan?«

»Nee, du hast schon recht, aber da is einiges vorgefallen, und deshalb sin wir schon jetzt da. Wollen wir des bei einer schönen Tasse Kaffee bespreche?«

Ich nicke.

»Also«, beginnt Rudi seine Geschichte. »Des is de Willich. Er is acht Woche alt un en Mischling. Irschendwas zwischen Bobtail, Barbet und Retriever. So genau weiß des keiner. Aber groß wird er, de Willich. Gell, mein Schatzi.« Er tätschelt den Hund, der aufgekratzt durch unsere Küche läuft.

»Wie heißt der?«, frage ich leicht verschlafen noch mal nach. Den Namen habe ich ja noch nie gehört. Allerdings kann man sich bei Rudis Dialekt auch nie ganz sicher sein, ob man alles richtig verstanden hat.

»Willich heißt er«, antwortet Rudi.

»Willi? Oder Willig wie gefügig?«

»Weder noch. Willich wie Will-ich-haben. Als ich mit Willich – un hier musst de uffpasse, Andrea, weil hier fängt die Geschichte an. Als ich den Willich mit nach Hause zur Irene gebracht hab, da hat sie direkt gesagt ›Will ich net. Den Hund will ich net.‹ Isch mein, wie kann man so ein hübsche Kerl net wolle? Was muss man da für en Herz habbe? Oder hat man da überhaupt ein Herz? Also, die Irene sagt, ›Will ich net‹, und ich sag, ›Will ich.‹ Un so ging's hin un her. Un immer, wenn ich ›Will ich‹ gesacht hab, hat der Kleine so süß geguckt. Un desdewesche heißt er jetzt Willich. Klingt doch auch schön, gell.«

Willich. Warum nicht. »Und wo ist der her, der Willich?«

»Den hab isch vom Ludwisch, du weißt schon, dem Kneipe-Ludwisch, wo de Mark, de Bub, sein Praktikum gemacht hat. Der vom Schnitzelparadies. Der, wo damals des Karlche angefahrn hat. Der hat immer noch ein schleschtes Gewisse, un als ihm jemand vom Willich, der ja da noch net Willich hieß, erzählt hat, hat er mir Bescheid gesagt, und isch hab de Willich gesehn un war verliebt.« Er holt kurz Luft.

»Das ist doch wunderbar. Du wolltest doch gerne wieder einen Hund!«, freue ich mich für Rudi.

Dass man sich in Willich verlieben kann, verstehe ich sofort. Ich bin keine Hundenärrin, aber der ist wirklich geradezu bezaubernd. So weich und flauschig und so süß. Ich nehme ihn auf den Schoß und kraule sein wunderbares Fell.

»An sich is es wunderbar, aber die Irene is am Austicke. Sie will kein Hund, un schon gar kein Hund, der so viel Haar hat. Sie sagt, dass er jetzt niedlich is, aber irschendwann en Mordsvieh, das Platz wegnimmt un alles vollhaart. Die hat knallhart gesagt, isch muss mich entscheide. Un ganz ehrlisch, Andrea, das is net rischtig, mir des abzuverlange. Soll isch so en liebes Kerlsche zurück ins Heim bringe? Wir möge uns. Wir verstehe uns. Isch kann den net fortgebe.«

»Sie wird sich beruhigen, deine Irene. Sie wird merken, wie süß der ist«, versuche ich, Rudis Ängste zu relativieren.

»Nee, Andrea, da kennst de die Irene schlecht. Die

kann knallhart sein. Wie en Stein. Des is en Machtkampf für die. Sie oder de Hund, hat se gesagt. Un, ma ehrlisch, Andrea, ich lass misch net erpresse. Ein Rudi is zu alt für so Spielscher. Des geht zu weit. Wer misch liebt, kann doch emal über seinen Schatte springe. Jetzt guck dir den Kleine doch an. Wer den net mag, mit dem stimmt doch was net.«

Mir wird ganz warm. Allerdings nicht nur ums Herz, sondern auch im Schoß. Warm und nass. Willich hat mich vollgepinkelt. »Rudi, kann es sein, dass der Willich noch nicht wirklich stubenrein ist?«, frage ich, während ich den kleinen Pinkler vorsichtig auf den Steinboden setze.

»Ach, du je, des hab ich in all der Uffreschung vergesse. Entschuldige, Andrea. Könne wir raus in de Garten gehen?«

»Geh schon mal vor. Ich ziehe mich schnell um und wisch das hier weg. Ich komm gleich raus. Wenn du Glück hast, kommt noch eine von den Kuchentanten vorbei, während du allein draußen bist.« Als Rudi mich erstaunt anschaut, sage ich nur: »Erklär ich dir gleich.«

Als ich die Treppe runterkomme, sehe ich zwei Koffer im Flur. Es dauert einen Moment, bis ich sie zuordnen kann. »Ist das dein Gepäck, Rudi?«, will ich wissen.

»Ja, also, ich wollt dich was frage, Andrea. Jetzt hier drauße, wo ihr so viel Platz habt, also, da wollt ich frage, ob es möglisch wär, also, nur für ne Weile dass ich …?«

Er muss den Satz gar nicht beenden. »Klar, kannst du hierbleiben. Du bist mir immer willkommen. Ich freue mich, wenn du bei mir bleibst.«

»Un was wird de Herr Doktor sage? Meinst du, dem is des recht?«

»Natürlich. Er wird sich genauso freuen!«, behaupte ich, bin mir aber nicht ganz sicher.

Rudi und Paul hatten in der Zeit, in der wir zusammen in unserem Reihenhäuschen gelebt haben, gewisse Differenzen. Vor allem Ernährungsdifferenzen. Paul wollte Rudi auf seine alten Tage zum Vegetarier bekehren. Und Rudi, ansonsten ein Lamm von Mensch, hat sich herausgefordert gefühlt. Vielleicht spielt es auch eine Rolle, dass Paul der Nachfolger seines Sohnes Christoph ist. Rudi akzeptiert Paul, aber ob er ihn mag, kann ich nicht mit Sicherheit sagen.

»Ach, da fällt mir en Stein vom Herze, dess isch hierbleibe kann. Isch mach misch natürlich auch nützlich. Vor allem, wenn de arbeite musst. Isch kann koche und misch um de Haushalt kümmern.«

Gerade als ich anfange, ihm von meinem Arbeitsdilemma zu erzählen, höre ich die Stimme meiner Mutter aus dem hinteren Teil des Gartens. »Fass!«, schreit sie. »Fass!«

»Rudi, wo ist Willich?«, reagiere ich einigermaßen schnell.

»Irschendwo hier im Garte«, antwortet Rudi.

Wir entdecken ihn schnell. Für so einen kleinen Hund kann er schon ganz schön laut kläffen. Willich bellt Hannelore und ihre Verbündeten, Hedwig und Heidrun, an, und meine Mutter steht schützend vor dem Hühnertrio.

»Fass!«, ruft sie zum wiederholten Male, als sie uns entdeckt.

Rudi schnappt sich den aufgeregten kleinen Willich, und Mama nimmt Hannelore auf den Arm. Wie bei einem Duell – die Kontrahenten mit ihren Waffen.

»Der hat Glück gehabt!«, sagt Mama und zeigt auf Willich. »Hannelore hört noch nicht so gut auf ›Fass‹. Sie hätte ihm, wenn sie nicht so friedlich wäre, die Augen auspicken können. Da wären dann nur noch blutige Höhlen übrig.« Sie schaut auf Rudi.

»Hallo, Erika!«, begrüßt der sie freundlich.

Mama bekommt einen anderen Blick. Fast abwesend. Seltsam sanft. Sie setzt Hannelore ab, zieht ihren Hausanzug in Form und geht auf Rudi zu. »Egbert, wo sind deine Haare hin? All die schönen schwarzen Haare. Ach du je. Egal, gut, dass du endlich da bist. Lange habe ich gewartet. Schau mal all die süßen Brakel. Da muss dir doch das Herz aufgehen!«

Rudi guckt verdutzt. Es gibt verschiedene Ansätze, wie man mit demenzerkrankten Menschen umgehen soll, wenn sie Unsinn erzählen. Sich nicht erinnern. Die meisten Fachleute raten, Demenzkranke nicht zu korrigieren. Trotzdem rutscht mir raus: »Mama, das ist doch unser Rudi. Den kennst du doch!« Ein Fehler.

»Hör auf!«, schreit meine Mutter. »Das ist Egbert. Ich kenne Egbert. Versau mir nicht wieder alles.«

Ich habe Probleme, mit Mamas zunehmender Aggressivität zurechtzukommen. Ich weiß, dass diese Aggressivität eine Begleiterscheinung der Demenz ist, jedenfalls sehr häufig, trotzdem bin ich noch immer extrem verunsichert bei solchen Ausbrüchen. Fühle mich persönlich angegriffen.

Rudi geht sehr viel souveräner mit der Situation um: »Ich freu mich, dich zu sehen Erika«, sagt er schlicht. Er streitet nicht ab, Egbert zu sein, fragt nicht nach, stellt nichts richtig. Intuitiv handelt er geschickt. Deeskalierende Maßnahme, könnte man es nennen.

Ich nehme Mama immer noch ernst, was einerseits natürlich gut ist, andererseits aber auch dazu führt, dass ich mich schnell angegriffen fühle. Wie kommt sie dazu, zu sagen, dass ich ihr nicht wieder alles versauen soll? Was habe ich ihr im Leben versaut? Und wer um alles in der Welt ist dieser Egbert?

»Jetzt müssen wir erst mal überlegen, wo du wohnen kannst. Entweder bei uns oder bei Mama und Malgorzata. Auf beiden Etagen ist genug Platz.«

»Mir ist alles recht, Andrea! Hauptsache, ich hab en Dach überm Kopf. Zurück zur Irene kann un will ich net«, sagt Rudi nur.

Paul ist, genau wie ich erwartet habe, nur mäßig begeistert von Rudis Einzug.

»Du hast versprochen, dass jeder mitkommen kann, wenn ich mitkomme! Du hast gesagt, hier ist Platz für alle, und jetzt hat einer meiner Liebsten einen Notfall, und da gilt das auf einmal nicht mehr?«, erinnere ich ihn.

»Kein Ding«, sagt er, »ist schon okay. Aber es wäre mir wirklich lieber, er würde oben wohnen. Nicht hier bei uns. Das ist mir zu nah. Der schleicht ständig überall rum und mischt sich ja auch gerne ein. Von seinen Essensgewohnheiten mal ganz abgesehen!«

Das kann ich so nicht stehen lassen: »Ich sage nur Wildschweinauflauf!«

Er räuspert sich: »Das war eine Ausnahme. Wegen der neuen Nachbarn. Ich wollte Frau Huber nicht vor den Kopf stoßen. Sie ist ja auch Patientin. Und Wild ist von allem Fleisch ja noch das Beste. Ist immerhin unbehandelt. Aber generell bin ich natürlich weiterhin Vegetarier.«

Ein wirklich sehr flexibler Vegetarier, finde ich, hacke aber nicht weiter darauf rum.

Auch Malgorzata ist, gelinde gesagt, nicht in Ekstase, als ich ihr das mit Rudi erzähle. »Wird Mama wuschig machen. Wollen wir nicht Mann so nah. Können wir nicht mehr in Wäsche rumlaufen«, meckert sie.

Aber als sie Willich kennenlernt, ändert sie ihre Meinung. Man könnte es schockverliebt nennen. »Süßeste Tier von Welt!«, schwärmt sie. »Hund kann hierbleiben. Und wenn Rudi gehört zu Hund, dann gut. Kann er auch bleiben.«

»Ich werd der Malgordingsbums Arbeit abnehme. Ich bin en tüchtische Mann. Keiner, der sich bediene lasse tut. Im Gescheteil. Isch bin en neue Mann in em alte Körper.« Rudi lacht.

Die werden sich schon zusammenraufen, denke ich. Und mir wird es guttun, dass Rudi hier ist. Er tut mir immer gut.

So hat dieser verdammte Tag immerhin eine positive Komponente.

»Du musst dir das mit diesem Klessling nicht gefallen lassen, Andrea!« findet Paul. »Ruf deinen Ex an. Wozu hast du einen Anwalt in der Familie? Der kann das doch für dich regeln!«

Gar keine schlechte Idee. Ich muss eh mal wieder mit Christoph sprechen. Seit wir beide neue Partner haben, ist es irgendwie seltsam zwischen uns. Unsere Ehe ist nur noch eine Erinnerung. Eine, die zunehmend verblasst. Ich spreche selten mit Christoph, und wenn, dann geht es um die Kinder. Dass wir mal ein Paar waren, zusammen gelacht, gelebt und gestritten haben, ist Vergangenheit. Sein neues Leben verläuft diametral zu meinem. Wenn wir heute aufeinandertreffen, fühle ich mich trutschig.

Christoph hat sich zu einem richtigen Hamburger-Schickimicki entwickelt. Er trägt seine Haare neuerdings gegelt nach hinten und ist auch privat gerne im Anzug unterwegs. Er besitzt Einstecktücher und Pferdelederschuhe. Er sieht gut aus, aber er ist nicht mehr der Mann, in den ich mich mal verliebt habe. Ich wäre allerdings auch nicht mehr der Typ Frau, in den er sich verlieben würde. Das ist irgendwie bitter. Wir sind uns fremd geworden. Das hätte ich mir niemals vorstellen können, und wenn ich so darüber nachdenke, macht es mich traurig.

Die Kinder haben einigermaßen regelmäßig Kontakt zu ihrem Vater. Sie kennen auch die neue, inzwischen nicht mehr ganz so neue Frau an seiner Seite. Auch mein Bruder kennt sie. Annika heißt sie, und sie ist 38. Blond, große Brüste, hübsch, aber nicht umwerfend. Mein Bruder, der auch in Hamburg lebt, sieht die beiden ab und an.

»Sie ist echt nett!«, lautet sein Urteil. Nett! Das ist ja sehr aussagekräftig.

»Was meinst du damit? Wie genau? Was macht sie? Wo arbeitet sie? Was trägt sie für Klamotten?«, wollte ich wissen. »Was weiß denn ich?«, war Stefans Antwort.

Claudia, meine Tochter, konnte schon nach dem ersten Kennenlernen sehr viel präzisere Angaben machen. »Sie ist freundlich und voll in Papa verknallt. Sie heißt Lu, also eigentlich Annika Luisa, arbeitet in einer Boutique in Eppendorf und verkauft Schmuck und Klamotten. Sie hat mal auf Grundschullehramt studiert. Aber nicht fertig. War ihr zu viel!«, kommentiert Claudia mit einem Grinsen. »Ich meine, mal echt, Mama, das ist einer der kürzesten Studiengänge. Zu viel! Das ist ja fast witzig.«

So wie Claudia sie beschreibt, ist sie stylisch, schlank, sogar sehr schlank, fast schon mager und lieb mit Christoph. »Ich glaube, die will heiraten und Kinder, so ganz klassisch. Und dann mit einem dunkelblauen Kinderwagen, Jeans in Größe fünfundzwanzig, die in cognacfarbenen Ugg-Boots stecken, und einem fetten dunkelblauen Woolrich-Parka oder einer Montcler-Jacke durch Eppendorf schlappen und Papas Geld ausgeben. Das ist so 'ne richtige Hamburger Jungtussi. Eine von den Hunderten, die so durch Eppendorf laufen. Man könnte glauben, die werden da hergestellt. Irgendwo in einem Hinterhof. Typ Eppendorf. Die haben alle lange blonde Haare, und alle gehen joggen und zum Yoga oder Pilates. Aber ich mag sie. Und ich kann verstehen, dass sie

Kinder will. Ihre Uhr tickt wahrscheinlich schon ganz schön laut. Ich meine, ich finde das komisch, wenn Papa noch mal Kinder kriegt. Der hat doch uns. Und natürlich fragt man sich, ob er das Kind dann lieber haben wird. Weil er die ja jetzt lieber hat. Und außerdem könnte es ja dann auch sein, dass er gleichzeitig Vater und Großvater wird.«

»Willst du mir damit was sagen?«, frage ich leicht erschrocken nach.

»Nee, war 'ne rein theoretische Bemerkung. Emil und ich wollen uns erst was aufbauen, und dann können wir uns Kinder vorstellen. Vorher nicht.«

Uff. Nicht, dass ich nicht Oma sein möchte. Irgendwann sehr gerne sogar. Dann, wenn ich alt genug dafür bin.

Ich mag diese Lu nicht, obwohl ich sie noch nicht mal kenne. Das ist kleinkariert und doof von mir. Ich weiß. Aber dass sich Christoph ein so anderes Modell ausgesucht hat, als ich es bin, kränkt mich. Die Wunde der Scheidung, und ja es gab eine Wunde, ist verheilt. Scheidungen hinterlassen immer Wunden, egal wie friedlich sie ablaufen. Wenn die Wunde heilt, bleibt die Narbe. Die immer daran erinnert, dass man versagt hat. Dieses Es-nicht-geschafft-zu-haben, dieses Gefühl, aussortiert worden zu sein, ist nun mal kein gutes. Auch wenn es eine gemeinsame Entscheidung war. Eigentlich war ich sogar die treibende Kraft bei der Trennung. Christoph wäre für einen erneuten Versuch bereit gewesen. Und ich kann noch nicht mal sagen, dass ich es bereue. Es war die richtige Entscheidung – und trotzdem. Muss ich meinem

Ex nicht sein neues Lebensglück gönnen? Warum kann ich nicht so erwachsen und vernünftig sein? Was würde es mir bringen, wenn er mir hinterherschmachten würde? Ist er jetzt glücklicher, als er es mit mir war? Spielt das eine Rolle? Und ist es nicht fair, dass er genauso glücklich lebt wie ich?

Aber lebe ich hier denn glücklich? Bin ich glücklich? Im Moment nicht so wirklich. Die Menge an Veränderungen überfordert mich irgendwie. Erst der Umzug, jetzt die Kündigung. Vielleicht sollte ich tatsächlich Christoph um Rat fragen.

Er ist sehr freundlich, als ich mich melde.

»Wie geht es dir?«, erkundige ich mich. »Und wie geht es Lu?«, füge ich schnell noch hinzu.

»Bestens, Andrea, bestens. Wir machen es uns schön. Wie ist es bei dir da draußen hinter den sieben Bergen bei den sieben Zwergen?« Er lacht.

Ich lüge. »Phantastisch. So ruhig und so bodenständig. Und das Haus ist toll. Und dieser Wald.«

»Echt?«, fragt er zurück. »Dein Tonfall sagt was anderes!« Er kennt mich immer noch gut.

»Ja, eigentlich ist alles gut. Wir müssen uns erst noch ein bisschen einfinden, aber die Ausgangslage ist spannend.« Das ist ja nicht ganz falsch. Ich bringe es nicht über mich zu sagen, dass ich es hasse. Dass ich die Tage zähle, bis es vorbei ist. Dass ich das Gefühl habe, hier, trotz aller Weite, zu ersticken. Dass es mit der Ruhe nicht weit her ist. Dass man einsam sein kann, ohne allein zu sein. Dass ich den Wald fürchte. Und die Hühner. All das möchte ich nicht mit meinem Ex besprechen. Ich gönne ihm diese Genugtuung nicht. Auch das ist bei gründlicher Betrachtung natürlich bescheuert. Warum sollte er Genugtuung empfinden? Weil ich sie im umgekehrten Fall hätte? Vielleicht ist er ja wesentlich großherziger, als ich es bin.

»Dein Vater ist hier. Der hat Krach mit Irene. Wegen seinem neuen Hund«, berichte ich meinem Ex.

»Er hat mich angerufen. Ich weiß Bescheid. Ich habe ihm angeboten, zu mir zu kommen oder dass ich mit Irene rede, aber er wollte weder das eine noch das andere. Der kann ja ganz schön bockig sein. Und manchmal habe ich den Eindruck, er mag dich lieber als mich. Was ja schon verrückt ist. Ich meine, ich bin sein Sohn und du nur die Ex-Schwiegertochter. Aber bitte! Ich dachte immer, dass er wegen der Kinder lieber bei dir ist. Aber die sind ja nun kein Argument mehr. Aber sei's drum. Mit dem Hund wär's hier auch schwierig. Ich meine, unsere Wohnung ist komplett weiß. Weißes Sofa und junger Hund? Keine gute Kombination.«

Kein Wunder, dass Rudi mich lieber mag. Ist Christoph sein verdammtes weißes Sofa wichtiger als sein Vater? Und viel Spaß mit dem Sofa, wenn ihr erst mal Kinder habt, denke ich.

Wir sprechen über die Klessling-Angelegenheit.

»Das war nicht besonders schlau von dir, Andrea!«, tadelt mich mein Ex.

Da wäre ich ja selbst nie drauf gekommen. »Danke für den interessanten und unerwarteten Hinweis!«, antworte ich schnippisch.

Trotz meiner Ungeschicktheit und meiner auf dem Silbertablett servierten Kündigungssteilvorlage glaubt Christoph, dass Herr Klessling mich nicht so einfach loswerden kann. »Auch wenn ihr nur eine mündliche Vereinbarung für die nächsten drei Monate habt, der kann nicht einfach am Telefon die Zusammenarbeit beenden. Selbst wenn du ihm ein Angebot in dieser Richtung gemacht hast. Direkt gekündigt hast du ja nicht. Rühr dich erst mal nicht. Aus dem holen wir noch ein bisschen Gehalt raus. Oder willst du den Job wieder? Dann müssen wir was tun.«

Was für eine Frage. Noch vor wenigen Tagen hätte ich gesagt, ich mag meinen Job. Jetzt, wo ich ihn erst ganz kurz nicht mehr habe, bin ich mir schon nicht mehr so sicher. An sich kann ich das Produkt, das ich vermarkten soll, überhaupt nicht ausstehen. Raumduftspray? Ich meine, gibt es überhaupt etwas Sinnloseres? Etwas, was man im Leben noch weniger benötigt? Habe ich diesen sehr unsanften Schubser vielleicht gebraucht, um mich neu zu orientieren? Ist das hier, dieser unfreiwillige Landaufenthalt, nicht die perfekte Gelegenheit, um sich neu zu orientieren?

»Der Klessling kann mich mal, ich werde nicht zu Kreuze kriechen. Guck einfach, ob ich noch Geld bekommen kann. Den Job kann er sich in die Haare schmieren. Er wird ja sehen, was er sich da mit Frau Ludewig an Land gezogen hat. Soll die Qualle sich neue Slogans für den Mist ausdenken. Also, um es deutlich zu sagen, nein, ich will meinen Job nicht zurück!«

Kaum habe ich es ausgesprochen, fühle ich mich gut.

Sehr gut sogar. Eben noch war es eine schlimme Demütigung, jetzt hat mir Herr Klessling eine Entscheidung abgenommen, die ich längst selbst hätte treffen müssen. Finanziell ist es kein Knaller, aber immerhin habe ich mit der Vermietung des Reihenhauses eine kleine Einnahmequelle. Paul und mir gehört das Haus je zur Hälfte, seit er Christoph seinen Teil abgekauft hat.

»Ich suche mir was Neues«, sage ich zu Christoph.

Er räuspert sich. »Andrea, du bist über fünfzig! Da schreien die meisten Arbeitgeber nicht hurra, ›Auf Sie haben wir gewartet!‹«

Schön, dass er mich an mein Alter erinnert.

»Ich bin flexibel, ich finde was!«, sage ich in einem Anfall von überbordendem Optimismus.

»Ich glaube nicht, dass bei euch, bei den sieben Zwergen hinter den sieben Bergen, der Arbeitsmarkt vor Angeboten nur so strotzt. Aber ich finde es gut, dass du positiv denkst. Trotz deines Alters. Ich kann sicher hinkriegen, dass dir dieser Klessling noch drei durchschnittliche Monatsgehälter zahlt. Viel mehr wird aber nicht drin sein.«

»Das ist gut. Das reicht. Ich werde schnell wieder Geld verdienen. Und ich werde nie wieder ein Drecksraumspray benutzen!«, sage ich und bin auf einmal nicht mehr ganz so optimistisch.

»Ich mag es gern. Auch diese Duftkerzen. Lu hat eine ganze Sammlung davon«, erzählt mir Christoph.

»Komm uns doch mal besuchen. Lu würde dich gerne mal kennenlernen. Und mal ein bisschen plaudern, so von Frau zu Frau.«

Das ist so ziemlich das Letzte, was ich gerne tun würde,

aber natürlich sage ich das nicht. »Sobald ich mal Zeit habe, komme ich. Vielleicht zusammen mit den Kindern, wenn die dich besuchen«, antworte ich stattdessen.

Mit den Kindern hätte ich immerhin Verstärkung. Aber mal ehrlich, wozu soll dieses Kennenlernen gut sein? Da erscheint mir ja eine Wurzelbehandlung attraktiver. Ich kann mir vorstellen, wie ich mich nach diesem Treffen fühlen werde. Alt. Ich will mich nicht mit einer 38-jährigen vergleichen müssen. Dieser Wettkampf ist aussichtslos, egal wie viel frische Luft ich hier in den nächsten Monaten inhaliere.

Sabine hält das für Quatsch. Alter und Attraktivität haben doch nichts miteinander zu tun, behauptet sie.

Ich glaube, da macht sie sich was vor. Selbstverständlich ist Jugend per se einfach attraktiv. So geschmeidig. Und allein diese junge Haut. Nicht nur glatt, sondern auch so prall. Beneidenswert. Ich kann mich noch ganz dunkel daran erinnern. Vor allem daran, dass ich sie damals überhaupt nicht zu schätzen wusste. Wie so vieles. Und jetzt? Im besten Fall sagt jemand über eine Frau meines Alters: Für ihr Alter sieht sie noch ganz gut aus. Das hört sich im ersten Moment nach einem Kompliment an, aber es steckt auch etwas Despektierliches drin. Früher habe ich es selbst häufig gesagt und mir wenig bis nichts dabei gedacht. Früher, da ist es schon wieder. Wie oft ich inzwischen »früher« sage oder denke! Das muss aufhören, ermahne ich mich.

Jetzt aber, seit ich selbst in den angeblich besten Jahren bin, sehe ich das mit dem Kompliment anders. Fürihr-Alter-sieht-sie-noch-gut-aus heißt ja, dass es quasi ein Ereignis ist, in diesem Alter noch gut auszusehen. Fast ein Widerspruch in sich. Vielleicht bin ich auch einfach nur scheißempfindlich, was dieses Thema angeht. Dabei versuche ich, entspannt zu altern. Eine andere Lösung gibt es ja auch nicht. Man kann einfach weitermachen wie bisher, und die Tatsache, dass man langsam zur alten Schachtel wird, bestmöglich ignorieren. Man kann natürlich auch umschwenken und so langsam in den Altenkosmos abdriften. Die Währung Aussehen und Attraktivität verbannen und sich Neuem widmen. Den Enkeln, der Gesundheit und dem Sanitätshaus. Man kann Wochenenden mit Seniorenstiftbesichtigungen rumbringen und sich schon mal eine hübsche Grabstätte aussuchen. Ich sollte mich zusammenreißen. Schnidt, du bist Anfang 50, nicht Ende 70. Es gibt Frauen, die in dem Alter noch Kinder kriegen, es gibt Frauen, die in dem Alter die Welt umsegeln, und es gibt Frauen, die in dem Alter noch modeln. Letztlich ist Alter immer auch nur eine Zahl. Die Queen ist 91 und jammert sehr wahrscheinlich weniger als ich.

Wäre ich gern noch mal jung? Manchmal. Manchmal beneide ich junge Leute. Um ihre Möglichkeiten. Ihre Reisen. Deshalb macht es mich oft auch wütend, meine eigene Tochter zu betrachten. Sie ist jung und verhält sich alt. Ich würde sie liebend gern rütteln und schütteln und daran erinnern, dass diese Zeit so irrsinnig schnell vorbeifliegt. Das ist auch eine neue Erkenntnis, dass Zeit schnell vergeht. Daran habe ich früher nicht den Hauch eines Gedanken verschwendet. Im Gegenteil. Ich hatte das Gefühl, unendlich viel Zeit zu haben. Jetzt merke ich, dass das leider nicht stimmt. Zeit ist vieles, aber nicht unendlich. Leider kann man das seinen Kindern nicht vermitteln. Klar kann man es sagen, aber im Zweifelsfall erntet man nicht mehr als ein genervtes Augenrollen.

Egal! Was jetzt zählt, ist, einen neuen Job zu finden.

»Arbeite doch wirklich unten bei mir in der Praxis, wenigstens ein oder zwei Tage die Woche. Du wirst es mögen. Du lernst Leute kennen, und sie lernen dich kennen. Es wird dir Spaß machen! Ganz bestimmt!«, wirbt Paul um mich.

»Das bedeutet nicht nur unten bei dir in der Praxis, sondern auch unter dir. Ich weiß nicht, ob uns das guttut«, äußere ich meine Zweifel.

»Versuch es, und wenn es dir nicht gefällt, hörst du wieder auf. Ist ja kein Riesenwagnis!«, bleibt Paul hartnäckig.

Als ich immer noch zögere, verlegt er sich auf eine neue Taktik. »Ehrlich, Andrea, was denkst du von mir? Dass ich dich rumkommandiere? Dass ich den Chef raushängen lasse? Dass du solche Gedanken hast, kränkt mich.«

Ich lenke ein: »Okay. Ich versuch's. So wie das hier mit dem Landleben!« Ich denke, es schadet nicht, ihn ab und an daran zu erinnern, dass unser Aufenthalt in Palsdorf ein Versuch ist. Und zwar ein befristeter Versuch.

Meine Zusage freut Paul.

Auch Rudi findet die Idee gut. »Das is doch en Anfang,

Herzscher. Du werst auch noch was anneres finde, jeder tät sich doch die Finger nach dir lecke. Also jeder Arbeitgeber. Wer dich kennelernt, wird begeistert sein. Aber bis es so weit is, hilfst de dem Paul unne mit. Mach, was immer du mache willst, ich bin die fleißische Fee im Hinnergrund. Die männlische Variante von einer Fee. Gibt's des überhaupt?«

Ich nicke. Habe ich mal in irgendeiner Quizsendung gesehen. Feen können beides sein. Männlich und weiblich.

»Isch mach hier klar Schiff un kümmer misch ums Mittagesse. Immerhin hab isch mal en Kochkurs belescht. Un inzwische kann isch auch ganz ordentlisch asiatisch koche. Das hat mir die Luling beigebracht, eine Freundin von der Irene.«

Apropos Irene. »Hast du Irene Bescheid gesagt, wo du bist?«, will ich wissen. Ich möchte nicht, dass sie sich Sorgen macht.

»Die weiß Bescheid, aber es hat se net wirklisch interessiert. Solange isch de Willich vorzieh, hat se gesacht, solang kann isch bleibe, wo de Pfeffer wächst. Sie wär net uff misch angewiese, hat se gesacht.«

»Das meint sie sicher gar nicht so. Ihr habt euch da irgendwie verrannt«, versuche ich zu vermitteln.

»Da kennst du die Irene schlecht. Die meint das genauso, wie sie es sagt. Die hat sogar bei Instagram schon was gepostet!«

»Du bist bei Instagram?«, frage ich und muss zugeben, dass mich das doch sehr erstaunt.

»Seit fünf Woche«, strahlt Rudi. »Facebook is so gestern, Andrea. Da bin isch weiterhin, aber Instagram, da sin die junge Leut. De Mark un die Claudia sin auch drin. Man sieht viel Interessantes. Un die Irene macht auch mit. Un hat mir grad die Gefolgschaft uffgekündigt. Also sie followed mir net mehr. Soll sie es halt lasse. Da bin isch net druff angewiese. Ich renn der net hinnerher. Da irrt sie sich. Da is sie, wie man so sagt, uff em Holzwesch.«

Ich kann mich immer wieder wundern. Rudi ist bei Instagram. »Könntest du mir das erklären?«, will ich wissen.

»Ei klar, das hab isch druff. Hab misch richtisch reingewurschtelt.« Er zeigt mir sein Instagramprofil.

Ich bin fassungslos. »Du hast fünftausendsiebenundvierzig Follower, Rudi!«

»Ja, un? Die Kim Kardeshian hat hundervier Millione, die sich ihrn Poppes aus alle mögliche Perspektive immer wieder anschaue. Da sin fünftausendsiebenundvierzig«, er zückt sein Handy und grinst, »fünftausendneunundvierzig aktuell, nix. Die hat man doch im Nu. Seit isch de Willich hab, läuft's noch besser. Wär de Willich en Kätzche, da wär ich der Kardeshian richtig uff de Ferse. Die Leut liebe Katze.«

Rudi weiß, wer Kim Kardeshian ist, hat einen Instagram-Account und kann besser mit meiner Mutter umgehen als ich. Der Mann ist ein Phänomen. Aber das mit diesem Instagram kann ich kaum glauben: »Rudi, sag mir die Wahrheit, wer macht das für dich?«

»Isch bin alt, aber net hinnerm Mond daheim. Na ja, jetzt schon. Isch mach des alles selbst. Isch hab vor, dademit irschendwann Geld zu verdiene. Da kann isch mir 'ne

Mordsbeerdigung leiste, wenn's dann so weit is. Ab einer bestimmte Menge Follower kriegt man Werbeangebote. Das sin heut richtische Stars, Andrea. Das nennt man Influencer. Also, die beeinflusse annere. Die sitze in der ersten Reihe bei Modeschaue. Die werden hofiert. Un es gibt fast nur junge, die da Stars sin. Die Zeit is reif für en alte Instagrammer. Außer der Iris Apfel da, der Alten mit der schwarzen Brille, gibt's da kaum welche. Die is eine Stilikone un fünfundneunzig Jahr alt.«

»Wie bist du bloß darauf gekommen?«, frage ich und bin noch immer ziemlich geplättet. Rudi weiß, wer eine Iris Apfel ist? Wann ist das denn passiert? Und vor allem wie?

»Ei, man hört Sache, dann guckt man se sich an, und dann hab isch's versucht. Isch hab ja viel Zeit, gell. Un isch kann doch net nur in die Glotze gucke. Da wird man ja verrückt dabei. Man muss neue Dinge auch emal eine Chance gebe. Am Anfang hab isch nur geguckt. Un dann hab isch bei der Volkshochschule ein Kurs belescht. Soll isch dir emal mein Profil zeige? Du bist ja quasi vom Fach. Isch mein, misch wundert's, dass du net beim Instagram bist!«

Jetzt, wo er es sagt, wundert es mich auch. Aber dieser ganze Social-Media-Kram hat mich nie so richtig interessiert. Irgendwie Zeitverschwendung, habe ich gedacht. Für den Klessling und seine Raumsprays hatten wir eine Facebook-Seite, aber mit 37 Fans war die nicht wirklich erfolgreich. Klar habe ich auch ein Facebook-Profil. Aber wenn soll es interessieren, was ich esse und wo ich gerade bin? Finde ich selbst auch ziemlich langweilig. »Ich denke mal drüber nach, Rudi, vielleicht mache ich da jetzt auch mit. Habe ja jetzt mehr Zeit!«

»Gut so. Un als Erstes wirst du mein Follower. Isch kann jeden brauche.«

14

Am Wochenende schaut meine Schwester Birgit vorbei. Mit meinen Kindern, Mark und Claudia samt Emil, und ihrem Mann Kurt. Ich habe alles auf Hochglanz gebracht, und auch das Wetter spielt einigermaßen mit. Birgit inspiziert das Haus wie eine Gutsherrin, die ihre armen Verwandten besucht.

»Groß ist es, das muss man sagen«, lautet ihre erste Einschätzung.

»In einer anderen Lage könnte man dafür ordentlich was bekommen«, findet mein Schwager.

Wie immer, wenn jemand von außen Kritik an Palsdorf übt, wächst mein Widerstandsgeist. »Die Gegend ist stark im Kommen. Man ist ja auch ratzfatz in Fulda und von da aus ratzfatz in Frankfurt«, verteidige ich meine neue Heimat.

»Und hinterm Mond ist man auch ganz schnell«, kommentiert mein Sohn. Immerhin, einen gewissen Sinn für Humor hat er.

Die Kinder zu sehen ist schön. Sie fehlen mir. Claudia und Emil sind wie immer sehr innig miteinander. Sie halten sich ständig an den Händen und wirken wie diese Stofftiere mit Klettverschluss, die es früher mal gab. Das Studium läuft, sie haben sich eine Eckcouch bestellt und wollen gleich mal einen schönen Spaziergang machen. Freiwillig! Einen schönen Spaziergang!

Mark, mein Sohn, windet sich bei Fragen nach seinem

Studium. »Ich bin gerade in der Findungsphase«, erklärt er mir.

»Und was hoffst du zu finden?«, frage ich nach.

Er grinst. Immerhin eine Weiterentwicklung. Früher wäre er schon bei der Frage beleidigt gewesen.

»Die Liebe, das Glück, das schöne Leben!«, antwortet er.

»Es wäre auch für mich ein schöneres Leben, wenn ich wüsste, dass du deins irgendwann selbst finanzieren kannst«, gebe ich zu bedenken.

»Ach, Mutter!«, seufzt mein Sohn. »Immer dieses Scheißgeld. Das nervt. Ich komme dich besuchen, und alles, was dich interessiert, ist die Kohle. Boah. Die Welt besteht echt aus mehr.«

Habe ich eben noch gedacht, dass mir meine Kinder fehlen? »Man wird ja wohl mal nachfragen dürfen!«, sage ich zu meinem Sohn und bin ebenfalls angesäuert. Alles muss man sich ja auch nicht bieten lassen.

»Ich bin erwachsen, Mutter!«, schiebt mein Sohn noch hinterher.

»Erwachsen ist man, wenn man sich selbst finanzieren kann«, bemerke ich so ruhig wie möglich.

»Geld, Geld und noch mal Geld!«, schimpft mein Sohn. »Was seid ihr bloß für Kapitalisten!«, fügt er noch hinzu.

Ich muss zweimal durchatmen: »Wie gerne wäre ich Kapitalistin, Mark, wenn ich es mir denn leisten könnte.«

Mark bekommt im Monat 850 Euro von Christoph und mir. Immerhin 115 Euro mehr als BAföG-Höchstsatz. 350 Euro von mir, 500 Euro von Christoph. Jetzt wo mein Job weg ist, muss ich erst mal sehen, woher ich diese 350 Euro nehme. Kinder sind ein teurer Spaß. Hat mein Vater schon immer gesagt.

»Dann behalt doch dein Scheißgeld!«, fährt mich mein Sohn an.

Mir langt es: »Scheißgeld muss auch verdient werden. Ich habe meinen Job verloren und werde ab nächster Woche in der Praxis von Paul aushelfen, bis ich was Neues gefunden habe. Das Geld fliegt mir nicht zu. Ich muss dafür arbeiten, und ich finde, ich habe jedes Recht der Welt, mal nachzufragen. Ich mache ja noch nicht mal Druck. Dein Verhalten ist vieles, aber nicht besonders erwachsen! Und mehr gibt es dazu auch nicht zu sagen.«

»Wow, so entschieden, Mama. So kenne ich dich ja gar nicht. Tut mir leid mit deinem Job. Aber echt, du kannst dein Geld steckenlassen, ich komme auch so klar. Ich suche mir einen Job. Ich werde schon was finden. Habe ja genug Zeit.« Er lenkt ein. Auch sein Tonfall ist ein anderer. Zum Glück.

Ich nehme ihn in die Arme und gebe ihm einen Kuss, den er nicht wegwischt. Ein Zeichen, dass er vielleicht tatsächlich doch auf dem Weg zum Erwachsenwerden ist. »Wenn ich das nicht mehr schaffe mit den dreihundertfünfzig Euro, sage ich es dir. Wir lassen es erst mal so laufen, aber ich weiß dein Angebot zu schätzen!«

Paul würde mir finanziell immer beistehen, das weiß ich mit Sicherheit. Aber es sind meine Kinder, und ich möchte selbst für sie aufkommen. Außerdem zahlt Paul noch immer für seine Ex und seine Tochter. Und da kommt er mit 350 Euro in keinem der beiden Fälle aus. Er hat, das muss man einfach mal so sagen, eine verdammt teure Vergangenheit. Aber solange ich mich selbst finanzieren kann, ist es mir wurscht. Jedenfalls meistens. Manchmal muss ich schon schlucken, wenn ich daran denke, wie Bea, die Ex, ihn ausnimmt. Aber er ist ein erwachsener Mann (Da bin ich mir bei ihm wirklich sicher, jedenfalls meistens), und es spricht für ihn, dass er nicht geizig ist. Er hat ein großes Herz, und er ist großzügig. Und wenn Bea irgendwann tatsächlich einen neuen Mann, sprich Sponsor, gefunden hat, hört das ja vielleicht auch mal auf.

Allerdings sollte sie sich etwas beeilen mit der Suche. Ihr Verkaufsargument, ihre Schönheit, wird mit dem Alter nicht unbedingt schlagender. Ich weiß, dass das zynisch und nicht besonders freundlich klingt. Und frauensolidarisch schon gar nicht. Aber es stinkt mir. Es stinkt mir, dass es immer noch Frauen gibt, die so denken. Die diese Versorgungsmentalität haben. Die sich darauf verlassen, dass irgendein Hansel sie finanziert. Allerdings ist der Preis, den sie dafür zahlen, oft auch sehr hoch. Wenn man sich die entsprechenden Typen anschaut, weiß man, dass das Leben an ihrer Seite häufig Strafe genug ist. Das gilt natürlich nicht für Paul. Da hatte Bea einen Glückstreffer gelandet, den sie blöderweise nicht zu schätzen wusste. Etwas, das ihr inzwischen auch bewusst ist. So oder so: Der Kontoauszug sollte bei der Partnerwahl nicht die oberste Priorität haben.

Sabine sieht das inzwischen ein ganz klein wenig anders: »Es schadet nicht, einen Blick aufs Konto zu werfen. Wenn das Gefälle, das Einkommensgefälle, zwischen beiden zu groß ist, ist es auch schwierig. Wenn sich dein Partner so gar nichts leisten kann und du dauernd zahlst, macht das was mit einer Beziehung. Wer das Geld hat, hat oft auch die Macht. Juan ist ständig klamm. Das nervt manchmal schon. Da fühle ich mich schon wie eine Art weiblicher Sugar-Daddy. Und das fühlt sich nicht gut an. Nicht generös, sondern eher als würde ich dafür zahlen, dass er an meiner Seite ist.«

Meine Mutter zeigt keine besondere Wiedersehensfreude beim Anblick von Birgit.

»Ach du!«, begrüßt sie meine Schwester, und die ist direkt ziemlich angefressen.

Sie verzieht ihr Gesicht. »Ich fahre Stunden, Mama, um dich zu sehen. Da könntest du schon ein wenig begeisterter sein, wenn man dich hier am Ende der Welt besucht!«, motzt sie.

Malgorzata springt Mama zur Seite: »Freut sich natürlich. Kann nur nicht so zeigen«, sagt sie und schaut meine Schwester streng an. Die traut sich was. »Mama ist krank!«, fügt sie noch hinzu und hebt ihren Zeigefinger mahnend.

»Ja, das ist sie offensichtlich, und dick ist sie auch geworden. Moppelig kann man das, auch bei allem Wohlwollen, nicht mehr nennen«, meckert Birgit und fügt hinzu: »Wo soll das enden?«

Wo wird es wohl enden? Da, wo es für uns alle endet. Im Tod. Ob da der Speck bei Mama eine Rolle spielt? Welche Rolle spielt Speck, wenn jemand dement ist? Und spielt er nicht insgesamt eine Rolle, die ihm überhaupt gar nicht zusteht oder zustehen sollte?

»Lass ihr das Essen, es macht ihr Freude. Und Paul wertet ihren Appetit als gutes Zeichen. Demente Frauen nehmen oft stark ab. Wenn sie dann stürzen, hat das üble Folgen. Mama bewegt sich hier mehr denn je. Und sie ist eigentlich fast rund um die Uhr an der frischen Luft. Und ehrlich, Birgit, halt dich doch einfach mal raus. Sie lebt jetzt hier bei mir. Malgorzata guckt nach ihr, ich gucke nach ihr, und sie hat einen Arzt im Haus. Du kannst hier nicht mal eben anrauschen und alles bestimmen«, geige ich meiner Schwester die Meinung. Ich bin fast selbst überrascht von mir. Ich habe mich tatsächlich getraut, Birgit mal Bescheid zu geben. Ein herrliches Gefühl.

Sie guckt ziemlich verdutzt, wahrscheinlich weil sie von mir keine Gegenwehr erwartet hätte.

Malgorzata zwinkert mir zu. »Richtig«, sagt sie, »und jetzt ist Rudi hier, und Mama liebt Rudi. Also gute Zeit für Mama. Vor allem wegen den drei Hs.«

Birgit schaut überrascht. »Welche drei Hs?«, fragt sie.

»Mama«, Malgorzata wendet sich an meine Mutter, »willst du deine Kind mal Hannelore vorstellen?«

Mamas Gesicht verzieht sich zu einem breiten Strahlen. Allein die Erwähnung des doofen Huhns schafft etwas, was ich selten zustande bringe. Ich bin tatsächlich ein wenig eifersüchtig auf ein Huhn. Wie lächerlich ist das denn! Konkurriere ich etwa mit einem Huhn? Sollte ich nicht lieber froh und glücklich sein, dass Mama eine Aufgabe gefunden hat, die ihr Freude bereitet?

Wir gehen gemeinsam zum Stall. Ich bin gespannt, wie Hannelore auf Birgit und Kurt reagieren wird. Wenn Hannelore Birgit mag, dann hat sie bei mir echt endgültig verschissen.

Mama ist in ihrem Element. »Ihr wartet draußen!«, gibt sie Anweisung und betritt den Käfig. Hannelore tapst auf sie zu. Fast als hätte sie auf Mama gewartet.

»Kann man sich da nicht Keime holen? Tragen die keine ansteckenden Krankheiten in sich?«, will Birgit wissen und schaut Paul an.

Der schüttelt den Kopf und antwortet dann: »Ich bin kein Veterinärmediziner, aber ich denke, dass in jedem rohen Putenschnitzel mehr Keime drin sind. Und wenn man abwägt, Risiko und Gewinn, dann ist diese Freundschaft von Erika zu den Hühnern sicherlich ein größerer Gewinn. Für sie und auch für uns.«

»Können Hühner nicht gefährlich werden?«, will Birgit weiter wissen und beäugt die Szenerie skeptisch.

»Hühner sind klein, haben einen Schnabel ohne Zähne. Alles, was sie können, ist flattern und Gefieder spreizen und picken. Noch nie hat ein Huhn einen Menschen gefressen. Umgekehrt kann man das leider nicht sagen. Und Hühner sind keine Raubtiere«, erkläre ich meiner Schwester.

»Ach, was du nicht sagst. Man wird ja mal fragen dürfen. Und ja, Andrea, es ist mir bekannt, dass Hühner keine Raubtiere sind. Du musst nicht mit mir reden, als wäre ich doof. Ich möchte dich nicht an meinen Abi-Schnitt erinnern müssen«, antwortet sie schnippisch.

Die kann es einfach nicht lassen. Wahrscheinlich wird

sie mir mit ihrem besseren Abi-Zeugnis noch im Altersheim kommen. Es mir ins Grab hinterherwerfen. Damit ich mich noch auf dem Weg ins Jenseits aufregen kann.

Aber was die latente Angst vor Hühnern angeht, kann ich Birgit verstehen. Ich habe noch immer gehörigen Respekt vor den Viechern. Es gibt, das habe ich im Internet herausgefunden, Menschen, die noch sehr viel panischer sind, was Hühner angeht. Die Angst vor Hühnern hat sogar einen eigenen Namen. Alektorophobie, auch als Gallinophobie bekannt. So weit würde ich bei mir nicht gehen. Ich mag einfach nur keine Hühner. Jedenfalls bisher. Die Eier immerhin weiß ich durchaus zu schätzen. Die schmecken doch sehr viel besser als die gekauften. Vielleicht bilde ich es mir aber auch nur ein.

Mama führt inzwischen kleine Hühnerkunststücke vor. Sie hat Hannelore aus dem Stall geholt und sie auf den Rasen gesetzt. »Komm, Hannelore, komm zu Erika!«, ruft sie das Huhn.

Und Hannelore kommt. Alle klatschen, was Hannelore offensichtlich aufregt.

»Nicht klatschen!«, ruft Mama und nimmt Hannelore behutsam auf den Arm.

Da kommt Rudi mit Willich über den Rasen auf uns zu. Die Kinder sind begeistert. Sie lieben ihren Opa heiß und innig. Willich kennen sie schon und sind, wie könnte es anders sein, verzückt.

»Wenn wir Kinder haben, werden wir uns auch einen Hund anschaffen! Allerdings einen Retriever. Wir sind noch am Überlegen, ob braun oder blond«, schwärmt meine Tochter, während sie Willich krault.

»Und wie wollt ihr leben, wenn ihr mal verrentet seid?«, frage ich ein wenig flapsig.

Dieser Planungswahn macht mich verrückt. Gut, man kann es mir schwer recht machen. Ein Kind plant schon die Haustierhaltung für den nächsten Lebensabschnitt und das andere noch nicht mal bis zum nächsten Morgen. Was ist da besser?

So oder so, meine Tochter bekommt das Stichelnde meiner Frage zum Glück gar nicht mit. »Tja, wenn wir verrentet sind, leben wir entweder bei unseren Kindern oder auf einem Kreuzfahrtschiff«, antwortet sie, wie aus der Pistole geschossen.

Wie kann ich ein so dermaßen vernünftiges Kind haben? Ein Kind, das sich noch vor dem ersten Tag im Job, vor dem Abschluss des Studiums mit der Rente auseinandersetzt? Ein Thema, dem ich viel zu wenig Gedanken widme. Eins weiß ich allerdings mit Sicherheit: Ich kann mir nicht vorstellen, im Alter bei meinen Kindern zu leben. Nicht weil sie mir nicht genug am Herzen liegen. Nein, ich liebe meine Kinder sehr. Aber ich möchte diesen Rollenwechsel nicht am eigenen Leib erleben. Ich möchte nicht, dass meine Kinder über mich bestimmen. Darüber, was ich esse, ob ich einen Fernseher habe und wann ich zu Bett gehe. Ich glaube, ich möchte auch nicht, dass meine Kinder mich pflegen. Der Gedanke ist mir unangenehm. Aber möchte ich auf einem Kreuzfahrtschiff leben? Was für eine abgefahrene Idee von Claudia. Will ich über die Weltmeere schippern und dabei aufs Ende warten? Gar keine so üble Aussicht, denke ich. Muss ja keine vegane Flusskreuzfahrt sein.

Nachmittags sitzen wir alle auf der Terrasse, und wie immer, wenn Besuch da ist, scheint die Sonne. Palsdorf weiß, wann es drauf ankommt.

»Es ist nicht so schlimm, wie ich dachte«, sagt Claudia. »Eigentlich sogar sehr lauschig.«

Mama sitzt neben Rudi und hat Hannelore auf dem Schoß. Rudi versucht, Willich und Hannelore aneinander zu gewöhnen. Auch er schafft es, Hannelore anzufassen, ohne dass sie sich aufplustert.

»Du konntest schon immer gut mit Brakeln!«, seufzt meine Mutter. »Ach Egbert!«

Ich schaue meine Schwester fragend an, »Weißt du, wer Egbert ist?«

Sie schüttelt den Kopf und murmelt: »Keinen Schimmer. Die ist ja mittlerweile ganz schön von der Rolle.«

Ich kann das gar nicht mehr so einschätzen, weil ich jeden Tag mit Mama zusammen bin.

»Da bleibt bald nur noch das Heim«, argwöhnt mein Schwager Kurt, ohne auch nur den Versuch zu unternehmen, leise zu sprechen.

Ich gebe ihm ein Zeichen. »Mama kann dich hören!«, zische ich ihm zu.

»Und wenn, sie versteht doch nicht mehr, was gemeint ist«, erwidert Kurt, und ich frage mich, wie meine Schwester einen solchen Mann heiraten konnte.

Wo bleiben da Empathie und Rücksicht? Respekt? Anstand? Verliert man augenblicklich das Recht auf Respekt, nur weil man, wie meine Schwester es ausdrückt, ganz schön von der Rolle ist? Oder hat man nicht genau dann jedweden Respekt besonders verdient? Ich nehme mir ganz fest vor, noch lieber zu meiner Mutter zu sein.

Trotz allem wird es ein schöner Nachmittag. Es ist herrlich, meine Familie um mich zu haben. In der großen Runde stört mich nicht mal meine Schwester. Kurz bevor alle aufbrechen, steht Frau Hebbel auf der Terrasse.

»Ach, ich wusste gar nicht, dass Sie Besuch haben«, schwindelt sie direkt zur Begrüßung.

Zum einen stehen zwei Autos im Hof, die nicht hierhergehören, das von Rudi und das von Kurt, zum anderen kann man nicht zu uns kommen, ohne zuvor das gesamte Dorf zu durchqueren. Und wer durchs Dorf fährt, wird gesehen. Jedes Auto ist ein Ereignis.

»Na, das ist ja schön«, sagt sie, »da lerne ich ja gleich mal die Familie kennen.« Sie schüttelt jedem die Hand. Rudis kann sie kaum mehr loslassen. Sie ist wie positiv versteinert. »Was verschlägt denn einen Mann wie Sie hierher?«, will sie wissen.

Mama wirkt leicht angespannt. Wie auf der Hut. »Der Egbert ist wegen mir hier. Und wegen der Brakel«, antwortet sie stellvertretend für Rudi.

Der nickt, tätschelt Mama kurz die Hand und bejaht: »Ja, so ähnlich is es. Isch bleib eine Weile hier wohne. Zur Unterstützung meiner Ex-Schwiegertochter. Un weil es halt grad gut passe tut.«

Frau Hebbel wirkt, als könnte sie ihr Glück kaum fassen. »Sie bleiben hier, da müssen Sie unbedingt mal zum Chor kommen. Ich merke gleich, wer singen kann. Sie haben sicher eine satte Stimme. Ich könnte wetten, dass

Sie einen wunderbaren Tenor abgeben. Und uns fehlen die Männer hier.« Nach einer kleinen Pause, in der sie sanft errötet, fügt sie hinzu: »Die Männerstimmen, meine ich natürlich. Im Chor selbstverständlich.«

»Ma schaun«, bleibt Rudi verbindlich, »ich hab ja noch de Willich.« Er zeigt auf seinen ganzen Stolz, »Un der is noch net ganz trocke, also stuberein, un da muss ich da sein.«

Clever gemacht. Der hätte genug Geschick für den diplomatischen Dienst gehabt. Eine lustige Vorstellung! Der hesselnde Rudi als Vertretung des Staates.

»So ein niedliches Hündchen, den können Sie jederzeit mitbringen, Herr …?«

»Einfach nur Rudi. Das langt. Isch bin de Rudi. Isch leg kein Wert uff Förmlischkeite. Rudi genügt.«

»Ach, das ist ja so sympathisch. Ich bin die Lotte. Was sagt denn Ihre Frau dazu, dass Sie jetzt hier wohnen?«, fügt sie geschickt hinzu. Balzstufe zwei. Möglichst unauffällig und wie nebenbei den Beziehungsstatus checken.

»Isch bin Witwer.« Er macht eine andächtige Pause. »Un jetzt bin isch Single.«

Ich mustere ihn streng. Wenn das seine Irene hören würde. Der merkt doch genau, dass die Hebbel mit ihm schäkert.

Frau Hebbel greift sich andauernd in ihre Haare und grinst, als hätte sie ordentlich gekifft. Richtig verstrahlt wirkt sie.

»Egbert!«, ruft ihn da meine Mutter zur Ordnung. Sie merkt, auch in ihrem Zustand, dass da etwas läuft, was sie nicht gutheißt.

»Is gut, Erika!«, beruhigt sie Rudi und dreht sich wieder zu Frau Hebbel, die für ihn ja schon die Lotte ist. »Sie verwechselt misch, und ich spiel mit.«

»Was sind Sie, also was bist du, Rudi, nur für ein reizender Kerl! Du musst unbedingt zum Chor kommen. Oder mal auf einen Kaffee. Und ein Stückchen Kuchen.«

Während wir alle auf Rudis Reaktion warten, sagt meine Mutter nur: »Viel trinken, Egbert. Ihr Kuchen ist arg trocken.«

Meine Kinder kichern verhalten. Meine Schwester lacht laut und herzhaft. Die hat gut lachen, denke ich, sie muss ja nicht mit der Dorfkönigin klarkommen.

15

Nach Frau Hebbels Besuch ist hier in den nächsten Tagen richtig was los. Rudi ist die neue Attraktion von Palsdorf. Sein Anwesenheit hat sich rumgesprochen. Ich könnte glatt Eintritt verlangen. Hier ist ein Gewimmel wie auf einem Hauptbahnhof. Ich habe das Gefühl, alle Singlefrauen des Dorfes kommen mal vorbei. Rudi wird gemustert wie ein Bulle auf dem Viehmarkt. Er genießt die Aufmerksamkeit, und ich gönne ihm dieses Erfolgsgefühl. Auch wenn mir Irene fast ein bisschen leidtut.

»Sie is selbst schuld dadran«, befindet Rudi und scheint sich in dieser Hinsicht null zu grämen.

Wir haben Kuchen für Monate. Die Einzige, die das Gepilger der Dorffrauen eher missmutig beäugt, ist Mama. »Ich will nicht, dass die alle kommen!«, äußert sie mehrfach. Sie kann nicht klar sagen, was sie stört, aber dass es sie stört, kann sie klar zum Ausdruck bringen. Sie läuft Rudi hinterher, als wäre er Konrad Lorenz und sie eine seiner Graugänse. Es ist ein ulkiges Bild. Rudi, dann Mama und dann Hannelore.

Er erträgt es stoisch. »Es macht mir nix, Andrea. Sie tut mir ja nix. Sie is ja lieb mit mir. Un sie kann ja nix dafür. Aber isch merk, dass es schlechter wird mit ihr. Net körperlisch, aber so insgesamt. Sie is manschmal wirklisch verwirrt. Und dieser Egbert, der muss e Mordsbedeutung für sie gehabt ham. Das müsse wir rausfinde.«

Ich wüsste selbst furchtbar gerne, wer dieser Egbert ist, und nehme mir vor, in den nächsten Tagen mal bei einer alten Freundin von Mama anzurufen und Erkundigungen einzuholen.

Auch ich merke, wie Mama stetig abbaut. Sie spricht sehr viel weniger als früher. Oft bricht sie Sätze mittendrin ab. Oder sucht nach Wörtern. Und sie wird zusehends vergesslicher. Vor allem, was das Kurzzeitgedächtnis angeht. Fragt man sie, was Malgorzata am Vortag gekocht hat, murmelt sie verlegen: »Essen.« Man hat den Eindruck, sie bemerkt, dass sie etwas nicht weiß. Es scheint ihr unangenehm, deshalb versuche ich auch, solche Fragen nicht zu stellen. Es führt ja zu nichts. Ich will sie nicht noch mehr verunsichern. Auch ihre Tischmanieren sind nicht mehr das, was sie mal waren. Sie kleckert viel.

»Alles so weit ganz normal für diese Krankheit«, sagt Paul, aber es ist hart, es mitzuerleben.

Malgorzata hat eine Engelsgeduld mit Mama. Sie ist ein wahrer Segen für uns alle. Den ganzen Rudirummel betrachtet sie mit einer gewissen Skepsis. »Alte Frauen, und noch so viele Hormone. Eijeijei.«

Ich bin auch ein wenig erstaunt. Ich will Rudis Charme nicht schmälern, aber optisch ist er kein Highlight. Er sieht freundlich aus, das ja. Durchschnittlich könnte man sagen. Und eine gute Partie ist er auch nicht. Seine kleine Rente ist übersichtlich. Aber vielleicht haben diese Frauen begriffen, dass das letztlich nicht entscheidend ist. Oder sie sind noch sehr viel pragmatischer: Rudi ist Single, er ist frei und er ist verfügbar.

Das jedenfalls denkt Malgorzata. »Sie kennen nicht, aber wollen haben. Weil nur einer, und dann kann schnell weg sein. Ist auch ein Spiel. Wenn man keine Auswahl hat, muss man sofort zuschlagen. Und vielleicht letzte Chance für all die alten Frauen.« Malgorzata scheint relativ unbeeindruckt von Rudis Charmepotential.

»Wäre Rudi nicht vielleicht auch was für dich?«, frage ich so beiläufig wie möglich.

Sie überlegt, und es dauert einen Moment. So als würde sie das Angebot gründlich abwägen. Dann schüttelt sie den Kopf. »In meinem Beruf ist keine Zeit für einen Mann. Bin ich durch mit die Thema. Hatte ich. Brauche ich nicht mehr. Macht viel Arbeit. Aber er ist guter Mann, keine Frage. Hätte ich Zeit, würde ich überlegen. Aber habe ich keine Zeit für so was und muss deswegen auch nicht überlegen.«

Bestechende Logik. Aber ein definitives Nein klingt anders.

16

Montag ist mein erster Tag in der Praxis. Mit großer Geste überreicht mir Paul einen Kittel. »Das ist einer von Petras Kitteln. Den hat sie freundlicherweise für dich mitgebracht. Ich besorg dir natürlich einen Schwung eigene, wenn dir die Arbeit gefällt.«

Der Kittel ist Größe 34/36.

»Wie soll ich da reinpassen? Willst du mich schnell noch irgendwie schrumpfen?«, frage ich Paul und halte das klitzekleine weiße Teil hoch. Er schaut erstaunt.

Ist es ihm tatsächlich nicht aufgefallen, dass Petra und ich nicht ganz baugleich sind? Ich finde es fast schmeichelhaft, dass er geglaubt hat, ich könnte die gleiche Kittelgröße wie die zarte Petra haben. Ich könnte es natürlich auch als Unaufmerksamkeit deuten. Aber es hat was Beruhigendes, dass sich Paul über solche Dinge eher keine Gedanken macht. Dass in seiner Wahrnehmung Petra und ich ähnliche Maße haben.

»Ihr seid doch beide schlank«, sagt er nur.

Da sieht man mal die männliche Bandbreite von Schlank. Daran sollten wir Frauen uns orientieren! Ich meine, Paul ist Arzt, der sollte Körper einschätzen können. Wie man so danebenliegen kann. Petra hat locker zehn Kilo weniger als ich. Und das ist wohlwollend geschätzt. »Danke, das ist nett, aber sie hat oben mehr und ich unten. Und das um einiges!« Ich lache und lasse den Kittel offenstehen.

Überm Bauch würde ich den Kittel niemals zubekommen. Sie hat definitiv nicht nur vorne oben mehr. Und auch an den Armen merke ich die Größendiskrepanz. Die Kittelärmel sind so eng, dass ich das Gefühl habe, sehr feste Kompressionsstrümpfe zu tragen oder Hardcore-Shapewear für die Arme. Ich weiß gar nicht, ob es Shapewear für die Arme gibt? Wäre eine Marktlücke, denke ich. Ich habe Angst, dass mir das Blut abgequetscht wird.

»Für heute wird es schon gehen«, sage ich und stelle mich erwartungsvoll hinter den Empfangstresen.

Ohne Ausbildung darf ich nur wenig machen. Aber Termine koordinieren, Überweisungen ausfüllen und Patientenakten heraussuchen darf ich.

»Ich kann dir Blutabnehmen beibringen«, bietet Paul an.

Mich gruselt es allein bei dem Gedanken. Ich kann Spritzen nicht mal ansehen, ohne dass es mich schaudert.

»Rechtlich ist das alles eine ziemliche Grauzone. Am Ende haftet der Arzt und muss belegen, dass seine Angestellten geschult sind. Ordentlich ausgebildet«, erklärt er mir.

Wir einigen uns darauf, dass ich für die Organisation zuständig bin. Und dass ich mich in die Abrechnungsmodalitäten einarbeiten werde.

Erstaunlicherweise macht mir die Arbeit, trotz aller Skepsis, Spaß. Ich bin gern mit Menschen zusammen, und ich bin eine relativ neugierige Person. Diese Interessenlage passt perfekt zu meiner neuen Tätigkeit.

Frau Huber ist jünger, als ich dachte, und Frau Hebbel älter. Ich hatte Marianne Huber auf 50 bis 60 Jahre geschätzt, aber sie ist gerade mal 49. Sie ist jünger als ich, geht mir durch den Kopf. Die müsste man echt mal neu stylen, ist mein nächster Gedanke. Aber wahrscheinlich ist sie eine dieser Frauen, die schon immer so aussahen und auch die nächsten Jahre so aussehen werden. Für immer mittelalt. Frau Hebbel hingegen wird im nächsten Jahr schon 70. Die hat sich ganz schön gut gehalten, obwohl sie an Rheuma leidet. Das menschliche Huhn Hannelore hat beschissene Leberwerte, so schlechte, dass sie in der Akte mit Leuchtstift markiert sind.

Petra ist eine geduldige Lehrerin, und ihr Tut-Tut fällt mir schon fast nicht mehr auf. Ich habe eher Angst, es mir selbst anzugewöhnen. Die Arbeit ist sehr viel anspruchsvoller, als ich bisher angenommen habe.

»Ich tu drei Jahre Ausbildung hinter mir haben! Ist doch klar, dass man das nicht nach zwei Wochen draufhat«, beruhigt mich Petra.

Paul lobt mich viel. Ich sei eine Stütze und würde ihm viel abnehmen.

Ob das einfach eine Maßnahme ist, um mich bei der Stange zu halten, oder nur Lobhudelei oder tatsächlich sein wahres Empfinden, ist letztlich egal. Es tut mir gut. Es ist angenehm, mit ihm zu arbeiten. Eine absolut positive Überraschung. Er ist kein Mann, der seine Überlegenheit, und auf diesem Gebiet ist er mir wahrlich überlegen, ausspielen muss. Eine solche Konstellation wäre mit meinem Ex undenkbar gewesen.

Aber ich will nichts Schlechtes über Christoph sagen. Er hat eine einmalige Abfindungszahlung mit Herrn Klessling ausgehandelt.

»Ein Kinderspiel, Andrea. Zwei Telefonate, und er ist eingeknickt.«

2500 Euro hat Klessling gezahlt, und er hat sogar angedeutet, dass er sich gerne mal treffen würde und es eventuell doch noch eine Zukunft für mich in der Welt der Raumduftsprays geben könnte.

»Auf keinen Fall!«, habe ich zu Christoph gesagt. »Nach der Erfahrung auf keinen Fall.«

»Warum eine offene Tür unüberlegt zuschlagen?«, war Christophs Kommentar, und ich muss dem Herrn Anwalt recht geben.

Aber trotz des Angebots habe ich kein Interesse zurückzukehren, und zum Glück kann ich mir diese Findungsphase, dank Christoph und Paul, leisten.

Findungsphase! Ich höre mich schon an wie mein Sohn. Aber mit dem Geld von Klessling und meinem Verdienst in der Praxis komme ich erst mal über die Runden. Große Sprünge sind nicht drin, aber wo sollte ich hier auch Geld ausgeben? Auf dem Land sind die Konsumversuchungen übersichtlich. Ob das gut oder schlecht ist, darüber könnte man sicherlich streiten.

17

Die Patienten sprechen mich durch die Bank mit Frau Doktor an. Egal wie oft ich beteure, nicht promoviert zu sein.

»Sie sind die Frau vom Doktor, also sind Sie die Frau Doktor«, lautet die einschlägige Meinung.

Als Frau Doktor gelte ich auch als Eins-a-Informationsquelle. Egal, wo ich aufkreuze, ich werde immerzu ausgefragt. »Was macht die Hüfte von der Huber?« und »Wie geht's der Bandscheibe von Herrn Maier?« und »Was denken Sie über die Kalkschulter von der Lösel.« Ich weiß natürlich, dass ich als Aushilfe in einer Praxis genauso der Schweigepflicht unterliege wie der Arzt.

Auf dem Land wird sehr viel gesprochen. Miteinander, aber auch übereinander. Jeder weiß hier alles. Oder tut zumindest so. Das ist gewöhnungsbedürftig. Intimsphäre gibt es hier nicht. Wir-sind-füreinander-da heißt das. Ich muss gestehen, das ist die gute Seite der Indiskretion. Man ist hier tatsächlich füreinander da. Man interessiert sich füreinander.

Ich habe aufgehört, die Tage zu zählen. Es führt zu nichts. Die Zeit vergeht dadurch nicht schneller.

Inzwischen ist der Herbst da, und das Leben hier in Palsdorf läuft in einigermaßen geregelten Bahnen. Wir haben uns eingegroovt. Ich kann nicht sagen, dass ich das

Landleben inzwischen liebe, aber der dunkle Wald und ich haben uns arrangiert. Eine Art Duldungsabkommen. Die Aufgaben sind verteilt.

Mama ist die innerfamiliäre Hühnerbeauftragte. Zuständig für Hühneranimation, Futter, Eierkollekte und Freigang. Stallpflege und Wasserversorgung erledigen Paul und ich. Hauptsächlich Paul, wenn ich ehrlich bin.

Den Gemüsegarten macht Rudi, der inzwischen auch wirklich viel kocht. Nicht immer zu Pauls Freude. Rudi hat irgendwas an sich, was Paul reizt. Die beiden arbeiten sich ständig aneinander ab. Ein großes Streitthema: Die Nutella, auf die Rudi partout nicht verzichten mag. »Sie schmeckt mir und mal ehrlisch, isch lass mir doch kein Brotuffstrich verbiete. Wo komme wir denn da hin?« Wieder und wieder können sich die zwei darüber ereifern.

»Wir vernichten wegen des Palmöls den Lebensraum unserer Verwandten«, argumentiert Paul.

»Ei, von wem denn? Von deim Kind, oder von wem?«, fragt Rudi gereizt nach.

»Den Orang Utans natürlich!«, belehrt ihn Paul.

»Isch hab annern Verwandte«, kontert Rudi, »die Affe gehörn net zu meiner direkten Familie.«

So geht das in einer Tour. Man hat das Gefühl, Siebenjährige am Tisch sitzen zu haben.

Schon deshalb kocht Rudi meistens für Mama und Malgorzata und isst mit ihnen. »Die wisse en ordentlisches Stück Fleisch halt auch zu schätze. Un mache net so en Gedöns. Isch hab's schon tausendmal gesagt, un isch werd's immer wieder wiederhole, bis er es kapiert, es is Esse un kei Religion. Isch bin gut gefahrn bisher mit dem, was isch ess, isch bin gesund, es geht mir gut, un isch bin erwachsen. Fertisch. Punkt. Aus. Schluss.«

Mich langweilt diese Diskussion inzwischen. Alle Argumente sind ausgetauscht, und jeder kennt die Position des anderen. Ich kann beide Seiten verstehen, glaube auch, dass Paul es eigentlich gut meint. Eigentlich. Aber wie schon erwähnt: Rudi scheint eine besondere Herausforderung für Paul zu sein. Weil er der Vater von Christoph ist? Weil er so vernarrt in mich ist? Ich habe keine Ahnung.

Paul leugnet seine Antipathie. »Ich mag ihn, aber seine Haltung geht mir auf den Wecker. Er zeigt so gar keine Einsicht. Man muss doch auch im Alter noch lernfähig sein. Ich meine, wer ist denn der Arzt von uns beiden?«

Als ich Rudi darauf anspreche, ist er beleidigt. »Keine Einsicht. So ein Quatsch. Soll er doch emal ein bissche tolerant sein. Isch bin net sein Kind. Er könnt locker meins sein. Un isch weiß, dass er Arzt is, aber meines Wissens nach is er Orthopäde un net Ernährungsdoktor.« Dann legt er noch mal nach: »Isch kann auch gehen. Es gibt genug Leut, die wo misch uffnehme würde!«

Am liebsten würde ich beide mal auf die stille Treppe setzen. Am besten zusammen. »Reißt euch verdammt nochmal am Riemen. Leben und leben lassen. Ist das so schwierig?«, ermahne ich die beiden wichtigsten Männer in meinem Leben. Wenn kümmert es, ob Rudi auch im Alter weiterhin Nutella isst? Wird sein Verzicht auf Palmöl die Orang Utans retten?

»Nein und darum geht es auch nicht, das weißt du genau, Andrea. Es geht ums Prinzip«, findet Paul.

Ach, dieses Ums-Prinzip finde ich aus Prinzip schon nervig. Immerhin: Eine treue Mitstreiterin hat Paul inzwischen. Petra isst kein Fleisch mehr und beteuert, wie gut es ihr seither geht.

All die Differenzen führen dazu, dass Rudi sich hauptsächlich bei Mama und Malgorzata aufhält. Er wohnt oben, und er hält sich zumeist auch oben auf.

»Die wisse zu schätze, was ich tu«, lautet sein Argument.

Ab und an kocht er für uns mit, was mir mein Leben sehr erleichtert. Ich bin und war noch nie die tollste Köchin. Ich kann Standardessen, zu mehr reicht es nicht. Kochen hat mich noch nie besonders interessiert. Essen hingegen schon immer. Das sieht man mir inzwischen deutlich an. Ich habe, seit wir hier leben, stetig zugenommen. Ich kann den diversen Kuchen einfach schwer widerstehen. Ich trage mittlerweile meinen eigenen Frankfurter Kranz. Ohne Kirsche.

Obwohl ich seit zwei Wochen tatsächlich laufen gehe. Allerdings nicht mit Petra, sondern ganz allein. Ich habe ihr gesagt, dass ich erst wieder meinen Rhythmus finden muss, bevor wir gemeinsam an den Start gehen können. Ich glaube nämlich nicht, dass andere Menschen, vor allem passionierte Läufer, das, was ich da mache, als Laufen bezeichnen würden. Ich schlappe durch den Wald. Im Schneckentempo. Sehr, sehr gemütlich. Mein Speck zeigt sich von dieser Anstrengung bisher unbeeindruckt, aber ich merke, dass mir die Bewegung an der Luft guttut. Auch wenn ich mich jedes Mal überwinden muss. Ich bin einfach keine geborene Sportlerin. Mir fehlt dieses Gen. Ich gehöre nicht zu den Menschen, die im Brustton der Überzeugung sagen, dass sie ohne Sport nicht sein können. Ich mache Sport eigentlich nur, um nicht komplett zu verfetten. Es ist mir eh ein Rätsel, warum nicht alle in Palsdorf total mopsig sind. Die Gemeinschaftswährung hier ist Essen. Und getrunken wird auch reichlich.

Vor kurzem habe ich es gewagt und mich in der Praxis auf die Waage gestellt. Paul hat eine dieser alten Personenwaagen mit den Gewichten, eine sogenannte mechanische Säulenwaage, wie sie in Arztpraxen üblich sind, und zusätzlich eine moderne Fettwaage. Ein sehr unfreundliches Teil. Es behauptet, dass ich zu 39 Prozent aus Fett bestehe. Also ist nahezu die Hälfte von mir Fett! Die Kiloangabe ist eine unglaubliche Unverschämtheit, und ich kann, will und werde sie nicht glauben. Das ist ein Affront! Ein persönlicher Angriff! Ich habe noch nie über 72 Kilo gewogen. Diese Waage ist definitiv ein richtig mieses Teil. Also lasse ich mir von Petra die Säulenwaage erklären.

»Stell dich drauf. Ich zeige dir, wie man das macht«, schlägt sie freundlich vor.

Ich lehne fast schon panisch ab. Öffentliches Wiegen ist eine meiner grausigsten Horrorvorstellungen. Ich finde, sich zu wiegen, ist eine sehr intime Angelegenheit. Es geht keinen etwas an, wie viel man wiegt. Vor allem auch nicht, wie viel zu viel. Mein Gewicht öffentlich bekanntzugeben ist so ziemlich das Letzte, was mir freiwillig einfallen würde. Und wenn ich vor Petra auf die Waage steige, kann ich meine Gewichtsangaben auch direkt bei Marianne Huber im Laden aushängen. Obwohl ich Petra noch nicht mal eine böse Absicht unterstellen würde. Sie ist einfach schwatzhaft und mitteilsam und somit froh für jede Neuigkeit. Selbst für mein Gewicht. Mein Übergewicht, muss ich wohl sagen.

Von Petras Mitteilungsdrang profitiere ich selbst auch oft genug. Petra weiß eigentlich über jeden Patienten etwas Interessantes zu berichten. Aber ich kann gut darauf verzichten, dass mein Gewicht zum Gesprächsthema in Palsdorf wird. 77 Kilo. Die 8 vorne ist näher als die 7. Alles, was nicht dreistellig ist, geht noch, versuche ich mich selbst zu beruhigen. Noch vor zehn Jahren wäre allein eine sieben vorne unvorstellbar für mich gewesen. Bald werde ich mir von meiner Mutter Hausanzüge leihen müssen. Kein Wunder, dass ich diesen Kittel von Petra nicht mal annähernd schließen konnte. Das ist das Grauen! Hätte ich mich bloß nicht draufgestellt. So ein kurzer Moment kann einem richtig den Tag versauen.

Ich werde das nicht hinnehmen, beschließe ich. Ich werde diese Kilos loswerden. 77 ist gefährlich nah dran an 80.

Ein paar Stückchen Streuselkuchen, und ich sehe wirklich die acht vorne. Die lauert mir geradezu auf. Sie winkt mir schon zu. Ruft nach mir.

Ich bin doch schon gelaufen und habe trotzdem zugenommen. Die Welt ist wirklich nicht gerecht.

Aber ab morgen wird alles anders! Das kann so nicht weitergehen! Blablabla. Papperlapapp. Blublub.

Immer wieder dieselbe Denkspirale. Immer wieder die gleichen Vorsätze, von denen ich direkt ahne, wie sie enden. Neue Zahlen, alte Maßnahmen. Wie langweilig. Wie berechenbar. Ich finde mich selbst so klischeehaft. Wieso sich erst gehen lassen und dann in den Jetzt-ist-aber-Schluss-Modus schalten? Ich glaube mir doch selbst dieses Ab-morgen-Gefasel nicht mehr. Ich sollte es ja auch echt besser wissen. Wie oft habe ich dieses Spiel schon gespielt? Kann man dieses verdammte Spiel überhaupt gewinnen?

Das Thema ist so langweilig und doch so bestimmend. Wieso nicht einfach dicker werden? In aller Ruhe genüsslich aufspecken. Ich bin über 50, da ist das doch eigentlich legitim. Ich gehe mir mit meinem Hadern selbst richtig auf den Wecker. Ich will den Speck nicht, will aber auch keine Diät. Ich will, dass er über Nacht verschwindet. Ich will alles, aber für lau.

Warum nur hat Paul nichts gesagt? Wahrscheinlich, weil er nicht wahnsinnig ist. Ein Partner, der darauf hinweist, dass man ordentlich aufgespeckt hat, kann eigentlich auch direkt Harakiri begehen. Diese Botschaft kann man nicht angenehm übermitteln. Die ist immer unerfreulich, egal wie charmant man sie verkleidet. Es gab schon Zeiten, da wurden die Überbringer schlechter Botschaft kurzerhand geköpft.

Zum Glück ist wenigstens der Sommer schon rum. Im Winter ist der Speck sehr viel leichter zu kaschieren. Auch dieses Thema langweilt mich inzwischen. Wie verberge ich irgendwelche vermeintlichen Baustellen, die man natürlich trotz aller geschickten Kaschiererei sieht.

Wie lächerlich kann man sich machen? Sollte ich einfach aufhören, auf eine Waage zu steigen? Gummizughosen kaufen und Kalorien entschlossen und unaufgeregt mitessen? Endlich mal drüberstehen? Ich sollte, aber ich weiß schon jetzt, dass ich es nicht schaffen werde. Ich bin noch nicht so weit. Aus vielerlei Gründen. Grund eins: Ich mag mich in der schlankeren Variante lieber. Grund zwei: Ich kann mich nicht komplett von den gängigen Schönheitsidealen verabschieden. Grund drei: Ich bin nicht selbstbewusst genug, um richtig dick zu sein. Ich weiß, das hört sich jetzt wunderlich an. Was haben diese Adjektive miteinander zu tun? Selbstbewusst und dick? Wer wirklich dick ist, muss sich ungefragt jede Menge anhören. Dazu braucht man ein sprichwörtlich verdammt dickes Fell. Das habe ich nicht. Ich bin angreifbar und nicht so wehrhaft, wie ich gern wäre. Grund vier: Ich falle nicht gerne auf. Es ist mir ein wenig peinlich, das zuzugeben, aber ich strebe nicht nach besonderer Individualität. Ich fühle mich in der Menge wohl. Nicht graue Maus, aber eben auch kein Paradiesvogel. Ich bin gerne normal. Ich möchte hübsch sein, habe mich aber eigentlich nie nach herausragender Schönheit gesehnt. Wozu braucht man die? Ich glaube, die kann anstrengend sein. Anstrengung ist etwas, was ich tendenziell gerne vermeide.

Deswegen bist du ja auch jetzt nah an der 80, kommentiere ich im Kopf mein ausdauerndes Lamentieren. Wenn ich so ausdauernd beim Sport wie beim Jammern wäre, würde das schon was bringen.

Ich werde noch einmal einen Versuch wagen. Einen

Ab-morgen-Versuch. Schon beim Gedanken an die zukünftig kargen Portiönchen bekomme ich sehr schlechte Laune.

Ich mache mir eine riesige Ladung Kartoffelbrei aus der Tüte zum Trost für das, was kommt. Ich mag Kartoffelbrei aus der Tüte. Für Paul ist das fast schon ein Vergehen. Industriemist nennt er meinen geliebten Tütenbrei. »So was müsste man verbieten!«, schimpft er gerne. So als würde ich mir irgendeine verbotene Substanz durch die Nase ziehen. Lächerlich. »Meine Kinder sind damit aufgewachsen!«, habe ich trotzig geantwortet. »Und sie leben noch!«

»Der ist doch wirklich schnell selbstgemacht!«, empört sich Paul erwartungsgemäß, als er mich mit meinem Schälchen Kartoffelbrei in der Wohnung antrifft.

»Dann mach doch!«, antworte ich patzig, und er bekommt so schon mal einen Vorgeschmack auf die Laune, die ich ab morgen mit Sicherheit haben werde.

Dieses leicht moralinsaure Getue ist etwas, was mich an Paul zunehmend nervt. Mit über 50 habe ich keine Lust mehr, mir die Welt erklären zu lassen. Ich komme klar. Ich bestimme gern selbst über mein Leben. Ich mag mich nicht für Pillepalle rechtfertigen. Ich liebe nun mal Kartoffelbrei aus der Tüte. Egal, woraus er besteht. Es gibt, weiß Gott, schlimmere Vorlieben.

Paul ist immerhin so clever zu erkennen, wann es besser ist, Ruhe zu geben. »Ich muss morgen mal zu Alexa fahren! Sie hat mich vorhin angerufen und will mit mir reden. Ich habe aber keine Lust, dass sie mit Bea hier aufläuft und habe deshalb beschlossen, nach Frankfurt zu fahren. Willst du mit?«

Eigentlich würde ich gerne mal wieder nach Frankfurt. Einerseits. Aber andererseits finde ich auch einen Tag ohne Paul durchaus verlockend. Außerdem möchte ich meinen ersten Diättag nicht in Frankfurt verbringen. Ich habe keine Lust, anderen beim Essen zuzuschauen und dabei tapfer zu beteuern, dass ich ja gar keinen Hunger habe. Eine Diät kann man sich nicht mal schöntrinken. Selbst in schnödem Alkohol stecken Kalorien. Eigentlich hat alles, was die Stimmung hebt, bei genauerer Betrachtung Kalorien. Oder es ist verboten.

»Fahr du ruhig, ich bleibe hier. Ich muss mir Gedanken für den Palsdorfer Weihnachtsmarkt machen. Die Hebbel nervt schon. Wartet auf großartige Marketingstrategien. Die macht sich da meiner Meinung nach ziemliche Illusionen. Ich meine, warum sollte jemand, der noch bei klarem Verstand ist, hier auf einen Weihnachtsmarkt kommen? Es gibt Erfurt, Dresden, Nürnberg. Jede große Stadt hat einen Weihnachtsmarkt. Und inzwischen auch jedes Kaff. Also, fahr wirklich besser ohne mich. Außerdem ist es auch für Alexa nett, ihren Papa mal ganz für sich allein zu haben, mal ohne Anhang«, antworte ich.

»Ich hätte dich auch bei Tamara oder Anita oder Sabine rauslassen können«, sagt Paul und fügt augenzwinkernd hinzu: »Oder bei Birgit.«

»Nee, ist echt okay. Ich bleibe hier und mach mir einen entspannten Sonntag. Kein Ding. Alles fein«, sage ich.

18

Er macht sich früh auf den Weg, und der Sonntag liegt vor mir. Ein Sonntag ohne Besuch. Jedenfalls ohne Besuch von außerhalb. Nach dem ersten Monat hat sich der Besucheransturm stark gelegt. Alle wollten mal sehen, wie es so ist hinter den sieben Bergen bei den sieben Zwergen, und als die erste Neugier befriedigt war, ist die Besuchswelle schlagartig verebbt.

»Das ist schon ein Ritt nach da draußen, da braucht man Zeit. Nur auf ein Käffchen bringt das ja nichts«, lautet der allgemeine Tenor.

Obwohl es mich kränkt, kann ich es verstehen. Mir geht es ja ähnlich. Auch ich fahre sehr viel seltener Richtung Stadt, als ich geplant habe. Der Mensch an sich ist faul. Und ich ganz besonders.

Aber die Palsdofer kommen weiterhin gerne mal vorbei. Die haben es ja auch wirklich nicht weit.

Rudi freut sich, mich für sich zu haben, und gibt mir erste Lektionen in Sachen Instagram. Es macht mir Spaß. Ich lege mir ein Profil zu. Landplage nenne ich mich. »Da kann ich ein bisschen Dampf ablassen«, erläutere ich Rudi meinen Benutzernamen. »Ich glaube, das könnte lustig werden«, freue ich mich schon beim Planen.

Rudi zeigt mir sein Profil im Detail. Ich bin verwundert. Er hat Sprachwitz. Und es macht Spaß, seine Bilder durchzugucken. Er heißt Gelldaguckste! Man sieht ihn beim Kochen, beim Auf-der-Couch-Liegen, beim Essen und immer wieder ihn mit Willich. Auch Hannelore hat er schon verewigt.

»Nie die Hashtags vergessen!«, legt er mir ans Herz.

An meinem Blick sieht er, dass ich ein bisschen auf dem Schlauch stehe. Ich weiß, wie so ein Hashtag aussieht, habe aber nicht wirklich eine Ahnung, warum man ihn benutzt.

Rudi weiß mehr: »En Hashtag is ein Schriftzeische, so ein Doppelkreuz, das zur Markierung dient. Anhand von dem Hashtag kann man de Beitrag dann finde.«

»Also eine Art Wegweiser im Internetdschungel?«, frage ich und komme mir wie eine sehr schlaue Schülerin vor.

»Ja, so ähnlisch, das wirst de schnell kapiern, es is kein Hexewerk. Man verlinkt sisch dadursch mit annern, un die werdn uff disch aufmerksam.«

Ich scrolle mich durch Seiten und sichte andere Accounts. Zum großen Teil Darstellungen von wunderbaren Leben. Strahlende Menschen beim Fitness. Wunderbare Leckereien, liebevoll drapiert. Durchtrainierte junge Körper in knapper Sportswear. Alles eine einzige Hochglanzillusion, die einen direkt in die Depression treiben könnte. Aber niemand hat so ein Leben. Wir alle haben auch Dreck und schlechte Laune. Wir essen nicht nur unglaublich bunte Gemüseteller oder Obstmüslis. Trinken nicht nur Smoothies und Champagner.

Ich glaube, ich werde einen Gegenentwurf zu den üblichen Accounts machen. Alles ein wenig konterkarieren.

»Wenn de ein Name hast, musst de was drunnerschreibe, damit die Leut wisse, was se uff deim Account erwarte tun. Guck emal bei mir«, er hält mir sein Smartphone vor die Nase.

Das ist bei genauerer Betrachtung schon alles ziemlich verrückt. Ich sitze hier mit meinem über 80-jährigen Schwiegervater, der mir, mit Anfang 50, Social-Media erklärt. Verkehrte Welt, denke ich nur.

»Wie bist du nur auf die Idee gekommen?«, will ich noch einmal wissen. »Letztlisch Langeweile. Kein Hund, keine Uffgabe, und dann hat mir der Mark den Kram gezeigt. Un isch hab gedacht, warum sin da so wenisch Alte? Da hab isch der Irene un mir ein Instagram-Account gemacht. Das is doch perfekt für uns. Man kann's von daheim mache und herrlisch gucke, wie annere in der Welt unnerwegs sin. Man muss selbst gar net groß raus. Isch wollt erst nur gucke. Un dann hab isch gedacht, das kann ich auch. Un vielleischt sogar besser. Das is ein Spiel. Un natürlisch is es kein reales Abbild. Alles wird geschönt. Alles is wunnerbar. Man inszeniert sich.«

Ich merke mal wieder, dass man Menschen nie unterschätzen sollte.

»Hier guck, da is mein Account noch emal, damit de gucke kannst, wie so was aussehe muss. Habe wir vom Fritz gelernt. Das war der Leiter vom Instagram-Volkshochschulkurs.«

Unter seinem Namen, gelldaguckste, hat Rudi weitere Informationen stehen: Alter Mann und junger Hund! No style just normal!

Ich muss grinsen. Das No-style gefällt mir, vor allem in

einem Umfeld, in dem Style das Hauptkriterium ist. Rudi ist schon ’ne echte Marke. »Wichtisch is auch ’ne E-Mail-Adress, damit Leut, die Werbung bei dir schalte wolle, wisse, wo se dich erreische.«

»Ich muss darüber nachdenken, muss mir einen Plan machen, wie ich da vorgehe«, entscheide ich. Immerhin bin ich eine Marketingfrau, da will ich schon, dass mein Account, also mein Auftritt bei Instagram, ein bisschen professionell aussieht. Professionell und anders.

Der Tag verläuft entspannt. Ich esse mit Mama, Malgorzata und Rudi zu Mittag, und danach machen wir alle ein kleines Schläfchen.

Punkt 15 Uhr steht Frau Hebbel im Garten. Sie sei zufällig vorbeigekommen auf ihrem kleinen Sonntagsspaziergang, und ich muss sagen, ich bewundere die Chuzpe, mit der sie diese offensichtliche Ausrede anbringt.

Rudi wirkt erfreut, vor allem weil Frau Hebbel bei ihrem sogenannten Spaziergang eine Tupper-Tortenbehälter mit sich rumträgt. »Käsesahne, garantiert nicht trocken!«, versucht sie sogar, sich selbst nicht zu ernst zu nehmen.

Lotte Hebbel macht tatsächlich einen Scherz! Wer hätte das für möglich gehalten. Und sie hat sich offensichtlich schick gemacht. Ist geschminkt und trägt ein blassrosa Twinset.

Ginge es nach meiner Mutter, würde Frau Hebbel den Kuchen dalassen und sich selbst möglichst schnell vom Acker machen. Auch Malgorzata sieht nur mäßig begeistert aus.

Ich bin mit mir am Ringen. Eigentlich ist heute der erste Tag meiner Diät. Oder besser gesagt, meines neuen Lebens. Meines gesunden Lebens ohne Zucker und Kohlenhydrate. Meines trostlosen Lebens. Einerseits. Andererseits ist heute Sonntag, und mal ehrlich, wer fängt schon sonntags eine Diät an? Das macht doch überhaupt keinen Sinn. Die Käsesahnetorte, dieses impertinente Stück, ruft nach mir. »Komm und iss mich. Nur ein klitzekleines Stück. Komm und iss mich!« Wie soll ich hier jemals abnehmen? Hier im Kuchenwunderland.

»Für mich nicht, danke«, sage ich, und als ich es ausgesprochen habe, bereue ich es schon und bin gleichzeitig unglaublich stolz auf meine Widerstandskraft. Ich habe nein zu Kuchen gesagt! Wo bleibt der Tusch? Die Fanfare? Wer hätte das für möglich gehalten.

»Probieren sollten Sie schon«, insistiert Frau Hebbel. »Ich glaube, er ist wirklich besonders lecker!«

Du bestehst zu 39 Prozent aus Fett. Wenn du die 40 Prozent schaffen willst, dann iss den Kuchen, ermahne ich mich selbst.

»Nein danke, das ist lieb, aber ich bin noch ganz satt vom Frühstück«, sage ich und muss innerlich lachen. Wie sollte ich von einem winzigen Schälchen Magerquark mit Blaubeeren noch satt sein? Es gibt ja Frauen, die so was behaupten, aber ich unterstelle ihnen mal, dass sie lügen. Oder sich zumindest was vormachen. Kein normaler ausgewachsener, erwachsener Mensch ist von 150 Gramm Magerquark bis zum Abendessen satt.

»Gab's bei Ihnen nix zu Mittag?«, fragt Frau Hebbel mitleidig und sieht entsetzt aus. Wahrscheinlich überlegt sie gerade, ob sie uns regelmäßig Carepakete zukommen lassen sollte.

Das Mittagessen hatte ich glatt vergessen. Da sieht man mal wieder, wie es um meine Essenswahrnehmung steht. Mein Gehirn tilgt ganze Mahlzeiten. Obwohl man bei meiner Portion heute Mittag kaum von einer Mahlzeit sprechen kann. Ich hatte nur Gemüse und ein winziges bisschen Lachs. Früher gab es häufig Pute, aber Mama möchte keine Verwandten von Hannelore mehr essen.

»Doch natürlich gab es Mittagessen«, beruhige ich Frau Hebbel, die direkt guckt, als müsse sie den armen Rudi mitnehmen und aufpäppeln.

»Na, ein Stückchen Kuchen geht doch immer!«, fordert sie mich noch einmal nachdrücklich auf, doch zuzugreifen. Ich habe es wirklich versucht. Ich wollte nein sagen. Ich habe zweimal abgelehnt. Das muss man erst mal schaffen. Aber ich bin ein schwacher Mensch. Ich esse den Kuchen, und schon nach zwei Bissen bereue ich es. Er schmeckt gut, keine Frage, aber dass ich direkt am ersten Tag meiner Diät so einbreche, gibt mir doch zu denken. Innerhalb weniger Minuten ist das Stück weg, und der Genuss ist vorbei. Ich bin eine Idiotin. Ich weiß, dass es so ist, und ich schaffe es trotzdem nicht. Ich könnte Frau Hebbel würgen. Ich will nicht dauernd diesen Versuchungen ausgesetzt sein. Mama vertilgt drei Stück Käsesahne und hat im Gegensatz zu mir immerhin Freude daran. Das ist das Allerblödeste überhaupt. Man isst und grämt sich schon, während man den letzten Bissen reinschiebt. Grämt sich eigentlich die ganze Zeit. Darin sind wir Frauen wahrlich Meisterinnen.

Rudi lobt den Kuchen, und Frau Hebbel blüht förmlich auf. Fast so, als hätte der Lehrer ihr ein Sternchen unter die Hausaufgaben gesetzt. Rudi grinst. Er weiß genau, was er da tut, dämmert es mir. Es ist, als würde er in ein loderndes Feuer noch einen Brandbeschleuniger werfen.

Malgorzata rollt mit den Augen.

»Geht jemand noch ein paar Schritte mit mir?«, fragt Lotte Hebbel.

Malgorzata schüttelt den Kopf und lehnt direkt ab: »Muss anrufen zu Hause. Keine Zeit.«

Mama wartet ab. Die größte Spaziergängerin ist sie nicht.

Rudi nickt freundlich. »Warum nicht. Ich komm mit. Ein paar Schrittscher schaden ja net. Und ich brauch eh neue Fotos für Insta. Un de Willich muss auch raus.«

»Wenn Egbert geht, geh ich auch. Ich frage noch Hannelore, ob sie auch mitwill«, verkündet Mama.

Frau Hebbel wirkt nicht begeistert. Was wahrscheinlich weniger an der Aussicht liegt, mit einem Huhn spazieren zu gehen, als an Mama. »So ein Spaziergang kann anstrengend sein. Vielleicht wollen Sie sich lieber ein bisschen hinlegen, Erika«, schlägt sie vor.

Wäre Mama ein Hund, würde sie jetzt, so wie sie guckt, knurren. Ihre Augen blitzen. »Wenn ich tot bin, liege ich noch genug«, antwortet sie genauso schlagfertig wie früher.

Das hätte ich ihr nicht zugetraut. Aber es gibt eben noch diese Augenblicke. Ich weiß nicht, wie das Gehirn das schafft, diese kurzen hellen Momente, aber ich bin beeindruckt. Frau Hebbel auch. Man darf seine Gegner nie unterschätzen, denke ich zum wiederholten Male in den letzten Wochen. 1:0 für Mama.

»Isch freu misch, wenn de mitkommst, Erika, aber die Hannelore schafft das net. Das is zu weit für sie. Außerdem wohnt de Fuchs im Wald, un man weiß ja nie, gell.«

Mama ist sofort überzeugt, und Frau Hebbels Gesicht verzieht sich ein ganz klein wenig. Das Ergebnis ist nicht ganz das, was sie sich erhofft hatte. Ein lauschiger Spaziergang zu dritt. Pech gehabt.

Die Einzige, die sich freut, ist Malgorzata. »Gut, habe ich Zeit für mich. Geht ruhig schön lange spazieren. Ist Mama auch gut müde heute Nacht.«

Rudi grinst breit, und ich verstehe nicht ganz, warum. Egal, ich muss ja auch nicht alles verstehen. Nicht jeder Witz erschließt sich jedem.

Paul ruft an und sagt, dass er über Nacht besser in Frankfurt bleibt. Er war ein Bierchen mit seinem Nachfolger in der Klinik, unserem Mieter Dr. Löber, trinken, und aus einem sind dann quasi aus Versehen vier geworden. »Ich bleibe hier beim Löber und komme morgen rechtzeitig zur Sprechstunde. Ist das okay für dich?«

Selbst wenn es nicht okay für mich wäre, was sollte er tun? So kann er schlecht noch eineinhalb Stunden Auto fahren, und um ihn mal eben abzuholen, ist Palsdorf dann doch zu weit ab vom Schuss. Von öffentlichen Verkehrsmitteln gar nicht zu reden. Palsdorf hat – das habe ich selbst schon gesehen – eine Bushaltestelle. Und die ist tatsächlich kein Fake. Dreimal am Tag, allerdings nur an Werktagen, hält hier ein Bus. Wer also ohne Auto von hier wegwill, sollte den Fahrplan kennen oder gut zu Fuß sein.

Ich lasse das Abendessen ausfallen. Als Sühne für den Käsekuchen. Bin mächtig stolz auf mich. Normalerweise hätte ich nach dem ersten Scheitern einfach alles komplett hingeworfen. Nach dem Motto, jetzt ist es gelaufen, jetzt ist alles egal. Diesmal versuche ich, es erwachsener anzugehen. Ein Stück Käsesahne ist nicht der Untergang jeglicher Vorsätze. Es ist ein klitzekleiner Umweg auf dem richtigen Weg. Ein Ausrutscher, der passieren kann, aber auch genau das bleiben sollte: Ein Ausrutscher. Ich beschließe, früh ins Bett zu gehen, denn wer schläft, isst bekanntlich nicht. Das schaffe nicht mal ich. Schlafen und essen.

Leider schläft ein leerer Bauch nicht besonders gut. Ich werde wach, weil ich Geräusche höre. Das eine ist mein grummelnder Bauch, der anscheinend nach Nahrung verlangt. So ein Magen weiß ja nicht, dass man auf Diät ist. Kein Wunder, dass er sich lautstark beschwert. Er wird es kapieren und sich anpassen, hoffe ich. Aber da ist so ein Knirschen, das eindeutig nicht von meinem Körper verursacht wird. Irgendwas ist da vor unserem Haus. Ich höre etwas auf dem Kiesweg. Ich schaue aus dem Fenster und sehe eine Person. Klar, dass Paul ausgerechnet jetzt nicht da ist. Was sollte ein Einbrecher von uns wollen? Viel ist hier ja echt nicht zu holen. Es ist aber zum Glück kein Einbrecher. Es ist meine Mutter. In Unterwäsche, soweit ich das in der Dunkelheit sehen kann.

Ich öffne das Fenster und rufe: »Mama!«

Sie schaut nach oben und ruft: »Hallo!« So als wäre es das Normalste der Welt, um halb zwei nachts ein bisschen frische Luft zu schnappen.

»Mama, komm rein, es ist Nacht. Zeit zum Schlafen. Du warst schon spazieren. Nachts bleibt man zu Hause. Gemütlich im Bett. Nachts schläft man.«

Draußen pfeift der Wind, und es sieht eher ungemütlich aus. Meine Mutter dreht sich zum Fenster und winkt mir zu.

»Komm rein!«, rufe ich erneut.

Sie reagiert nicht, winkt noch einmal, wendet sich um und geht los. Allerdings nicht zum Haus, sondern in Richtung Wald. Verdammte Hacke.

Ich will durch mein Geschrei nicht das ganze Haus wecken und tapse so leise und so schnell wie möglich nach unten. Die Haustür steht auf, und von meiner Mutter keine Spur mehr. Ich rufe wieder. Keine Reaktion. Die wird doch nicht mitten in der Nacht in den Wald rennen? Jetzt bekomme ich es mit der Angst zu tun. Sie kennt sich nicht aus, es ist herbstlich kühl und frisch. Sie könnte stürzen. Oder sich schlimm verlaufen. Sie könnte grauenvolle Angst bekommen. Ich hätte nachts in diesem schon tagsüber dunklen Wald mit Sicherheit Angst.

Ich muss ihr hinterher, denke ich. Schnell schlüpfe ich in die Gummistiefel, die zum Glück vor dem Eingang stehen, und laufe los. Mir bleibt keine Zeit, etwas überzuziehen. Aber was soll's? Ich habe es allein durch meine Hormone ziemlich warm, und der Besucheransturm im Palsdorfer Wald wird sich nachts ja in Grenzen halten.

Ein bisschen mulmig ist mir allerdings schon, als ich in den Wald hineinlaufe. Ich überlege kurz, ob es Sinn machen würde, mein Handy aus dem Schlafzimmer zu holen, habe aber Angst, dass meine Mutter sich dadurch einen zu großen Vorsprung herausläuft. Sinn würde es natürlich machen. Sei nicht so ein Schisser, ermahne ich mich selbst. Es ist mehr als unwahrscheinlich, dass sich hier im Wald irgendwelche Verbrecher tummeln. Und von Rehen wird man ja normalerweise nicht angefallen. Von Füchsen auch nicht. Aber von Wildschweinen.

O Gott. Ich bin in Unterhose und T-Shirt. Habe komplett ungeschützte Oberschenkel. Wildschweine haben angeblich rasierklingenscharfe Zähne. Zähne, die ständig aufeinanderreiben und sich so quasi immer selbst neu schleifen. Man sollte keine Naturdokus im Fernsehen anschauen. Neulich hat doch ein Wildschwein einen Mann in einer Sparkasse angefallen. Ihm die Beine aufgerissen und ein Fingerglied abgebissen.

»Mama!«, schreie ich jetzt. Ich möchte mir ungern die Beine zerbeißen lassen und hänge auch sehr an jedem einzelnen Fingerglied. Ich hätte Rudi und Malgorzata wecken sollen. Aber hier gilt das Gleiche wie beim Handy. Bis die wach gewesen wären, wäre meine Mutter sonst wo.

»Schrei nicht so, du weckst den Fuchs!«, sagt da eine Stimme ganz nah bei mir. Meine Mutter. Sie lebt. Ist nicht gestürzt und auch nicht Opfer eines Wildschweins geworden. Im ersten Moment bin ich nur froh. Ich habe sie, und ihr ist nichts passiert. Wenige Sekunden nach der Erleichterung kommt die Wut.

»Echt, Mama, das muss doch nicht sein!«, sage ich und versuche, meinen Zorn zu zügeln.

Im Gegensatz zu meiner Mutter bin ich geradezu ausgehfertig bekleidet. Sie trägt nur eine Unterhose. Eine große Unterhose, die bis über den Bauchnabel reicht.

»Warum hast du denn nichts an? Keinen BH, keinen Schlafanzug, kein Nachthemd?«, frage ich.

»Das drückt mir alles so zusammen. Ist unbequem«, lautet ihre Antwort.

»Aber so kann man echt nicht rausgehen, Mama«, kann ich mir einen kleinen Tadel nicht verkneifen.

»Ich kann rausgehen, wie ich will!«, wehrt sie sich.

Darüber reden wir später noch mal in Ruhe, denke ich und lotse sie zurück zum Haus.

Hier erwartet uns eine Überraschung. Die Haustür. Sie ist zu. Der Wind. Kein Wunder.

»Hast du einen Schlüssel?«, frage ich meine Mutter, obwohl mir die Antwort eigentlich klar ist. Wo sollte sie ihn haben? In der Unterhose wird er nicht stecken. Obwohl sie dafür durchaus Platz bieten würde.

»Nee, du?«, kommt blitzschnell die Rückfrage.

Ich schüttle den Kopf. »Mama, du kannst doch nicht ohne Schlüssel rausgehen!«, meckere ich los.

»Aber du kannst, oder was!«, kontert sie.

»Jetzt werde nicht auch noch patzig. Ich bin dir hinterhergerannt, da hatte ich wohl kaum Zeit, noch nach einem Schlüssel zu gucken und das Handtäschchen zu richten«, motze ich sie an. Kaum habe ich es gesagt, tut es mir auch schon wieder leid. Sie macht das doch nicht mit Absicht. Nicht, um mich zu ärgern.

Sie beginnt zu weinen. »Du bist immer so böse und schimpfst. Ich will das nicht. Geh weg!«

Scheiße, ich bin wirklich grob gewesen. Ich nehme sie in den Arm, und es ist ein komisches Gefühl. Sie ist fast nackt, und ich bin halbnackt. Ich kann mich nicht erinnern, sie je nackt umarmt zu haben. Wir sind nie eine Familie gewesen, in der man sich viel umarmt. Nicht angezogen, und schon gar nicht fast nackig. Während ich das denke, stimmt es mich ein wenig traurig. Wir sollten uns viel mehr in die Arme nehmen. So eine Umarmung tut immer gut. Ich weiß nicht, ob ich sie je nackt gesehen habe. Im Badeanzug, klar.

Sie drückt mich an sich, und es scheint, als würde sie die Umarmung genießen. »Es wird kalt!«, sagt sie, als sie mich loslässt.

Auch ich merke inzwischen, dass mir kalt ist. Kein Wunder. So viel Wechseljahrshitze habe ich nun auch nicht, dass sie diese Temperaturen ausgleichen könnte. Zum Glück habe ich an der Haustür die Gummistiefel übergestreift. Die symbolträchtigen Stiefel, die mir Paul geschenkt hat, als ich dem Umzug zugestimmt habe. Ich sehe bestimmt sehr ulkig aus. Gummistiefel, Unterhose und ein zu knappes T-Shirt mit dem Aufdruck »Wild thing«. Ein T-Shirt, das ich eigentlich schon länger aussortieren wollte. Ich glaube, es hat ursprünglich Claudia gehört. War ihr aber zu kindisch. Wahrscheinlich hat sie instinktiv gespürt, dass dieser Aufdruck bei ihr fast ironisch wirken würde. Ich konnte es nicht wegwerfen. Das T-Shirt ist ja völlig in Ordnung und kann ja nichts dafür, dass es auf einmal zu kindisch und zu klein ist. Jetzt gehört es zu den Modellen, bei denen man immer denkt: Für zu Hause geht's noch. Es ist eines meiner Schlafshirts. Würde man mich so nachts im Wald aufgreifen, würde ich mit Sicherheit ohne Anhörung direkt eingeliefert.

»Mama, alles wird gut«, bemühe ich eine schöne Facebook-Weisheit.

Ich ziehe mein T-Shirt aus und reiche es meiner Mutter. Ich möchte nicht, dass meine Mutter oben ohne hier steht, wenn uns gleich Rudi oder Malgorzata die Tür öffnet. Außerdem sieht sie aus, als würde sie wirklich erbärmlich frieren.

»Jetzt bist du aber nackt«, sagt sie nur und streift sich mein Wild-thing-Shirt über. Bei ihr ist es bauchfrei.

»Ja, aber du bist meine Mutter. Du hast mich schon oft nackt gesehen. Und ich friere zwar auch, aber nicht so doll wie du. Außerdem habe ich wenigstens geschlossene Schuhe an und du nur Hausschlappen. Und jetzt verschwenden wir mal lieber keine Zeit mehr und klingeln die beiden Schlafmützen mal raus.«

Ich drücke die Klingel. Nach fünf langen Minuten des Sturmklingelns fange ich an, mir ernsthaft Sorgen zu machen. Dass Rudi schlecht hört, weiß ich, aber Malgorzata hat diesbezüglich noch nie über Probleme geklagt. Ich probiere es weiter. Mama sieht inzwischen wirklich arg verfroren aus, und ich fühle mich, als hätte ich ein paar Stunden auf Eis gelegen. Vielleicht verliere ich so ein, zwei Kilo. Angeblich beschleunigt Kälte den Fettabbau. Dann hätte der Mist hier wenigstens irgendwas Positives.

Wie bescheuert bin ich eigentlich? Renne wie angestochen aus dem Haus, ohne Handy und ohne Schlüssel. So doof muss man auch erst mal sein.

Inzwischen frage ich mich, ob die da oben tot in ihren Betten liegen. Bei dem Geklingel würde es mich nicht wundern, wenn bald jemand aus der Nachbarschaft vor der Tür stehen würde. Nach 15 Minuten gebe ich auf. Die müssen einen wirklich gesegneten Schlaf haben.

Malgorzatas Zimmer liegt nicht auf der Seite der Einfahrt, sondern auf der des Gartens.

»Wir müssen kleine Steine gegen ihr Fenster werfen«, lautet mein Vorschlag, »und wir müssen uns bewegen. Nicht, dass wir uns hier den Pips holen oder uns irgendwas abfrieren. Und wir müssen uns einen Plan B ausdenken. Zur Not müssen wir in den Ort gehen und Hilfe holen.«

Der Gedanke behagt mir nicht besonders. Ich kann meine Mutter nicht allein hierlassen, wir haben aber nur Oberbekleidung für eine von uns. Und wirklich ausgehtauglich ist der Look auch nicht.

Wir probieren, von der Terrasse aus Steinchen gegen Malgorzatas Fenster zu werfen. Mama fängt an, ein bisschen zu wehklagen. »Mir ist kalt. Ich will in mein Bett. Der Egbert soll kommen.«

Ich würde diesen Wunschkatalog sofort unterschreiben. Auch mir ist saukalt, es sind vielleicht neun Grad. Wenn überhaupt. Ich glaube nicht, dass man bei diesen Temperaturen erfrieren kann, bin aber auch keine Expertin auf dem Gebiet.

Ich werde wieder daran erinnert, dass ich schon in der Schule eine Niete in Leichtathletik war. Ich sage nur Weitwurf, Bundesjugendspiele: 4,20 Meter. Ich schaffe es nicht, einen kleinen Stein bis ans Fenster im zweiten Stock zu werfen. Ehrlich gesagt, nicht mal bis ans Fenster im ersten.

Auch Mama probiert es. Wir haben uns einen Vorrat an Kieselsteinen von der Auffahrt geholt. Wir rufen, wir schreien, wir werfen Steine und klopfen gegen die Terrassentür. Wir lassen wirklich nichts unversucht. Nach einer halben Stunde haben wir kaum mehr Stimme, und ich fange an zu begreifen, dass uns nur ein glückliche Fügung helfen kann. Hat nicht jeder ältere Mann Prostataprobleme? Müssen die nicht nachts ab und an raus? Kann uns Rudis Prostata nicht mal diesen winzigen Gefallen tun?

»Wir dürfen nicht aufhören, Krach zu machen, irgendwann wird einer der beiden schon aufwachen«, sporne ich meine Mutter an.

Aber die ist inzwischen einfach nur müde. Verfroren und müde. Sie sitzt zusammengesunken auf der Terrasse und zittert vor sich hin. Inzwischen ist gut eine Stunde vergangen. 20 vor drei. Paul wird gegen sieben Uhr hier aufkreuzen, und spätestens dann ist unser Problem definitiv gelöst. Aber das sind noch mehr als vier Stunden. Eins ist mir klar, wenn wir uns nicht bewegen, dann wird uns noch kälter.

»Mama, ich glaube, wir müssen nach Palsdorf reinlaufen und Hilfe holen oder bei irgendjemandem unterschlupfen. Es ist wurscht, wie wir aussehen, aber hier draußen zu warten, bis der Tag anbricht oder einer dieser komatös schlafenden Menschen im Haus eventuell wach wird, das können wir nicht.«

»Wir können zu Hannelore«, sagt meine Mutter, und natürlich denke ich im ersten Moment, dass sie die Kochsherry-Hannelore meint.

»Nein, zu meiner Hannelore«, erklärt sie mir auf Nachfrage. Die Vorstellung, im Hühnerstall zu schlafen, finde ich fast gruseliger, als im dunklen Wald umherzulaufen. Allein der Gedanke, einzuschlafen und mich dem verhassten Chef-Huhn auszuliefern. Ich habe Bilder im Kopf, die völlig gaga, aber nichtsdestotrotz sehr verstörend sind. Ich schlafe, und Hannelore pickt meine Augenlider auf. Ich erwache vor Schmerzen, und sie lässt nicht ab. Ihr Schnabel, mein Auge. So langsam steigere ich mich wirklich in einen Hühnerwahn. Aber an sich ist die Idee gar nicht so übel.

»Das ist clever, Mama, echt clever!«, lobe ich meine Mutter.

Sie freut sich. Da hätte ich selbst drauf kommen können. Der Stall ist ein geschützter Raum. Es wird da nicht so ziehen, und die Hühner strahlen sicher ein bisschen Wärme ab. Wenn wir allerdings im Stall die Nacht verbringen, nützt mir Rudis vielleicht doch noch erwachende Prostata nichts. Der Stall ist zu weit vom Haus entfernt. Aber auf eine Prostata zu hoffen scheint mir doch zu gewagt.

Wir laufen über den Rasen zum Hühnerstall. Der Himmel ist klar, und man sieht jede Menge Sterne. Sterne, die man nur auf dem Land sieht. Wäre die Situation eine andere, wäre es richtig romantisch. Die Hühner schnattern aufgeregt, als wir kommen.

»Ich gehe vor«, sagt meine Mutter entschieden. Sie bewegt sich langsam und redet leise auf die drei Hs ein. Sie ist tatsächlich eine wahre Hühnerflüsterin. Was für eine seltsame Gabe. Ich weiß nicht, warum, aber die Hühner beruhigen sich. Und im Stall ist es wirklich ein wenig wärmer als draußen auf der Terrasse, die ja auch immerhin windgeschützt war. Mama setzt sich in die Ecke unter die Hühnerstangen und wirkt für die außergewöhnlich kuriose Situation sehr entspannt.

»Hol Hilfe, ich warte hier«, schlägt sie vor.

Ich habe Bedenken. Wenn ich sie hier allein lasse, wird sie dann womöglich wieder zu einem Waldspaziergang aufbrechen? Ich könnte natürlich den Stall schließen und darauf hoffen, dass sie dadurch hier bei ihren Hühnerfreundinnen bleibt.

»Wenn du mir versprichst, hier zu warten, gehe ich Hilfe holen.« Es ist zu kalt, um einfach nur abzuwarten. Selbst wenn Malgorzata gegen sechs aufwacht und dann irgendwann tatsächlich mal feststellt, dass ihre Schutzbefohlene nicht da ist, wo sie sein sollte, ist das noch eine lange Zeit. Ich bin sauer auf Malgorzata und weiß, dass das ungerecht ist. Sie kann ja schlecht mit Mama in einem Bett schlafen oder Mama unter Babyphonebewachung stellen. Obwohl ein Babyphone vielleicht gar keine schlechte Anschaffung wäre. Wenn Mama beschließt, häufiger nächtliche Ausflüge zu machen, könnte so ein Teil ein Lösungsansatz sein.

»Gut, Mama, ich gehe nach Palsdorf zu Frau Huber,

oder wem auch immer und hole Hilfe. Dann kommen wir mit dem Auto her und holen dich ab. Ich werde mich sehr beeilen, aber eine gute halbe bis Dreiviertelstunde werde ich brauchen, bis ich wieder hier bei dir bin. Schaffst du das? Versprichst du mir, hierzubleiben?«

Sie nickt eifrig. »Ja. Geh nur. Ich habe ja meine Hannelore.«

Ich bin noch immer unsicher, ob ich mich trauen soll.

»Mach schon!«, fordert mich meine Mutter auf.

In einer Dreiviertelstunde kann so viel nicht passieren, rede ich mir gut zu.

»Okay, Mama, aber ich brauche mein T-Shirt. Ich kann nicht oben ohne ins Dorf marschieren. Ich bringe uns dann was Ordentliches zum Anziehen mit.«

Mama schält sich aus dem T-Shirt und greift sich Hannelore von der Stange. Sie nimmt sie auf den Schoß und drückt sie sanft an ihren Oberkörper. »Die hält mich warm«, murmelt sie.

Was für ein Bild. Meine Mama, halbnackt mit einem schläfrigen Huhn vor der Brust.

Irgendjemand hat mal süffisant zu mir gesagt: Auf dem Land, da kann man was erleben. Man kann.

Ich schließe den Stall und schiebe den Riegel ein bisschen vor. So, dass Mama ihn durchaus noch öffnen könnte, er aber doch ein kleines Hindernis darstellt. Ich habe ein mulmiges Gefühl, sie hier so sitzenzulassen. Bis zur Dorfmitte ist es gut einen Kilometer weit. Mit dem Auto ein Katzensprung. Zu Fuß knapp eine Viertelstunde.

Nachts, mit nicht viel mehr als Gummistiefeln über die dunkle Straße zu wandeln ist schräg. War ich jemals in meinem Leben nur mit einer Unterhose und einem knappen T-Shirt, auf dem »Wild thing« steht, vor meiner eigenen Haustür unterwegs? Auf eine sehr seltsame Art fühle ich mich beschwingt. Das hier ist verrückt. Ich hüpfe die dunkle Straße entlang. Zum Teil um mich zu wärmen, zum Teil um meine Angst auszublenden, und zum Teil einfach aus Spaß. Irgendwie hat das was. Was komplett Bekloppptes. Etwas Befreiendes. Meilenweit entfernt von jeglichen Konventionen. Ich muss lachen. Allein die Vorstellung, was Frau Huber gleich für ein Gesicht machen wird.

Ich überlege kurz, ob ich lieber bei der kleinen Kassenwartin klingeln sollte? Petra wäre mir am liebsten, aber die wohnt einfach zu weit weg. Ich werde das erste Haus nehmen. Egal, wer dort wohnt. Ich möchte keine Riesenwanderung in diesem Aufzug machen und vor allem meine Mama nicht so lange allein lassen. Rumsprechen wird sich das hier so oder so. Licht wäre hilfreich. Wenn ich jetzt falle und mir was breche, liege ich bis morgen hier rum, und Mama sitzt im Hühnerstall. Ich versuche, vorsichtig zu sein. Ich wollte, ich hätte eine Taschenlampe. Es gibt zwar Straßenlaternen, aber sie leuchten nicht. Die werden hier nachts aus Spargründen nur bis halb elf angeschaltet.

»Danach ist eh keiner mehr unterwegs«, hat mir Frau Hebbel versichert. Zu der könnte ich natürlich auch gehen. Der Vorteil wäre, dass mir garantiert kein Mann aufmacht und mich so sieht. Aber wer weiß, wie es um ihr Gehör bestellt ist? Inzwischen ist es mir vollkommen egal, wen ich wecke. Huber, Hebbel, Kochsherry-Hannelore, Hauptsache, irgendwer reagiert. Die Gummistiefel schubbern an meinen nackten Füßen. Das wird wieder Blasen geben, denke ich.

Als ich endlich das erste Haus erblicke, sehe ich Autolichter auf mich zukommen. Um Himmels willen! Wer fährt denn hier nachts noch rum? Das Auto hält geradewegs auf mich zu. Der wird mich doch nicht überfahren? Was will der hier? Hier geht es doch nur noch zu uns? Wer sollte um diese Zeit vorbeischauen wollen? Ist es Paul mit Restalkohol, der doch noch entschieden hat, nach Hause zu fahren? Das wäre wirklich mehr als Ironie des Schicksals, wenn der mich jetzt mit seinen vier Bierchen anfährt! Da hätten wir auf jeden Fall eine Schlagzeile. »Halbnackte Frau nachts von ihrem Geliebten, dem Dorfarzt, überrollt! War es Absicht?«

Es ist nicht Pauls Auto. Es ist ein großer, dunkler Wagen. Ein Mercedes. Paul ist kein Mercedes-Typ. Das Auto hält, und ich stehe stocksteif da. Wegrennen hat keinen Zweck. In weniger als einer Stunde werde ich mich in irgendeiner Psychiatrie wiederfinden! Oder in Teile geschnitten in einer Tiefkühltruhe!

Ein kleiner, aber durchaus gutaussehender Typ steigt aus der Limousine. Er hat eine Glatze und trägt einen schönen einreihigen dunklen Anzug. »Kann ich Ihnen vielleicht irgendwie behilflich sein?«, fragt er freundlich. So als wäre das hier eine ganz normale Situation.

Ich wünsche mir nichts mehr als eine Hose und einen

BH. Ich kann mich nicht mal entscheiden, wo ich mir die Hände hinhalten soll. Groß genug, um alle körperlichen Baustellen abzudecken, sind sie eh nicht.

Immerhin scheint er kein irrer Soziopath zu sein. Mörder stellen sich im Normalfall ja nicht vor. Er aber streckt mir seine Hand entgegen: »Angenehm, Tummler. Ich bin der Bürgermeister hier.«

Der Tummler tümmelt sich gern, hat Petra doch gesagt. Wo kommt der denn mitten in der Nacht her? Wo hat er sich wohl getummelt?

Ich schüttle die Hand und sage: »Andrea Schnidt, Arztpraxis und so.«

»Das ist echt ein wildes Ding, was Sie da abziehen«, bemerkt der Tummler nur ganz trocken und glotzt auf mein T-Shirt.

Da fällt mir in meiner Schockstarre wieder ein, warum ich hier bin. »Also, das ist alles ganz anders, als es aussieht. Aber ich erkläre Ihnen das später. Es wäre super, Sie könnten mir helfen. Meine Mutter sitzt zu Hause im Hühnerstall. Sie hat nicht sehr viel an.«

Er unterbricht mich: »Das scheint was Genetisches bei Ihnen zu sein! Liegt wohl in der Familie!« Er grinst und mustert mich weiter gründlich.

Guck mal an. Der kleine Herr Bürgermeister hat durchaus Humor. Und er sieht nicht mal schlecht aus. Wenn man denn Glatzköpfe mag.

»Wie kann ich Ihnen denn helfen?«, will er wissen.

»Fahren Sie mich nach Hause, geben Sie mir Ihre Jacke und am besten auch Ihre Hose. Dann packen wir meine Mama ein, und Sie geben uns kurz Asyl.«

Er grinst schon wieder und sieht dabei echt gut aus. Ich weiß gar nicht, was Petra will.

»Ich gebe Ihnen Asyl. Na, ob ich da nicht mit meiner Partei, der CDU, Probleme kriege. Das mit Ihrer Mutter gilt ja wahrscheinlich schon als Familiennachzug.« Er kichert. »War nur ein Spaß. Kann ich gerne machen. Allerdings würde ich sehr gerne meine Hose anlassen. Jedenfalls jetzt.« Er kichert schon wieder.

War das jetzt eine anzügliche Bemerkung, oder ist er durch mein Ansinnen einfach nur verwirrt? Was natürlich durchaus verständlich wäre.

»Sie sind echt ein Wild-thing, mein lieber Scholli. Kein Wunder, dass Sie hier Gesprächsthema sind.«

Ich bin Gesprächsthema? »So, was wird denn über mich gesprochen?«, frage ich, als ich in seinen Wagen einsteige.

»Ach, so alles Mögliche«, antwortet er verschmitzt.

Das will ich auf alle Fälle noch genauer wissen. Aber es muss nicht jetzt sein. Jetzt habe ich anderes zu tun.

Wir halten vor unserem Haus, und ich bitte ihn um sein Jackett. »Bleiben Sie einfach hier sitzen, ich hole meine Mama, und dann erkläre ich Ihnen diese ganze vertrackte Geschichte.«

Eins muss ich ihm lassen. Er bleibt cool. Zieht sein Jackett aus und übergibt es mir. »Herzliche Grüße an die Frau Mutter«, sagt er noch.

»Sie warten hier! Nicht, dass Sie wegfahren. Wir kommen ja nicht ins Haus, und ich muss meine Mutter aus dem Stall holen«, erkläre ich ihm erneut. »Bitte«, füge ich schnell noch hinzu.

»Das ist ja wie im Märchenwunderland«, bemerkt er und sagt dann: »Alles klar. Ich warte. Habe verstanden, Miss Wild-thing.«

Während ich zum Stall renne, so schnell, wie es meine schlappenden Gummistiefel zulassen, denke ich, dass ich ein ernstes Wort mit Petra reden muss. Sie schätzt diesen Mann völlig falsch ein. Der ist lustig. Und ein ganz aufgewecktes Kerlchen. Da wird sie doch mal über fehlendes Haupthaar hinwegsehen können. Bei der Körpergröße vom Tummler dürfte das Hinwegsehen ja insgesamt nicht so schwer sein.

Am Stall dann die nächste Überraschung. Er ist leer. Bis auf die Hühner. Scheiße. Wie konnte ich meine Mutter nur hierlassen? Wie konnte ich bloß denken, dass sie sich an die Abmachung hält? Eine Abmachung, die sie wahrscheinlich schon Minuten nach meinem Weggehen vergessen hat. Was ist das hier? Eine Prüfung? Die Nacht des Grauens? Verstehen Sie Spaß? Hüpft gleich Paul aus dem Zucchinibeet und ruft: »April, April!«?

Mein Überraschungskontingent ist inzwischen restlos ausgeschöpft. Mir ist kalt, ich habe richtig doll Hunger, und ich will in mein Bett. Es reicht, liebes Universum! Das ist genug für eine Nacht. Es kann sein, dass ich mir irgendwann in den letzten Wochen mehr Aufregung gewünscht habe, aber das ist nicht das, was ich gemeint habe.

Ich ziehe das Jackett über mein T-Shirt und renne zurück zum Auto. Nicht, dass mein Retter denkt, das sei alles ein Scherz und verschwindet.

Er ist noch da. Lehnt lässig an der Autotür und raucht.

»Sind Sie und Ihre Mutter eine Person? Sind Sie jetzt gerade Ihre Mutter?«

»Nicht witzig!«, schnaube ich. »Überhaupt nicht witzig!« Er hält mir die Zigaretten hin. Ich nehme eine und sage: »Danke, ich rauche nicht.«

»Raucht die dann Ihre Mutter, wenn Sie nicht rauchen? Steht Ihnen übrigens gut, mein Jackett. Sieht cool aus. Unterhose mit Jackett. Mal ganz was Neues.«

Was mache ich hier eigentlich? Ich nehme eine Zigarette und lasse mir Feuer geben, obwohl ich doch gar nicht rauche. Aber besondere Momente erfordern besondere Maßnahmen. Eine Tüte Pommes oder eine riesengroße Pizza oder zumindest ein klitzekleiner Cheeseburger oder auch nur ein fettes Butterbrot wären mir lieber, aber die sind ja nicht im Angebot. Ich bin echt durch den Wind. Für einen kurzen Moment habe ich sogar meine Mutter vergessen.

»Also«, sage ich so entschieden wie möglich, »wir müssen jetzt einiges in die Wege leiten. Wir brauchen eine Strategie. Meine Mutter ist weg. Als ich gegangen bin, war sie im Stall, und jetzt ist sie weg.«

»Wahrscheinlich hat sie gemerkt, dass sie kein Huhn ist, und ist ins Bett gegangen«, antwortet der Tummler und wirkt amüsiert.

Denkt der, ich mache mir hier einen heiteren Abend? Glaubt der, ich sei auf Droge? Denkt der, meine Mutter sei Fiktion?

»Wie soll sie denn ins Haus? Wo wir doch keinen Schlüssel haben«, sage ich und bemühe mich, nicht zu genervt zu klingen. Immerhin hat er mir geholfen.

»Wo ist denn Ihr Mann? Der ja, wie ich hören musste, gar nicht Ihr Mann ist«, fragt er nach.

»Nicht da, aber das ist jetzt auch völlig unerheblich. Wir haben uns ausgesperrt. Wie soll sie denn da jetzt auf einmal reinkommen?«, werde ich so langsam ungeduldig. »Wir dürfen jetzt keine Zeit mehr verlieren. Wir müssen Hilfe holen, den Wald absuchen und den Schlüsseldienst rufen. Sie haben ja wohl ein Telefon?«

»Klar habe ich ein Telefon«, antwortet er und zieht sein Smartphone aus der Hosentasche und gibt es mir.

»Zu Ihrer Verfügung«, sagt er nur. »Und dann erzählen Sie mir Ihre Geschichte besser mal von Anfang an. Und bevor Sie weiter draußen rumspringen und sich in dem Outfit richtig was wegholen, setzen Sie sich zum Telefonieren am besten ins Auto. Ich mache die Standheizung an. Damit Sie oder Ihre Mutter oder wer Sie auch gerade sind, nicht so bibbern.«

Als ich im Auto sitze, fühle ich mich erschöpft. Ich bin komplett durchgefroren, und nach einem kurzen Blick in den Rückspiegel ziemlich überrascht, dass der Tummler mich nicht auf der Straße hat stehen lassen oder die Psychiatrie angerufen hat. Ich sehe wild aus. Nicht aufregend wild, sondern verstörend wild. Meine Haare sind zerzaust, ich habe schwarze Ränder unter den Augen (wahrscheinlich habe ich mich gestern Abend nicht gründlich genug abgeschminkt), und ich habe was Irres im Blick. Ich hätte mich vor mir selbst gefürchtet!

Der Bürgermeister öffnet die Tür und reicht mir eine Decke. »Ist 'ne Hundedecke, riecht nur mittelgut, hält aber vielleicht warm«, sagt er freundlich.

»Wenn Sie jetzt noch eine Pizza im Kofferraum haben, können Sie fast alles von mir bekommen«, antworte ich.

Ich schäkere hier rum, und meine arme Mama irrt durch den Wald. Ich überlege, wen ich anrufe. Sollte ich versuchen, Paul zu erreichen? Bis der hier ist, wird die Angelegenheit hoffentlich erledigt sein, denke ich. Außerdem macht er nachts meistens sein Handy aus. Wegen der Strahlung. Auch meine Freunde scheiden aus. Alle viel zu weit weg. Darüber darf ich jetzt nicht nachdenken, sonst fange ich glatt noch an zu heulen. Sabine würde sich sicher sofort ins Auto setzen, aber das bringt ja nichts. Birgit scheidet aus. Wenn ich die anrufe, rastet sie aus. Was ich ausnahmsweise sogar verstehen könnte. Würde ich umgekehrt auch.

Rudi. Das ist es! Ich rufe Rudi an. Den Instagramprofi. Vielleicht hat der ja nachts sein Handy an. Vielleicht hört er zumindest das! Eine phantastische Idee, freue ich mich. Allerdings nur sehr kurz. Um ihn anzurufen, bräuchte ich seine Nummer. Die habe ich leider nicht im Kopf, sondern in meinem Handy gespeichert. Und das liegt oben, gar nicht weit von hier, im ersten Stock auf dem Nachtisch.

»Ich brauche einen Schlüsseldienst, ich muss ins Haus, mich anziehen, die anderen wecken und dann die Suche organisieren.« Die Wärme, die von der Hundedecke ausgeht, scheint auch mein Hirn wiederzubeleben.

»Für eine Pizza kriege ich alles, was ich will? Wie sieht es aus mit einem Mars?«, unterbricht Tummler meine Gedanken.

»Wäre das Mars ein Snickers, hätten wir einen Deal«, scherze ich zurück. »Kennen Sie einen Schlüsseldienst, der nicht in einem anderen Bundesland sitzt? Der einigermaßen schnell hierher ans Ende der Welt kommen kann?«, frage ich.

»Nicht so despektierlich, wildes Ding. Sie sprechen mit dem Bürgermeister vom Ende der Welt! Nicht vergessen! Und wozu einen Schlüsseldienst? Warum klingeln Sie nicht einfach? Da oben brennt Licht«, lautet sein Vorschlag.

Ich springe aus dem Auto, inzwischen ist es mir völlig egal, wie ich in meiner Unterhose und meinem T-Shirt aussehe, und renne zum Eingang. Da oben ist tatsächlich Licht. Noch bevor ich die Klingel drücke, rufe ich: »Rudi, Malgorzata, hallo! Hört ihr mich! Macht die Tür auf!«

Nicht mal eine halbe Minute später öffnet sich oben ein Fenster. »Wie soll man denn bei dem Krach schlafen?«, schreit eine Stimme runter. Meine Mutter.

»Das ist meine Mutter!«, sage ich zum Bürgermeister. »Meine Mutter. Die ist da oben!«

»Aha«, ist alles, was er sagt. Er räuspert sich: »Ich fasse mal zusammen: Vor einer guten halben Stunde saß ihre Mutter im Hühnerstall. Nackt. Dann irrte sie durch den Wald. Auch nackt. Und jetzt steht sie da oben am Fenster. Und wie es aussieht, bekleidet. Die ist ja verdammt agil. Kann die sich beamen?« Er schüttelt den Kopf und wirkt zum ersten Mal leicht genervt.

»Mama, sag Malgorzata, sie soll uns aufmachen. Oder mach du uns auf. Oder schick Rudi.«

»Der Egbert kommt«, antwortet sie und schließt das Fenster.

»Egbert, Rudi, Malgodingsbums, Sie sind nicht nur ein Wild-thing, auch bei Ihnen daheim geht es ganz schön wild zu. Puh. Macht jedenfalls den Eindruck«, stellt Herr Tummler fest. »Mann oh Mann. Das ist hier wirklich ziemlich chaotisch. Da haben die Leute schon recht!«

Ich gebe ihm seine Decke zurück und will das Jackett ausziehen.

»Lassen Sie es an. Geben Sie mir es irgendwann demnächst zurück. Wir sehen uns sicher bald wieder. Ich habe hier noch was für Sie.« Er greift in sein Handschuhfach und überreicht mir mit großer Geste ein Snickers. »Der Deal steht!«, sagt er nur. »Für ein Snickers kann ich alles kriegen, was ich will. Alles!« Er schmunzelt, und es hat was Schlüpfriges.

Etwas, was mir nicht gefällt. Ich ziehe das Jackett aus und lege es auf den Autositz. Dem will ich nichts schulden. Dann gebe ich ihm sein Handy zurück, und bevor ich irgendwas sagen kann, macht es klick. Er hat ein Foto von mir gemacht.

»Lassen Sie das! Ich will das nicht!«, rufe ich.

Die Tür geht auf, als Tummler den Motor startet. Rudi schaut mich entgeistert an. »Das is ein sehr gewagte Look, wenn ich das bemerke darf. Un es geht misch zwar nix an, aber wer war der Kerl mit dem dicke Schlitte? Un was willst du net? Un was soll er lasse? Ich hab das gehört. Wer is das? Der war ja winzig! Also net das Auto, sondern de Kerl. Aber das hat man ja oft. Die Kombi. Willst de dich verkleinern, Andrea?«, er lacht.

»Lass mich erst mal rein, Rudi«, sage ich nur und dränge mich ins Haus.

»Des is eine verrückte Nacht«, bemerkt Rudi.

»Jetzt, wo du es sagst, kommt es mir auch fast so vor«, antworte ich und gähne. Ich bin schrecklich müde und ziemlich erleichtert. »Ist Mama im Bett?«, will ich noch wissen.

»Ja. Jetzt is se drin. Sie war flüschtich. Wir habbe das, also nein, nein, ich mein, net mir zwei, die Malgorzata, die hat's heut Nacht gege drei gemerkt, dass die Erika fort is. Un da hat se misch geweckt. Wir wollte dich net uffresche.«

Wenn der wüsste.

»Un es war meine Idee, direkt emal bei de Hühnern zu gucke. Un da hat se gesesse. Im Stall hinne drin. Aber schlau is se ja. Sie hat die Wärmelamp angemacht. Es war ganz kuschelig dadrin. Aber sie war ganz von de Roll. Hat was vom Wald erzählt un dass du se ausgesperrt hast. Un sie allein gelasse hast. Also sie war wirr. Un jetzt krieg kein Schock, Herzscher – die Mutter war oberum nackisch. Also ganz nackisch.« Er schluckt.

»Rudi, ich weiß, was nackt bedeutet. Und du wirst auch schon mal eine nackte Frau gesehen haben.«

»Ei klar, un net nur einmal, aber es war komisch, weil sie ja denkt, isch wär de Egbert, und desdewesche hatte das so was irschendwie Intimes. Also es war mir unangenehm. Die Malgo hat sisch dann rührend gekümmert un die Erika ins Bett gebracht. Sie hat se sogar noch emal dusche lasse. Isch mein de ganze Hühnerdreck, den will man ja net im Bett habe.«

Meine Mutter hat die Wärmelampe entdeckt. Wieso hab ich nicht daran gedacht? Wieso bin ich nicht auf diese naheliegende Idee gekommen?

»Rudi, ich bin hundemüde, und die Nacht ist ja schon in wenigen Stunden vorbei. Ich muss jetzt dringend schlafen. Lass uns morgen reden. Bitte!«, vertage ich das Gespräch.

»Ei klar. Un das mit dem Kerl da ebe, mit dem Kleine, isch kann mein Mund halte. Isch hab nix gesehe. Isch mein, wege dem Doktor un so. Es is nur, also hier uff em Land, da spreche sich so Sache schnell rum. Da musst de bissche vorsichtig sein, wenn du disch mit dem draußen rumtreibst. Un isch dacht, du wärst mords verliebt in de Doktor? Was is en los? Du kannst doch mit mir spreche, Herzscher. Das weißt de doch. Un ich bin zwar kein Modefachmann, aber das, was de da anhast, das sieht aus wie eine Unnerhos.«

Ich habe keine Lust mehr, mich zu erklären. »Morgen Rudi, morgen! Gute Nacht«, sage ich und verschwinde in meiner Wohnung.

Kaum habe ich die Tür hinter mir zugezogen, klopft es. »Eins noch, Andrea, weil isch es gut mein. Wenn man so zu 'ner Verabredung geht, das signalisiert vielleischt was, was man gar net will. Isch kann mir den Kerl vorknöpfe, wenn er dir zu nah gekomme is!«

Ich schiebe Rudi sanft aus der Tür. »Morgen. Bitte.«

Im Gegensatz zu meiner Mutter schaffe ich es nicht mehr unter die Dusche. Ich gehe einfach so ins Bett. Ich rieche nach einer Mischung aus Hühnerstall, Hundedecke und Wald. Ich esse das Snickers. Im Liegen. Gar nicht so einfach, die Nussstückchen im Liegen zu schlucken. Immerhin hatte ich kein Abendessen, dazu den Marsch ins Dorf und all die Aufregung. Das verbraucht mit Sicherheit auch Kalorien. Ach, egal: Morgen ist auch noch ein Tag.

19

»Puh, riecht das hier streng! Fast schlimmer als im Hühnerstall!«, begrüßt mich Paul am nächsten Morgen. Er öffnet das Fenster und sagt: »Ich wollte nur schnell nach dir schauen. Bin noch nicht lange wieder da, es war Stau. Ich muss runter, das Wartezimmer ist voll. Kommst du gleich nach und hilfst uns ein bisschen?«

Das Bisschen-Helfen hat sich ganz schön ausgewachsen. Abgemacht waren zwei bis höchstens drei Arbeitstage die Woche. Inzwischen bin ich fast jeden Tag in der Praxis. Auf der einen Seite schmeichelt es mir, so unentbehrlich zu sein, auf der anderen Seite bleibt nicht mehr viel Zeit. Aber wofür auch?

Mein Leben kommt mir sehr übersichtlich vor. Schlafen, arbeiten, putzen und die Hühner. Dazu ein bisschen kochen, einkaufen und Wäsche machen. Soll es das gewesen sein? Worauf habe ich mich nur eingelassen? Ich fühle mich verkatert, und das, ohne einen Schluck Alkohol konsumiert zu haben.

Ich lasse die vergangene Nacht Revue passieren. Hat der Tummler echt kurz, bevor er gefahren ist, noch ein Bild von mir gemacht? Ich muss ihn bitten, nein, auffordern, zwingen, das sofort zu löschen. Dann muss ich Rudi die Geschichte erklären. Der ist ja auf der völlig falschen Spur. Und ich muss Paul alles erzählen.

Und ich muss endlich anfangen, irgendwas für diesen Weihnachtsmarkt zu organisieren. Beim letzten Treffen habe ich mich noch mit Recherche und irgendwelchem Blabla rausreden können. Lange komme ich damit aber nicht mehr durch. Hinterwäldlerisch ist nicht gleich doof, das habe ich inzwischen begriffen. Vor allem rückt auch Weihnachten unaufhaltsam näher. Und am letzten Wochenende vor Heiligabend ist der Weihnachtsmarkt. Das Highlight im Palsdorfer Eventkalender. Ich habe versprochen, beim nächsten Vorbereitungstreffen Ergebnisse zu präsentieren. Heute muss ich richtig loslegen, nehme ich mir vor.

Ich schlurfe ins Bad und bin ein wenig erschüttert. Was eine wilde Nacht in einem älteren Gesicht anrichten kann, ist fatal. In meinem Mundwinkel kleben noch Schokospuren. Ich lecke drüber und erkenne sofort: Snickers. Ob diese Schokomikrospuren noch Kalorien haben? Meine Haut sieht seltsam knitterig aus. Und ich müffele tatsächlich. Ich mache mir einen Kaffee und lege mich in die Badewanne.

Ob das Dorf schon Bescheid weiß? Ist der Tummler vertratscht? Ich kann es schwer einschätzen. Wo kam der überhaupt mitten in der Nacht her? Und wohnt der überhaupt in Palsdorf? Wenn nicht, was wollte er dann hier? Fragen über Fragen.

Bevor ich runter in die Praxis gehe, schaue ich bei Rudi, Mama und Malgorzata vorbei. Die sind gerade dabei, das Mittagessen vorzubereiten.

»So gefällst de mir irschendwie besser«, bemerkt Rudi und schaut auf meine Jeans.

»Je nach Anlass! Alles zu seiner Zeit!«, kontere ich.

Und dann fasse ich noch mal chronologisch die Ereignisse der vergangenen Nacht zusammen. »Mama und ich haben geklingelt wie die Irren, aber ihr habt nichts gehört. Das ist mir ein Rätsel«, beklage ich mich.

Rudi und Malgorzata laufen fast synchron tiefrot an.

Rudi stottert rum: »Ähm, isch geb's ungern zu, aber du weißt, mein Gehör is net mehr das, was es mal war. Un wenn isch schlaf, dann schlaf isch.«

Ich nicke und blicke auf Malgorzata. »Hast du auch Probleme mit den Ohren?«, frage ich.

Sie guckt irgendwie schuldbewusst. »Nein, also, nein. Nein, nix mit den Ohren. Nehme aber Oropax, damit ich kann schlafen«, antwortet sie.

Hier draußen in der Stille braucht sie Oropax? Hier, wo ich vor lauter Stille manchmal das Gefühl habe, meine eigenen Lungen zu hören? Nicht schlafen zu können, weil mein Herz so laut pocht? »Wozu denn das?«, hake ich nach.

»Rudi schnarcht«, lautet ihre Antwort, und ihr Gesicht überzieht sich erneut mit flammender Röte.

Ich bin verwundert. Die Wohnung, die sich Mama, Malgorzata und Rudi teilen, ist groß. Sehr groß. Mama und Malgorzata schlafen in zwei nebeneinanderliegenden Räumen. Rudis Zimmer ist am anderen Ende des Flurs.

»Ich schnarch sehr sehr laut. Des hört man meileweit. Grad wenn's ansonste so besonners ruhig is«, unterstützt Rudi Malgorzatas Aussage.

Irgendwas ist hier faul. Ich weiß nicht, was, aber die beiden benehmen sich seltsam.

»Du warst nicht in deinem Zimmer«, unterbricht meine Mutter das seltsame Schweigen. »Ich wollte zu dir, und du warst nicht da«, insistiert sie und meint damit eindeutig Malgorzata.

»Vielleicht Toilette«, behauptet Malgorzata.

Was läuft hier für ein Spiel?

»Nein«, sagt meine Mutter nur, »nicht im Zimmer und nicht auf der Toilette!«

»Du bringst da sischer was durscheinanner, Erika«, mischt sich jetzt wieder Rudi ein.

»Nein, Egbert, bring ich nicht«, bleibt meine Mutter beharrlich. Sie dreht sich zu Malgorzata, die immer noch feuerrot im Gesicht ist. »Weil du nicht da warst, bin ich raus, um dich zu suchen«, erklärt meine Mutter. Jetzt ist wenigstens klar, was meine Mutter mitten in der Nacht draußen gemacht hat.

»Musst du mich nicht suchen. Bin ich schon groß«, herrscht Malgorzata meine Mutter an. Für ihre Verhältnisse untypisch harsch.

Rudi haut mit der flachen Hand auf den Tisch. »Was soll de Quatsch? Wir sin erwachsene Leut. Malgo, wir müsse uns net rechtfertige. Wir sin lose un ledig un keine siebzehn mehr. Wir warn zusamme. Un wenn die Malgo bei mir schlafe tut, dann is es ihr ohne Oropax zu laut. So jetzt isses raus. Wir habbe was zusamme. Also, wir sin zusamme. Wir wollte halt net, dass es sofort jeder weiß. Es is noch net offiziell.«

Ich bin sprachlos, und meine Mutter guckt verwirrt.

»Egbert? Egbert, was soll das heißen?«, sagt sie nur.

Rudi legt ihr die Hand auf den Arm und versucht, sie

zu beruhigen. »Isch bin da. Alles is gut, Erika. Gleich gehn wir runner zur Hühnerbande!«

Der ist ja wohl von der ganz schnellen Truppe! Trennt sich von Inge wegen seines Hundes, kommt aufs Land, macht alle wuschig, und zack, liegt er in einem neuen weichen Bettchen. Mit einer fast 20 Jahre jüngeren Frau. Der macht ja den Beckenbauers dieser Welt Konkurrenz. Rudi und Malgorzata. Und ich habe Malgorzata vor kurzem noch ganz naiv gefragt, ob Rudi nichts für sie wäre. Entweder habe ich sie da erst auf eine Idee gebracht, oder sie hat mir schön was vorgemacht.

»Möchte nicht, dass andere wissen von uns«, informiert mich Malgorzata.

»Sie is noch net so weit«, erklärt Rudi.

Mama wirkt nervös. Ich weiß nicht, ob sie so ganz verstanden hat, was die beiden da gerade gestanden haben, aber sie merkt die Aufregung. Rudi spürt das. »Lass uns emal an die frische Luft gehn, Erika. Komm, wir gucke nach de Hannelore«, entscheidet Rudi und zieht meine Mutter sanft am Arm.

Malgorzata sieht mich unsicher an. »Ist schlimm?«, fragt sie mich, als die beiden weg sind. »Du jetzt böse auf mich?«

Ich schüttle den Kopf: »Nein, natürlich nicht. Aber ich hätte gedacht, ihr erzählt es mir. Ich fühle mich so ein bisschen hintergangen.«

»War mir peinlich. Wollte bisschen warten, ob ist für Dauer, und bist du auch nicht meine Mutter«, erwidert Malgorzata.

»Ja, du hast ja recht. Ach, ich bin bescheuert, und es

geht mich eigentlich ja auch überhaupt nichts an. Ihr könnt natürlich machen, was ihr wollt. Hauptsache, euch geht es gut. Bist du denn verliebt?«, kann ich meine Neugier nicht ganz zügeln.

Sie läuft wieder rot an. »Glaube schon. Bisschen verliebt. Ist guter Mann.« Sie strahlt mich an.

»Ja, das ist er«, bestätige ich, »und du bist eine gute Frau!«

»Jetzt wir müsse sehen, ob guter Mann und gute Frau auch gutes Paar«, stellt sie geradezu weise fest und drückt meine Hand.

Ich verspreche, die Neuigkeit zunächst für mich zu behalten.

»Auch nicht Paul und kleine Mann von gestern Nacht«, bittet mich Malgorzata.

»Warum sollte ich dem Bürgermeister was erzählen, Malgorzata? Das war eine reine Zufallsbekanntschaft, als ich auf der Suche nach Hilfe war. Der kleine Mann ist Herr Tummler. Das habe ich euch doch lang und breit erklärt.«

»Gut! Du hast versprochen, nichts zu sagen«, erinnert sie mich noch einmal.

Ich nicke und weiß, es wird mir schwerfallen, Paul nichts zu erzählen. So viele Neuigkeiten bietet das Leben hier nun mal nicht. Und das ist ein echter Knaller.

Ich rufe Frau Hebbel an und schlage ihr vor, für den Weihnachtsmarkt eine eigene Facebook-Seite zu gestalten. »Als Informationsquelle für potentielle Besucher.«

Sie findet die Idee gut.

»Ich brauche jede Menge Fotos, auf denen Palsdorf richtig was hermacht. Können Sie mir welche mailen?«

»Was meinen Sie mit Was-Hermachen?«, will sie wissen.

Ich erkläre es ihr. Halte ihr einen kleinen Vortrag. Palsdorf muss gut aussehen. Romantisch, idyllisch, lauschig. Eben so, wie man sich ein echtes, wahrhaft uriges Dorf vorstellt. Dieses Ländlich-Friedliche muss rauskommen. Ökologisch wertvoll, ursprünglich, hausgemacht und glücklich. Tolle Dorfgemeinschaft und unendliche Natur. Berge von Kuchen und Eingemachtem. Man muss Lust bekommen, sofort hierherzueilen, und allein die Fotos sollten die Seele entspannen. Es muss bodenständig sein, aber nicht spießig. Ein Hauch Spiritualität kann auch nicht schaden. Aber nicht zu müsli. Und Weihnachtsbilder. Am besten mit viel Schnee. Und Tannen. Und selbstgebackene Plätzchen. Und Tiere.

Schweigen am anderen Ende der Leitung. Es dauert, bis sie antwortet. »Frau Schnidt, es ist einfach nur ein Dorf. Kein Glückskeks für jede Lebenslage.«

Und genau das ist das Problem, denke ich, ohne es auszusprechen. Palsdorf ist ein verschissenes kleines Kacknest ohne irgendwas. Und ich muss hier leben. Ohne jeglichen Input. Ohne meine Freunde.

Aber was hat sie da gerade gesagt? Glückskeks. Glückskeks ist schon mal gar nicht übel. Palsdorf: Ein Glückskeks mit Postleitzahl! An sich vollkommen bescheuert und ohne jeden Zusammenhang, aber macht nicht genau das einen guten Slogan aus? Pures Leben ohne Zusatzstoffe! Alles, was man braucht!

Ich habe Raumduftspray vermarktet. Da werde ich doch an Palsdorf nicht scheitern. »Frau Hebbel, es geht nicht um wahrheitsgetreue Abbildung. Wir machen Werbung. Marketing. Wir wollen etwas verkaufen. Ein Gefühl. Wir wollen Sehnsüchte wecken. Wir wollen, dass die Menschen herkommen wollen. Dafür brauche ich die Fotos.«

Sie versteht oder behauptet es zumindest und verspricht mir, möglichst bald Bilder zu schicken. »Soll ich eben noch mal vorbeikommen? Ich könnte auch ein wenig Essen mitbringen«, bietet sie an.

»Nein, das wird nicht nötig sein. Ich habe die letzten Jahre genug gegessen«, lehne ich dankend ab. Bevor sie auflegt, will sie noch wissen, wie es dem reizenden Rudi geht.

»Ich habe den Eindruck, ganz ausgezeichnet. Der ist voll ausgelastet«, antworte ich.

Wenn sie ein bisschen zwischen den Zeilen lesen kann, wird sie meinen Hinweis vielleicht verstehen. Obwohl mir Frau Hebbel nicht besonders am Herzen liegt, möchte ich doch verhindern, dass sie sich zu einer liebestollen Idiotin macht. Vor allem für einen Mann, der längst anderweitig vergeben ist. Da tut mir dann selbst eine Frau Hebbel leid. Ich muss Rudi sagen, dass er ihr Gebalze nicht mehr befeuern darf.

Ich muss all meinen Mut zusammennehmen, um im Bürgermeisteramt anzurufen. Ohne Umschweife verlange ich Herrn Tummler zu sprechen.

»Worum geht es den?«, will die Vorzimmertante wissen. »Um den kürzlich geschlossenen Snickers-Deal«, sage ich mit ernster Geschäftsfrauenstimme.

»Ach ja, verstehe, dann verbinde ich Sie mal«, antwortet sie.

»Das wilde Ding! Guten Tag, meine Liebe«, begrüßt mich der Tummler.

Er ist freundlich, aber das »meine Liebe« ist mir eine Spur zu viel. Das ist ein Tick mehr als nur freundlich. »Ich glaube nicht, dass ich Ihre Liebe bin«, traue ich mich zu antworten. »Und ich möchte das Foto sehen, dass Sie gestern Nacht gemacht haben. Bitte schicken Sie es mir«, komme ich direkt zur Sache. Man soll mit Männern Klartext reden, habe ich in einem Ratgeber gelesen. Die meisten verstehen keine dezenten Hinweise.

»Sie sind mir noch was schuldig«, antwortet er völlig entspannt. »Der Snickers-Deal, Sie erinnern sich. Sie haben ihn gerade selbst meiner Frau Klössmann als Grund für Ihren Anruf genannt. Wir treffen uns auf ein schönes Glas Wein, und dann bringe ich Ihnen das Foto mit. Und dann besprechen wir, wie Sie Ihre kleine Deal-Schuld begleichen können.« Er lacht.

Ein schönes Glas Wein! Was für ein sackdoofer Ausdruck. Gibt's auch hässliche Gläser Wein? Und Deal-Schuld? Ich unterdrücke den Impuls, sofort abzusagen und ihn zu fragen, ob er noch alle Latten am Zaun hat. Schließlich muss ich sowieso mit ihm sprechen und ihm das mit der Facebook-Seite verklickern. Immerhin ist er der Bürgermeister von diesem kleinen Kacknest. Ich glaube nicht, dass er seine Zustimmnug geben muss, aber wenn er es gutheißt, wäre es von Vorteil. Und wer weiß, vielleicht hat er noch ein paar gute Fotos.

»Gut«, sage ich deshalb, »können wir machen. Und seien Sie bitte so nett und schauen Sie mal, was Sie an PR-Fotos von Palsdorf haben. Ich plane die Marketingmaßnahmen für den Weihnachtsmarkt der Palsdorfer Frauen. Wäre toll, wenn Sie da Material hätten.«

»PR-Material von Palsdorf?« Er lacht. Diesmal noch lauter. »Womit sollten wir denn werben?«

Das sollte er doch eigentlich wissen. Wer, wenn nicht er? Als Bürgermeister sollte er doch wissen, was seine furzkleine Zwerggemeinde auszeichnet. Oder was charakteristisch für sie ist. Er hört gar nicht auf zu lachen. So langsam kann ich Petra verstehen.

Ohne auf seine Bemerkungen einzugehen, frage ich: »Wann passt es Ihnen denn mit dem Wein? Wollen Sie hier bei uns vorbeischauen? Da können Sie dann auch gleich meinen Lebensgefährten kennenlernen.« Das war geschickt von mir. So habe ich ihm gleich verklickert, dass da nichts zu wollen ist. Dass ich eine vergebene Frau bin.

»Meine Liebe, die Sie ja nicht sind«, wieder lacht er, »oder noch nicht sind«, sein Lachen wird noch dröhnender, »nein, ich möchte nicht zu Ihnen kommen. Dafür brauche ich doch keinen Snickers-Deal. Dafür hätte ich den Riegel nie hergegeben. Das hätte ich für umsonst haben können. Wir fahren nach Fulda. Ich hole Sie ab. Neunzehn Uhr? Morgen Abend?«

Ich brauche und will sein Okay für die Kampagne. Also sage ich zu. Einen Bürgermeister als Feind kann ich mir momentan nicht leisten.

Den Rest des Tages streife ich durch den Wald und durch Palsdorf und mache Fotos. Mit der Wirklichkeit ist das so eine Sache. Je nach Blickwinkel verändert sie sich. Gibt es also überhaupt die eine Wirklichkeit? Oder ist Wirklichkeit relativ?

Man kann Palsdorf so fotografieren, dass es absolut bezaubernd wirkt. Und man kann es in Grund und Boden fotografieren. Das hat mit Stimmung zu tun, mit Sympathie und Antipathie und natürlich mit Wahrnehmung. Heute will ich Palsdorf schön finden. Ich mache unzählige Bilder im Wald. Der Deutsche liebt seinen Wald, so viel scheint sicher. Es muss eine unglaubliche Sehnsucht nach Wald geben, sonst hätte dieser Förster, der seit einiger Zeit durchs Fernsehen tourt, mit seinen Büchern wohl kaum einen so irrsinnigen Erfolg. Menschen lieben den Wald, halten sich dafür aber nicht besonders häufig darin auf. Hier gibt es genug Wald. Aber wofür steht der Wald? Was ist das für eine Sehnsucht, die er auslöst? Wie kann ich sie einfangen, abbilden, betiteln?

Habe ich diese Sehnsucht? Wird sie hier erfüllt?

Ist es wirklich die Natur, die die Menschen aufs Land lockt? Die gute Luft? Oder trifft das nur für eine sehr kleine Gruppe zu? Sind nicht eher die günstigen Mieten der Anreiz für die Flucht aufs Land? Für viele Menschen scheinen die Kinder der Auslöser für einen Umzug aufs Land zu sein. »Hier können sie unbeschwert aufwachsen«, heißt es dann. Lebt man unbeschwert, wenn der Bus nur dreimal am Tag fährt? Wenn man als junger Mensch das Gefühl hat, nicht wegzukommen? Wenn jeder alles weiß und alles sieht?

Mir fehlen hier die Möglichkeiten. In der Stadt könnte ich, wenn ich wollte. Selbst wenn ich nicht will, ist das Wissen darum, dass ich könnte, sehr beruhigend. Hier muss ich immer planen, wenn ich etwas will. Spontan geht auf dem Land nichts.

Eines ist immerhin deutlich bemerkbar: Meine latent schlechte Laune der letzten Wochen bessert sich. Das Wetter spielt dabei sicherlich eine Rolle. Der Herbst kann sich von vielen Seiten zeigen und gilt als wunderschöne farbenfrohe Prachtjahreszeit.

»Wenn sich das Laub da bei euch verfärbt, das muss ja ein herrlicher Anblick sein«, hat meine Schwester am Telefon geschwärmt.

»Tannennadeln verfärben sich nicht! Hier ist kein Laubwald! Würdest du häufiger kommen, wüsstest du das«, habe ich mir einen kiebigen Kommentar nicht verkneifen können.

Aber heute, bei Sonne, ist Palsdorf tatsächlich fast idyllisch. Werden wir uns doch noch annähern? Dieser Ort und ich? Ich bin noch immer unsicher. Hat mir nur die Beschäftigung gefehlt? Bin ich nur zu unbeweglich für Veränderungen?

»Man muss sich nur richtig einlassen«, hat mir mein Bruder Stefan bei seinem ersten Besuch geraten. »Hamburg und ich haben auch eine Weile gebraucht, bis wir zueinandergefunden haben.«

»Willst du ernsthaft Hamburg und Palsdorf vergleichen?«, habe ich nur gedacht und das auch gesagt.

»Es geht nicht um die Größe des Ortes oder den Ort

überhaupt. Es geht um eine innere Bereitschaft. Man muss Menschen und Orten eine wahre Chance geben«, hat mein Bruder erwidert in einem Tonfall, als würde er das Wort zum Sonntag verkünden. Er hat wie Sabine geklungen. Er würde Palsdorf ganz schnuckelig finden, »Ist doch nett. So überschaubar. Ich glaube, Mama tut es gut. Und wie ihr so alle zusammenwohnt, das hat was von so ner Art Alters-WG. Irgendwie ganz cool.«

Alters-WG! Ich bin seine ältere Schwester, nicht seine Oma. Er nimmt sich ganz schön viel raus dafür, dass er sich kaum blicken lässt. Der hätte allen Grund, verdammt kleinlaut zu sein.

»Ich habe das doch nicht böse gemeint«, hat er beteuert, als er meinen Blick gesehen hat. Mama war verzückt über seinen Besuch. »Erst der Egbert, und jetzt das«, hat sie geschwärmt.

Aber auch Stefan hat keinen Schimmer, wer Egbert sein könnte. Also hat er mir versprochen, Heidrun, eine alte Freundin von Mama, anzurufen und die ein bisschen auszuhorchen.

Stefan und seine Freundin Wiebke, die Hamburger Zahnärztin, die ich bisher genau zweimal gesehen habe, sind inzwischen lose mit Christoph, meinem Ex, und seiner Lu befreundet. Ein Fakt, der mir, wie ich merke, doch zu schaffen macht. Stefan hat nicht kapieren wollen, wieso. »Du wolltest doch immer, dass ich mich gut mit Christoph verstehe, und jetzt tue ich es, und dann ist es dir auch nicht recht. Das muss ich nicht kapieren oder? Das ist so ein Frauending, oder?«

Das hat mich erst richtig aufgeregt: »So ein Frauending? Das hat mit Frauending gar nichts zu tun. Du bist mein Bruder und nicht Christophs Bruder. Da ist doch klar, wo deine Solidarität liegen sollte!«

»Aber du wolltest die Scheidung doch, und du hast doch auch einen Neuen. Ich kapier's immer noch nicht! Erkläre es mir«, hat er sein Unverständnis zum Ausdruck gebracht.

Ich weiß wirklich nicht, was da so schwer zu verstehen ist. Er ist mein Bruder, und Christoph ist nicht mehr mein Mann. Er muss die Neue auf der Straße nicht anspucken, er darf gerne freundlich hallo sagen, aber dass sie Abende gemeinsam in schicken Restaurants verbringen, stinkt mir gewaltig.

»Aber warum, Andrea?«, hat er weiter Gründe hören wollen.

»Das ist doch offensichtlich. Du gehörst in mein Lager. Auf meine Seite. Und dass du dafür auch noch Erklärungen verlangst, kränkt mich. Das sollte selbstverständlich sein.«

Ich kann schwer in Worte fassen, was mich stört. Er bezieht durch diese neue Freundschaft Position. Natürlich nicht offensiv gegen mich, aber unterschwellig fühlt es sich so an. Ich will es einfach nicht. Ich weiß gar nicht, was daran so schwer zu verstehen ist. Ich habe versucht, es ihm mit einem Beispiel zu verklickern: »Also, wenn du und deine Wiebke euch trennt, und dann hat sie einen anderen Freund. Einen neuen jungen gutaussehenden Freund. Der viel toller ist als du. Sportlicher und mit mehr Busen, also ich meine Penis oder Waschbrettbauch oder so. Mehr Haare hat er auch. Und Paul und ich gehen mit denen aus. Mit deiner Ex-Wiebke und dem neuen Typen. Obwohl du nicht mehr der Mann an ihrer Seite bist. Das würde dir doch auf den Keks gehen, oder?«

»Nee, wieso?«, war seine Antwort. Aber eins hat er dann nach einer kleinen Pause doch noch bemerkt: »Und warum hat der mehr Penis? Versteh ich nicht. Und das wäre das Einzige, was mich daran nerven würde. Mal davon abgesehen, dass es unwahrscheinlich ist.«

Männer und Frauen sind einfach verschieden. Manche Dinge sind klar oder eben nicht. Und mal ehrlich: Nicht alles muss logisch sein.

Ansonsten war es schön mit Stefan. Mama hat jede Minute genossen.

»Ich habe mir was überlegt«, hat er, kurz bevor er wieder abgefahren ist, gesagt. »Wenn ihr mal Urlaub machen wollt, dann komme ich und unterstütze Malgorzata. Und ich habe was gefunden, was ich Mama gerne zu Weihnachten schenken würde. Es gibt einen Hühnerdressurkurs, das habe ich im Magazin der Süddeutschen gelesen. Und ich habe mit der Frau, die diesen Kurs leitet, telefoniert. Ob sie ein Problem hätte, wenn eine demente Frau an ihrem Kurs teilnehmen würde. Hat sie nicht. Eigentlich wären hauptsächlich Tiertrainer in dem Kurs, aber für sie sei es kein Problem. Letztlich seien alle ein bisschen schräg, die so was machen. Ich würde mit Mama hinfahren und sie begleiten. Wenn einer von euch Lust hat mitzukommen, gerne. Wär das okay, wenn ich ihr das schenke? Birgit hält es für eine Schnapsidee, was denkst du?«

Ich war gerührt. Auf so eine Idee kommt man nur, wenn man sich Gedanken macht. Ich weiß nicht, ob es

Mama überfordert, aber was man nicht probiert, kann auch nicht gelingen.

»Wenn es ihr nicht behagt, fahren wir wieder, dann war es einfach nur ein kleiner Ausflug nach Bayern. Da ist der Kurs. Aber vielleicht gibt es ihr einen Kick. Ich meine, diese Hühner begeistern sie ja wirklich.«

Ich habe seine Begeisterung nicht schmälern wollen, habe ihm aber doch von den letzten Wochen mit Mama erzählt. Von ihren Erinnerungslücken, die man eigentlich nicht mehr Lücken, sondern Gräben nennen müsste. »Die Krankheit schreitet fort!«, habe ich gesagt. »Leider.«

Trotzdem bin ich genau wie Stefan dafür, es zu probieren. Wir haben ja nichts zu verlieren. Entweder sie hat Spaß oder sie hat keinen. »Es könnte sie einschüchtern mit all den fremden Menschen«, habe ich mich gesorgt.

»Sie hat definitiv ein Händchen für die Tiere, das könnte die anderen beeindrucken, und vielleicht tut ihr das gut«, hat Stefan dagegengehalten.

Rudi, der bis dahin nur zugehört hat, ist dafür. »Die Zeit könnte Malgo nutze, um mal wieder nach Haus zu fahrn. Wenn das für euch okay wär. Ich tät dann mitfahrn und mich un de kleine Willich emal vorstelln. Wenn se das will. Was isch hoff!«

Mama ohne Malgorzata. Ein Wagnis. Stefan hat sich geräuspert und mir einen Vorschlag gemacht: »Vielleicht magst du mitkommen, wir zwei wuppen das dann schon. Auch ohne Malgorzata. Die hat echt mal Urlaub verdient. Und vielleicht kommt ja auch Birgit mit, und wir hängen noch ein paar Tage im Bayerischen Wald dran. Verbringen Zeit mit Mama. Nur wir drei und sie. Die Kernfamilie. Ohne Anhang. Wenn du aber lieber auch mal 'ne Auszeit hast, verstehe ich das. Du machst ja hier alles. Und bist da und kümmerst dich. Was ich echt toll finde und schon lange mal sagen wollte.«

Ich habe mich gefreut. Darüber, dass endlich mal jemand anerkennt und auch wertschätzt, was ich tue. Es vor allem auch mal ausspricht. Ich mache nicht Malgorzatas Arbeit, aber ich bin da und kümmere mich. Klar ist das selbstverständlich, aber auch dann ist so eine Form der Würdigung Balsam. »Danke!«, habe ich nur gesagt. »Es ist schön, das zu hören!«

Mir gefällt seine Idee. Vielleicht ist es unsere letzte Chance, mit Mama unterwegs zu sein. Niemand weiß, wie lange sie das noch kann. Mental und auch körperlich.

»Ich finde, wir sollten einen Arzt um Rat fragen. Aber wenn da kein entschiedenes Veto kommt, bin ich dabei!«, habe ich beschlossen.

»Ich glaube, dass du besser als jeder Arzt beurteilen kannst, was Mama zuzutrauen ist und vor allem was nicht«, hat Stefan gesagt. »Du hast sie dauernd um dich, worum ich dich manchmal beneide und worum ich manchmal auch scheißfroh bin. Vor allem, weil ich nicht du bin. Ich habe oft ein schlechtes Gewissen. Ich weiß, ich sollte mehr tun. Ich kann ein richtiger Arsch sein. Und sie hat mich trotzdem so gern. Das ist, na ja, irgendwie beschämend. So unverdient.«

Ich hätte nicht gedacht, dass er sich über die Situation so viele Gedanken gemacht hat. Mein kleiner Bruder. Süß. Und natürlich eigentlich selbstverständlich und längst mal an der Zeit, dass er sich damit auseinandersetzt und so was sagt.

Der kleine Stefan, der längst kein kleiner Stefan mehr ist, hat mich schon immer eins a um seine Finger wickeln können. Ich weiß auch nicht genau, warum, aber Männern wird so ein Verhalten immer noch sehr viel eher verziehen als Frauen. So sind sie halt, die Männer, sagen Frauen gern. Und Frauen nicht? So als wäre den Frauen ein Pflege- und Kümmer-Gen in die Wiege gelegt. Als Gratisbeilage. Was für ein Quatsch! Aber wir fallen drauf rein. Fühlen uns zuständig. Entlassen Männer aus der Verantwortung. Schön dumm.

Stefan hat versprochen, die Planung der Reise zu übernehmen. Und auch die Finanzierung. »Als Weihnachtsgeschenk für dich und Mama. Weil, also, es ist mir unangenehm, das zu sagen, wir sind Weihnachten nicht da, die Wiebke und ich. Wir fliegen auf die Malediven. Wir wollen uns mal entspannen.«

Ich musste schlucken. Mal entspannen! Aha. Und ich hatte gedacht, dass wir mal wieder alle zusammen Weihnachten feiern. So wie früher. Mit Mama. Aber man muss auch gönnen können. »Ja dann viel Spaß«, habe ich deshalb gesagt und »du weißt, du musst dich einlassen auf die Malediven. Deine innere Bereitschaft muss stimmen!«

Stefan hat nur gegrinst.

Ich fotografiere mich in einen wahren Rausch. Beim Durchklicken der Fotos könnte ich mich glatt in Palsdorf verlieben. Alles ist so schön und beschaulich, dass man sofort hierherziehen möchte. Ich nutze Filter und zoome Ausschnitte heran. Ich erkenne den Ort kaum wieder. Da wird der Herr Bürgermeister aber staunen, wenn ich ihm sein kleines Kacknest präsentiere.

20

Er staunt tatsächlich. »Gar nicht mal schlecht, Wildthing!«, sagt er.

Und weil mir dieser gnädige Unterton, gepaart mit der ewig falschen Aussprache, richtig auf den Wecker geht, entschließe ich mich, ihn darauf hinzuweisen. »Wild thing. Thing beginnt mit T-h, nicht mit T. Wird tee-eytsch ausgesprochen. Man sagt thing, nicht ting.« Ich sage es, schiebe die Zunge hinter die oberen Schneidezähne und zische ihn an. Kaum habe ich es gesagt und getan, finde ich mich schäbig. Nicht nur weil meine Aussprache auch nicht gerade besonders toll ist, sondern wegen meiner kleinlichen Kritik. Was er sagt, ist inhaltlich zwar bescheuert, dass er es falsch ausspricht, hingegen absolut verzeihlich.

Und was für ihn spricht, er ist kein Stück beleidigt ob meiner Korrekturen. »Gute Fotos machen und ordentliches Englisch sprechen, zwei Dinge, die ich nicht kann«, stellt er einfach fest. Ohne jede Spur von Häme oder Gekränktsein. »Ich kann durchaus noch was lernen vom wilden Ding! Und immerhin, übersetzen kann ich es fehlerfrei. Ich komme ursprünglich aus dem Osten. Dem wilden Osten, wir haben also eine Gemeinsamkeit. Das Wilde.« Er legt eine Pause ein und lacht. »Wir haben früher Russisch gelernt, nicht Englisch. Ich übe, aber ein Sprachtalent war ich noch nie. Na ja, für die Regionalpolitik langt es. So viel Staatsbesuche haben wir in Palsdorf ja nicht.«

Er hat mich pünktlich um 19 Uhr abgeholt und auch brav Paul noch hallo gesagt. »Nett, dass Sie mir Ihre Lebensgefährtin für einen Abend ausleihen. Gegen zweiundzwanzig dreißig, also halb elf, sind wir zurück«, verspricht er noch. So als wäre Paul nicht der Mann an meiner Seite, sondern mein gestrenger Vater, der mit der Stoppuhr in der Hand im Wohnzimmer auf meine Rückkehr wartet.

Wir sitzen, wie er mehrfach stolz erwähnt, im angeblich angesagtesten Restaurant in Fulda.

»Für mich ist das kein Problem, hier einen Tisch zu bekommen. Die wissen, wer ich bin«, kann er das Angeber-Gen, das bei kleinen Männern oft eingebaut ist, nicht unterdrücken.

Es sind drei von etwa zwölf Tischen belegt. Wahrscheinlich hätten wir auch ohne seine exorbitanten Beziehungen einen Tisch bekommen. Aber ich halte die Klappe. Ich finde Angeberei bei Männern unsexy – aber darum geht es beim Tummler und mir ja auch nicht. Jedenfalls nicht von meiner Seite.

Er ist kein schlechter Unterhalter, neigt aber generell dazu, ziemlich auf den Putz zu hauen. Haarklein berichtet er mir, wie der Rivale um das Amt des Bürgermeisters nicht den Hauch einer Chance hatte. Lokalpolitik hört sich, jedenfalls wenn man dem Tummler zuhört, nicht wirklich spannend an.

Das mit der Facebook-Seite findet er eine nette Idee. »Wir haben natürlich einen Netzauftritt, also eine Webseite, aber da geht es eher um die Öffnungszeiten der Behörde, die Müllabholung und um den Busfahrplan. Also eher Organisatorisches für die Palsdorfer. Was den Fremdenverkehr angeht, da läuft bei uns nicht viel. Wir haben ja nicht mal eine Pension. Also die Lotte Hebbel hat mal überlegt, ob sie in ihrem Haus zwei Zimmer vermietet, nachdem ihr Mann gestorben ist. Aber das war eine Idee, die sie letztlich verworfen hat. Ich meine, ich will, weiß Gott, nicht schlecht über Palsdorf reden, aber mal nur unter uns, und das würde ich natürlich nie öffentlich sagen: Warum sollte hier jemand Urlaub machen? Oder ein langes Wochenende verbringen? Wir haben kein Schwimmbad, keinen Skilift, nicht mal so einen Barfußpfad. Keine Pizzeria, keinen Eissalon, von Kino und Ähnlichem gar nicht zu reden. Bei uns ist nichts.«

Ich schaue ihn an und sage nur: »Ich weiß. Das habe ich auch schon gemerkt. Palsdorf ist echt ein verschlafenes Nest. Und baulich auch nicht der Bringer.«

»Unsere Ressource ist die Natur. Wenn man denn drauf steht«, findet der Herr Bürgermeister jetzt doch noch einen Pluspunkt für seine Gemeinde.

»Warum machen Sie den Job, wenn Sie Palsdorf so gar nicht mögen?«, frage ich ihn. Fast habe ich Mitleid mit dem Kacknest. Das ist ja nahezu so, als würde eine Mutter ihr eigenes Kind als hässlich und langweilig bezeichnen.

»Ich mag es durchaus. Aber ich sehe, was los ist. Nichts. Und dass das weder für junge Leute noch für potentielle Urlauber attraktiv ist, weiß ich. Da muss ich mich der Realität stellen«, antwortet er.

»Aber warum versuchen Sie nicht, Ihren Ort aufzupeppen, attraktiver zu machen?«, erkundige ich mich.

Er lacht. »Ich will Sie nicht als naiv bezeichnen, aber

wie soll das gehen? Geld haben wir nicht. Die Gemeinde ist klamm. Es reicht nicht mal für einen Spielplatz. Geschweige denn für ein schönes Spaßbad. Marianne Hubers Laden ist auch mehr Hobby als Einnahmequelle. Er ist in erster Linie Tratschzentrale. Marianne kann sich dieses durchaus kostspielige Unterfangen nur leisten, weil ihr Mann genug verdient. Die jungen Leute verlassen Palsdorf wie die Ratten das sinkende Schiff. Es laufen auch schon Wetten, wann Sie die Flatter machen.« Er legt eine Pause ein und schaut mir in die Augen. »Und? Sollte ich Geld darauf setzen, dass Sie bleiben?«, fragt er und wirkt unsicher.

»Erst mal ja«, antworte ich wahrheitsgemäß, »aber ob wir unseren Lebensabend hier verbringen werden, da habe ich meine Zweifel.«

Er seufzt und sagt: »Das kann ich verstehen. Aber ich habe mir schon das Hirn zermartert, mir fällt nichts ein, das uns aus der Misere führt oder führen könnte.«

Wenn er so nachdenklich ist und die Angeberei sein lässt, ist er gar nicht übel.

»Ich glaube, man muss das ganz anders angehen«, wage ich einen Vorschlag. »Sie haben nichts zu bieten in Palsdorf. Aber nichts ist eben auch was. Sie müssen das Nichts vermarkten. Nur Natur – keine Ablenkung. Nichts, was einem Entscheidungen abverlangt. Nach dem Motto: Raus aus der Freizeitmaschinerie. Körper und Gehirn entspannen durch null Ablenkungen. Rückbesinnung und so was, Sie wissen schon. Nichts befreit. Irgendwas in der Richtung. Lernen, allein mit sich selbst zurechtzukommen.«

Er mustert mich. »Meinen Sie das ernst, oder verarschen Sie mich jetzt gerade?«, fragt er, und man hört eine leichte Verunsicherung in seiner Stimme.

»Ich meine das völlig ernst. Es gibt doch diesen Trend, das Leben leichter zu machen. Sich von Überflüssigem zu trennen. Sich aufs Wesentliche zu konzentrieren. Achtsamkeit ist das neue Lieblingswort. Es gibt Kurse in Wäldern, wo Menschen lernen sollen, mit der Natur zurechtzukommen. Ohne Hilfe. Ohne Input von außen. Stille und Achtsamkeit. Ist natürlich ein bisschen esoterisch und spirituell. Aber vielleicht kann man es runterbrechen auf was allgemein Verträglicheres. Ein Wochenende ohne WLAN. Raus aus dem Alltagsstress.« Ich rede mich in Rage.

Er sieht noch nicht überzeugt aus. Ich fühle mich inzwischen, als ginge es darum, eine dreibeinige Katze zu vermitteln, die ansonsten auf direktem Weg in die Tötungsstation muss. Ich, die Palsdorf-Hasserin, halte ein Pro-Palsdorf-Plädoyer. »Tiere sind auch immer ein Thema! Sie könnten Hunde-und-Herrchen-Wochenenden anbieten. Es gibt Menschen, die besuchen Alpaka-Führkurse. Großstädter lieben so etwas. Sie könnten Seminare veranstalten, Blockhütten-im-Wald-Bauen für Anfänger, und die Pfadfinderidylle wiederbeleben. Sie dürfen doch Ihr Dorf nicht einfach so vor die Hunde gehen lassen!«

»Ich hatte auch mal Ihren Enthusiasmus«, freut sich Herr Tummler. »Ich hab gleich gewusst, dass Sie ’ne verrückte Nudel sind. Allein das T-Shirt.«

Da fällt mir einer meiner Hauptgründe für dieses Treffens ein: »Apropos T-Shirt. Sie schulden mir noch ein Foto.« Ich ziehe ein Snickers aus der Tasche und halte es ihm hin. »Snickers gegen Foto lautet mein Angebot. Haben wir einen Deal?«

Er lacht wieder. »Klar.« Er schnappt sich das Snickers und zeigt mir das Foto.

Jetzt muss ich lachen. Ich sehe wirklich freakig aus. Ein bisschen wie ein Hippie auf so einem Musikfestival. Aber in der Dorfvariante. Und gar nicht so fett, wie ich dachte. Immerhin ein Lichtblick. Vor allem nachdem ich mich heute Abend diätmäßig nicht ganz an den Plan gehalten habe. Tummler hat mich nicht nur auf den Wein, sondern auch noch zum Essen eingeladen. Er hat mir den Schwartenmagen, angeblich eine Fuldaer Spezialität, empfohlen, aber ich habe dankend abgelehnt und mich für Zwiebelkuchen und Salat entschieden.

Allein die Zutaten von Schwartenmagen. »Da kommt viel rein, Schweinekopf, Schweinespeck, Schweineherz, Schweineblut und eben Schweineschwarte. Hier schlachten ja noch einige selbst«, erklärt mir der Bürgermeister.

Äh, nein danke.

Der Abend ist insgesamt ein Erfolg, und der kleine Mann ist mir fast ans Herz gewachsen. Nicht nur, aber doch auch, weil er zum Abschied vor unserer Haustür »Schade, dass Sie vergeben sind« sagt und »Da kommt mal eine Frau, die mir gefällt, und dann so was«.

Ich könnte die Freundin eines Bürgermeisters sein. Rein theoretisch. Und er ist an mir interessiert, obwohl er mich ohne BH und in Unterhose gesehen hat. Vielleicht sogar deswegen. Und jünger als ich ist er auch. Vor lauter Freude gönne ich mir vor dem Zähneputzen noch ein paar klitzekleine Pralinen.

21

Parallel zur Facebook-Seite kümmere ich mich um meinen neuen Instagram-Account. Landplage ohne Landlust. Befriedige damit die zwei Herzen in meiner Brust. Auf Facebook zeige ich Palsdorf stark retuschiert und rausgeputzt. Preise den Weihnachtsmarkt an, als wäre er der erste und letzte weltweit.

Auf Instagram hingegen gibt es die brutale Wahrheit. Ein bisschen nach dem Motto: Geschminkt – Ungeschminkt. Auf Instagram lebe ich meine Abneigung gegen diesen Ort richtig aus. Ich poste nur Schwarzweißfotos. Nichts Buntes. Nichts Helles. Nichts Strahlendes. Alles wirkt trüb und trist. Als Aufmacherbild nehme ich das Foto, das der Tummler von mir gemacht hat. Ich schneide meinen Kopf weg, damit man mich nicht erkennen kann. Ich veröffentliche Pfützen, die Straße nach nirgendwo, fiese Garagentore und die leere Bushaltestelle. Schwartenmagen. Tristesse pur. Es macht mir geradezu Spaß, so gehässig zu sein. All meinen Ärger darüber, dass es mich in diese intellektuelle Diaspora verschlagen hat, lasse ich hier raus.

Rudi findet mich krass. Zu krass. »Isch kenn disch so gar net. So voller Zorn. Isch mein, es is ein Kaff, aber net schlimmer oder besser als all die annern Käffer rundherum. Das is alles so düster bei dir.« Trotz allem findet er meinen Account außergewöhnlich. »Du hebst disch ab. Alles schwarzweiß is schon besonners. Das hat so 'ne klare Linie. Un es is stylisch. Also, soweit einer wie isch das beurteile kann.«

Normalerweise hätte ich Rudi jegliche Kompetenz auf diesem Gebiet abgesprochen. Aber was Instagram angeht, kennt er sich inzwischen aus. Auf alle Fälle besser als ich.

Er hat, was er auch mehrmals täglich rein zufällig erwähnt, inzwischen 6003 Follower. Und er macht Werbung für mich. Verlinkt mich auf seinen Bildern. Das bringt mir wiederum Follower.

Das Spiel macht mir Spaß. »Ich werd dich einholen!«, kündige ich an.

Auch er gibt alles. »Das wolle wir mal sehn, wer da die Nase vorn behält.« Zusätzlich zu seinen Hundebildern postet er jetzt auch noch Babykatzen und kleine Häschen. Gerne in Verbindung mit seinen alten aderigen Händen. Eine herzerweichende Kombi. Ich kontere mit einer aufgeplusterten, staubigen Hannelore, die im Sand scharrt, und einer toten Blindschleiche auf der Terrasse. Alles nach dem Motto: Dorfhölle! Wen es hierher verschlägt, der wird sich umgucken!

Die virtuellen Ausflüge machen mir Freude. Es beflügelt mich zu wissen, dass ich am selben Ort bin wie vielleicht gerade Adele. Oder Jennifer Lopez. Dass sie rein theoretisch meine Fotos sehen können. Wir alle tummeln uns im gleichen Netz. Unter #Verzogen #Palsdorf #frei von style #Nichts #Dorfhölle #Kuchengau #Gummistiefel #Langeweile #holt-mich-hier-raus. poste ich die Leere. Die Ödnis. Die ersten Tage tut sich wenig. Mein Gejammer scheint niemanden zu interessieren.

22

Dann, eines Morgens, als ich gerade überlege, ob ich bei dem Sauwetter, es schüttet wie aus Kübeln, laufen gehen soll, passiert etwas. Mein Handy macht Geräusche. Plong, plong, und wieder plong. Innerhalb von einem Vormittag habe ich 798 Follower. Es ist mir ein Rätsel. Wieso jetzt? Wo kommen die her? Wie sind die auf mich gestoßen?

Ich bin absolut fasziniert. Es hört gar nicht auf. Ich könnte einfach nur dasitzen und aufs Handydisplay starren. Die Zahl meiner Follower wächst stetig. Ich weiß, dass es albern ist, fühle mich aber bestätigt und mit jedem Plong irgendwie auch mehr gemocht. Ich lese mich durch alle Kommentare und freue mich unbändig. Trotzdem kann ich mir diesen Run auf meinen Account nicht erklären. Und Rudi, den ich um Rat frage, hat auch keine Idee.

Auf der Facebook-Seite hingegen tut sich eher wenig. Immerhin, der Tummler hat die Seite abonniert. Und eine Caroline Huber, vielleicht eine Enkelin von Marianne, und eine Vera Klössmann, sehr wahrscheinlich die Sekretärin von Tummler. Dazu noch 37 andere Personen. Ich schreibe eine Rundmail an meine Freunde. Bitte sie, die Seite zu liken. Ich will wenigstens die 100 vollkriegen. Das wird doch wohl machbar sein.

Der November ist richtig fies. Grau. Kalt. Nass. Einfach nur unfreundlich. Braucht kein Mensch. Wenn es nach mir ginge, könnte er direkt entsorgt werden. Ausgelassen, übersprungen werden.

Der Monat schlägt uns allen aufs Gemüt. Paul zickt in der Praxis und lässt den Herrn Doktor raushängen. Petra zeigt erstmals Ungeduld mit mir und rollt immer mal wieder bedeutungsvoll mit den Augen. Ich bin kurz davor, alles hinzuschmeißen.

Wenn die Patienten nicht wären. Die sind, zum großen Teil, wirklich sehr lieb. Gerade gestern hat mir meine Lieblingsbandscheibe, eine ältere Dame aus einem Nachbardorf, Schokolade mitgebracht. Katzenzungen. Seit Jahren habe ich keine Katzenzungen mehr gesehen. Geschweige denn gegessen. Ich dachte, sie seien ausgestorben. Längst weg vom Markt. Und das Allernetteste am Geschenk: Sie wollte nichts. Nur eben danke sagen, weil ich immer so lieb zu ihr sei. Diese kleinen Momente machen mich glücklich. Zeigen mir, dass man auch mit noch so profaner Arbeit wichtig sein kann. Es geht nicht immer nur um Leistung, sondern auch um Klima. »Seit Sie und der neue Doktor hier sind, ist der Ton viel freundlicher geworden.« Sätze wie dieser werten meine Arbeit auf. Leider sind die Katzenzungen nur bis 2004 haltbar gewesen. Schade.

Ansonsten gibt es zur Zeit wenig Anlass für Glücksmomente.

Mama wird zunehmend schwieriger. Sie entwickelt einen ganz neuen Widerstands- und Widerspruchsgeist. Vielleicht, weil sie das mit Malgorzata und Rudi, ihrem vermeintlichen Egbert, inzwischen geschnallt hat. Dass es ihr nicht passt, ist offensichtlich. Sie stichelt und quengelt, will Malgorzata wieder für sich allein. Immer häufiger kommt sie abends nach dem Essen zu Paul und mir. Lange hält sie es aber nie bei uns aus, denn ein Abend ohne Fernseher ist für sie nach wie vor schwer vorstellbar.

Paul fühlt sich wohl auf dem Land (Ich bin mir allerdings nicht sicher, ob er es sagen würde, wenn es nicht so wäre.), ist aber inzwischen erstaunt, wie viel Arbeit so eine Praxis machen kann. »Ich hätte gedacht, dass die Niedergelasssenen einen eher ruhigen Lenz schieben, aber das hier ist schon ganz schön viel Arbeit. Inhaltlich natürlich überschaubar. Also, medizinisch nicht so anspruchsvoll wie in der Klinik. Aber die sind so anhänglich. Und die nächtlichen Anrufe sind auch anstrengend. Ich meine, ich bin doch kein Notarzt. Was wollen die denn? Und eigentlich ja auch kein Allgemeinmediziner. Und Hellseher schon gar nicht.«

»Du bist Arzt, und das reicht den Leuten. Hier ist es eben normal, dass man als Arzt auch Hausbesuche macht«, zeige ich Verständnis.

Und ich habe tatsächlich Verständnis. Ein Orthopäde ist besser als gar kein Arzt. Klar ist es ärgerlich, wenn man nachts gerufen wird und es handelt sich um eine fiese Dornwarze und keinen akuten Fußtumor. Aber es ist jetzt auch nicht so, dass Paul Nacht für Nacht rausgeklingelt wird. Alle zwei, drei Wochen kommt es mal vor.

»Das ist diese vielbeschworene Nähe und Vertrautheit auf dem Land. Sie haben das Gefühl, du bist für sie da. Du bist ihr Ansprechpartner. Genau das wolltest du doch. Das hat doch auch was«, breche ich eine Lanze für die Patienten. »Sie vertrauen dir eben in allen Gesundheitsfragen.«

»Ich habe gedacht, wir hätten mehr Zeit für uns«, beklagt sich Paul.

Tja, das hätte ich auch gedacht.

»Aber der ganze Anhang, all diese Menschen um uns herum und dazu die Patienten – das ist aufwendiger, als ich gedacht habe.«

Der ganze Anhang. Mein Anhang sozusagen. Mama, Malgorzata und Rudi. »Du hast es angeboten, ich wäre nie auf die Idee gekommen, mit Mann und Maus hierherzuziehen«, antworte ich und ärgere mich. Ärgere mich, dass er sich über unsere Mitbewohner beschwert, die er, bis auf Rudi, selbst eingeladen hat mitzukommen. »Und davon mal abgesehen, du hast auch Anhang«, gebe ich zu bedenken. Petra sitzt immer noch häufig mittags bei uns rum, und Paul trifft sich regelmäßig mit seiner Tochter Alexa in Frankfurt. Sie war bisher erst zweimal hier bei uns.

»Das kostet mich einfach zu viel Zeit«, ist ihre Begründung. Dass es auch Paul einen Haufen Zeit kostet und damit auch mir, ist ihr egal. Und Paul springt noch immer, wenn seine Tochter hopp sagt. Dabei hat sie inzwischen sogar ein Auto, mit dem sie mühelos und schnell mal vorbeikommen könnte. Na ja, schnell vielleicht nicht gerade. Aber sie könnte, wenn sie wollte. Das Auto ist natürlich gesponsert by Papa. Er zahlt die Leasinggebühren für einen schnieken kleinen Mini. Taunus-Tussen-Karre nennt mein Sohn das Auto. Der findet Alexa »echt geil« vom Aussehen her, aber ansonsten ganz schön verzogen.

Meckere ich bei Paul darüber, verweist er auf meine Kinder. »Die stehen auch nicht gerade häufig vor der Tür!«

Das stimmt leider. Und es grämt mich.

»Wir haben so viel zu tun«, sagt Claudia. »Das ist einfach sauweit weg«, entschuldigt mein Sohn Mark sein Fernbleiben. Manchmal fühlt man sich als Mutter wie Tipp-Ex. Eben noch war man unverzichtbar, und jetzt erinnert sich kaum mehr jemand an einen.

»Und verzogen sind Kinder heute alle auf ihre ganz spezielle Art. Alexa sicherlich, was Luxusgüter angeht, aber deine Kinder sind auch verzogen. Mach dir da mal nichts vor«, meint Paul.

Ich sehe das anders. Mein Sohn ist faul und auch chaotisch, aber nicht verzogen. Und meine Tochter ist ausgesprochen selbständig und mit Sicherheit keine verwöhnte, verzogene Göre.

Davon mal abgesehen: Früher hätte Paul so etwas niemals gesagt. Der Ton zwischen uns hat sich in den letzten Monaten verändert. Er ist rauer geworden. So als hätte man eine Schutzfolie abgezogen. Ich denke und ich weiß leider auch, das ist normal, wenn eine Beziehung länger dauert. Trotzdem gefällt es mir nicht. Wir sind ungehaltener miteinander. Ich nehme mich da nicht aus.

Palsdorf strapaziert unsere Nerven. Dabei war das Gegenteil gewünscht. Aber das Leben hier ist ein wenig so wie Leben auf einer Großbaustelle. Irgendwas ist immer. Erschwerend hinzu kommt die Größe des Hauses. Es hat etwas Herrschaftliches, aber viel Platz heißt auch viel Platz für Schmutz. Ich putze und putze. Dieses Haus ist so verdammt riesig. Darüber habe ich mir vorab so gar keine Gedanken gemacht. Zum Glück kümmert sich Malgorzata gemeinsam mit Rudi um die oberste Etage.

Habe ich die Wohnung fertig, ist die Praxis dran. Paul hat vorgeschlagen, dass wir eine Putzfrau engagieren. Aus zwei Gründen habe ich nach einigem Überlegen abgelehnt. Zum einen bin ich nicht ganztags berufstätig und würde mir blöd vorkommen, eine andere Frau meinen Dreck wegputzen zu lassen. Zum anderen fürchte ich mich vor noch mehr Tratsch. Eine Putzfrau käme mit Sicherheit aus der Gegend, und ich will nicht, dass jeder und jede weiß, wie kalkig unsere Dusche ist. Ich versuche, uns einen winzig kleinen Rest Privatsphäre zu bewahren. Aber genau das ist auf dem Land wirklich schwer. Hier weiß man Bescheid über die Nachbarn. Und so klein wie Palsdorf ist, sind wir quasi alle Nachbarn. Hier gehört es zum guten Ton, gemeinsam etwas zu unternehmen.

Rudi und Paul sind inzwischen tatsächlich Mitglieder im Chor. Die Hebbel hat sie breitgequatscht. Rudi gefällt es. Er hat, laut Lotte Hebbel, eine wunderbare Stimme. Paul hat mir das bestätigt. Allerdings ist sein breites Hessisch ein kleines Problem. Man hört ihn schon deshalb immer raus, und der ganze Chor hat dadurch was von den Rodgau Monotones.

Mittwochs gehen Malgorzata und ich seit neustem regelmäßig zum Yoga.

Mama hat es nicht gefallen. Einmal ist sie mitgekommen. Sie hat bei den Übungen dreimal lautstark gefurzt und ist dann eingeschlafen, und wir konnten alle in dem

Gestank und dem Geschnarche unsere Übungen machen. Natürlich war es mir mal wieder peinlich. Obwohl mir Marianne Huber danach gestanden hat, dass ihr das auch schon mal passiert sei. »Nicht das mit dem Schlafen, das andere. Allerdings nur einmal.«

»Ist langweilig!«, lautete Mamas nicht überraschendes Credo (Sie hat ja nur die erste Viertelstunde mitbekommen, kann sich also eigentlich kein abschließendes Urteil erlauben.), und ich glaube, niemand ist traurig, dass sie seitdem nicht mehr dabei ist.

Malgorzata, die zunächst unglaublich skeptisch war, ist vernarrt in Yoga. »Gibt gutes Körpergefühl. Und ich brauche jetzt gutes Körpergefühl.«

Ich will mir nicht im Detail vorstellen, wofür sie dieses Körpergefühl braucht.

»Rudi ist noch sehr fit für Alter«, sie zwinkert mir zu.

Schon Irene, seine Ex, hat immer solche Andeutungen gemacht. Also muss wohl was dran sein. Mein Ex, Christoph, hat früher auch mal erzählt, dass Sex bei seinen Eltern immer ein großes Thema war. »Für beide!«, hat er betont.

Irene war noch einmal hier zur großen Aussprache. Zu Rudis Verwunderung hat sie nicht um ihn gekämpft. Es gab auch keine Tränen. Ihr ging es hauptsächlich um die gemeinsam angeschaffte Waschmaschine und den Großbildfernseher. Rudi hat großzügig verzichtet.

»Es war schon vor dem Hund ein bisschen die Luft raus«, hat Irene mir dann anvertraut. »Dieses ewige Inge hier, Inge da, ich konnte es nicht mehr hören. Immer die tote Ehefrau im Nacken. Und dann Willich hier, Willich da. Ich musste mich immerzu hinten anstellen. Hinter der Inge und dem Hund. Das liegt mir nicht. Und mal ehrlich, der wollte dauernd. Du weißt schon was. Und ich bin doch kein Kaninchen. Und auch aus dem Alter raus. Irgendwann muss doch auch mal Schluss sein.«

Auf mein Anraten hin erzählt Rudi ihr nichts von seiner Affäre mit Malgorzata. Es fällt ihm schwer: »Die soll ruhig emal sehn, dass isch überhaupt kein Problem hab, Anschluss zu finde! Die scheint misch ja rein gar net zu vermisse. Die wird gucke, wenn se hört, wie jung die Malgo is.«

Ich konnte ihn davon überzeugen, es zu lassen. »Es könnte sie kränken, dass du dich so verdammt schnell getröstet hast«, erkläre ich ihm. Mir würde es jedenfalls stinken.

Immerhin, er hat es eingesehen. »Jetz is sie sogar wieder meine Instagram-Followerin. Mir sin im Gute auseinanner. Und unner uns, Andrea, mit der Malgo läuft einiges sehr viel besser.« Er zwinkert mir zu. Ziemlich viel Gezwinker in letzter Zeit.

Wahrscheinlich haben die beiden mehr Sex als Paul und ich. Seit meine Mutter nachts gern durchs Haus schleicht, bin ich ein wenig gehemmt. Der Gedanke, dass sie irgendwann in der Tür steht, während wir gerade munter vor uns hin vögeln, ist kein Aphrodisiakum. Paul findet, wir sollten unsere Wohnungstür abschließen, aber das bringe ich nicht übers Herz. Mama hat nachts oft Angst, und damit sie nicht wieder in Richtung Wald durchbrennt, verschließen wir abends jetzt immer die Haustür. Es käme mir gemein vor, auch noch unsere Wohnung abzuschließen. Wir haben inzwischen sogar tatsächlich ein Babyphone in ihrem Zimmer. Und Empfängergeräte bei Paul und mir und bei Malgorzta und Rudi. Aber auch das ist seltsam. Babys machen andere Geräusche als alte Menschen. Und beim Sex Mamas Geschnarche im Hintergrund zu hören ist auch nicht wirklich angenehm.

»Wir brauchen unbedingt Zeit für uns«, beschwert sich Paul.

»Eine kleine Auszeit wäre echt schön«, schwärme ich. »Einfach eine Woche Sonne, egal wo. Und nur wir zwei. Keine Kinder, keine Mutter, keine Malgorzata – einfach niemand. Nur Strand, Meer, du und ich.«

»Glaubst du, wir könnten die hier alleinlassen?«, erkundigt sich Paul.

»Ich werde mal mit ihnen reden, aber was ist mit der Praxis?«, frage ich zurück.

»Ich werde auch mal mit Petra reden. Und nachdenken.«

Seit ich regelmäßig Yoga mache und laufen gehe, habe ich laut Monsterwaage in der Praxis zwei Kilo und 300 Gramm abgenommen. Ich kann nicht entdecken, wo. Die Zahl ist auch noch kein Grund für eine Party, aber die Richtung stimmt. Ich mache mir keinen Stress mehr mit dem Essen und dem Nichtessen. Ich versuche, vernünftig zu sein.

»Yoga reguliert den Stresslevel, und der verhindert oft das Abnehmen. Insofern hilft Yoga enorm beim Diäten«, hat uns unsere Lehrerin Gesa versprochen. Ich glaube nicht, dass sie je in ihrem Leben eine Diät gemacht hat, insofern ist sie, jedenfalls was das angeht, nur bedingt glaubwürdig.

Generell ist die Vorweihnachtszeit für eine Diät eher ungünstig. Deshalb habe ich beschlossen, den Schwerpunkt auf das kommende Frühjahr zu legen. Wäre zu schade um all die Plätzchenberge, die uns ins Haus getragen werden. Mittlerweile lagern in unserer Küche vier Stollen. Anscheinend hat Palsdorf Angst, wir könnten es nicht über den Winter schaffen.

23

Nur noch gut zwei Wochen bis zum Weihnachtsmarkt, und die Vorbereitungen laufen auf Hochtouren.

»Jetzt gilt es!«, spornt Frau Hebbel alle an. Sie ist wie im Rausch.

Ihre Liebe zu Rudi scheint indes ein wenig abgekühlt. Sie hat ihn, bei einem ihrer Spontanbesuche, beim Knutschen mit Malgorzata erwischt. Begeistert war sie nicht, aber sie hat definitiv Haltung bewahrt. »Wenn er es eher rundlich mag«, hat sie nur gesagt und irgendwas vom Hang zum Küchenpersonal gemurmelt.

Malgorzata ist nicht dick, aber durchaus kompakt. Sie könnte, was die Körperform angeht, auch Mexikanerin sein. Klein und drall. Frau Hebbel ist mit Sicherheit schlanker. Aber das ist nun mal nicht die einzige Währung. Zum Glück. Frauen sind ja mehr als nur schlank oder nicht schlank.

Ich stehe zur Zeit ausgesprochen hoch im Kurs bei Frau Hebbel. Die Fuldaer Zeitung hat im Regionalteil ein kleines Interview mit ihr abgedruckt. Mit Foto! Sie glaubt, sie verdankt diese neue Prominenz mir und meiner »hervorragenden« Pressearbeit. Eigentlich war es Herr Tummler, der Bürgermeister, der den Artikel angeleiert hat. Gut, auf meine Bitte hin. Johannes, er besteht darauf, dass wir uns duzen, hilft mir mit seinen Pressekontakten. Zu meiner großen Freude erwähnt der Redakteur im Artikel auch die hübsch gestaltete Palsdorfer

Seite bei Facebook. Gleich nach Erscheinen der Zeitung hatten wir 47 neue Fans. Immerhin.

»Der Markt ist schon jetzt ein Erfolg«, schwärmt Frau Hebbel. Das finde ich zwar einen Hauch zu optimistisch, aber es freut mich dennoch.

Stefan hat für das Wochenende vor dem Weihnachtsmarktwochenende einen weiteren Besuch angekündigt. »Ich habe diesen Egbert gefunden. Heidrun, du weißt doch, die alte Freundin von Mama, hat mir einen entscheidenden Tipp gegeben. Und dann habe ich recherchiert und ihn tatsächlich aufgetan. Ist ein ganz schön alter Zausel. Und verdammt schwerhörig. Es war nicht einfach, mit ihm zu telefonieren. Man hat mein Geschrei wahrscheinlich bis Blankenese gehört. Er lebt – und jetzt halt dich fest, Andrea – in Fulda, also quasi bei euch um die Ecke. In einer Seniorenresidenz. Und er kann sich gut an die ›kleine Erika, den flotten Feger‹ erinnern. Ich hab mit ihm ausgemacht, das ich ihn abhole und wir gemeinsam Mama besuchen. Er freut sich auf den Ausflug.«

Stefan zeigt Initiative. Das gefällt mir. Aber ist das nicht ein bisschen viel Überraschung für Mama? Vor allem, weil sie ja Rudi für Egbert hält? Wird sie den richtigen Egbert dann überhaupt erkennen? Ich habe so meine Zweifel und äußere die auch gegenüber Stefan.

»Ach sei nicht so eine Spaßbremse, Andrea. Wenn sie ihn nicht erkennt, dann schadet das doch nicht. Ich habe ihm gesagt, dass sie nicht mehr ganz frisch im Oberstübchen ist. ›Wer ist das schon?‹, hat er geantwortet. Also, lass es uns wagen!«

Ich willige ein, ärgere mich kurz über das Nicht-mehrganz-frisch-im-Oberstübchen und hoffe, dass der Besuch Mama nicht zu sehr durcheinanderbringt und verschreckt. In letzter Zeit zieht sie sich immer mehr zurück. Sie verbringt mehr Stunden mit Hannelore, dem Huhn, als mit uns. Vielleicht, weil so ein Huhn sie nicht ständig zur Konversation zwingt. Man hat den Eindruck, Unterhaltungen strengen sie zunehmend an.

Paul hält Stefans Aktion für gut. »Es könnte Erinnerungen wecken. Sie animieren, wieder mehr aus sich rauszugehen. Das wäre doch schön! Und du wolltest doch immer wissen, was hinter dieser Egbert-Geschichte steckt. Jetzt hast du die Gelegenheit, alles aus erster Hand zu erfahren.«

Vor den Großereignis-Wochenenden habe ich zum Adventskaffee geladen. Irgendwer muss diese Stollenberge ja essen. Tamara, Anita und Rena kommen. Zwei weitere Freundinnen haben abgesagt: »Bei der Wetterlage, man weiß ja nie, ob es schneit und dann so weit mit dem Auto, also wir kommen lieber mal im Frühjahr.«

Ich verkneife mir zu sagen, dass wir nicht in Alaska, sondern in Palsdorf wohnen und die Straßen, selbst hier, regelmäßig geräumt werden und es außerdem sieben Grad sind. Ich kann die Vorbehalte ja durchaus verstehen. Ich war seit unserem Umzug hierher auch nur genau viermal in der großen Stadt.

Dafür habe ich Petra eingeladen, die sich darüber unglaublich freut. Sie ist keine wirkliche Freundin, wird aber vielleicht doch mal eine werden. Von allen Frauen hier ist sie auf der aussichtsreichsten Position.

Anita und Rena sind das erste Mal hier bei uns auf dem Land. Ihre Begeisterung hält sich in Grenzen. »Hier ist ja nichts!«, begrüßt mich Anita. Besser kann man es eigentlich nicht zusammenfassen. Tamara ist nicht ganz so deutlich. »Beschaulich habt ihr es hier«, lautet ihr Urteil.

Es ist ein wunderbarer Nachmittag. Ich fühle mich wie eine Pflanze, die endlich mal wieder gegossen wird. Wie ein Auto, bei dem jemand die Handbremse löst. Es fühlt sich vertraut an. Wir lachen viel.

Mein Nachtausflug mit Bürgermeistertreffen kommt sehr gut an. Rückblickend finde ich die Geschichte auch sehr witzig. Es spielt erstaunlicherweise überhaupt keine Rolle, dass wir uns lange nicht gesehen haben. Wir kennen uns so gut über all die Jahre, dass dieses Vertraute sofort wieder da ist. Das beruhigt mich sehr. Freunde, wirkliche Freunde sind nicht weg, wenn man sie mal eine Weile nicht sieht. Sie bleiben. Wenn man Glück hat und ein bisschen pfleglich mit ihnen umgeht, für immer. Eine gute Freundschaft hält auch räumlichen Abstand aus.

Petra, heute zur Feier der Einladung mit goldenem Haarreif, passt gut zu den anderen. Besser, als ich vermutet hätte.

Rena mag den Haarreif. »Cool. Hab auch schon überlegt, mir einen zuzulegen. Die sind so herrlich retro.« Ihr ist anscheinend nicht klar, dass wir hier nicht retro tun, sondern einfach noch retro sind. O Gott, ich habe *wir* gedacht!

Petra freut sich über das Kompliment. »Wenn man einfach tragen tut, was einem gefällt, ist es irgendwann auch mal in. Oder wieder in. Man muss nur warten.« Frau Tut-

Tut kann ganz schön schlau sein. Sie sitzt Modetrends einfach aus.

Tamara lädt Petra und mich zu einer großen Thermomixpräsentation ein. »Wer das mal gesehen hat, will ohne gar nicht mehr leben«, prophezeit sie uns. »Selbst die größten Skeptiker knicken da ein.«

Anita lacht: »Das klingt nach einem wirklich spannenden Event.«

Petra ist wesentlich charmanter: »Wenn Andrea fährt, bin ich dabei«, zeigt sie Interesse.

Bisher habe ich mich in meinem Leben nie nach einem Thermomix gesehnt, aber ich habe mich auch nie nach einem Leben auf dem Land gesehnt, und jetzt hocke ich hier. Ich zeige meinen Freundinnen meine Facebook-Seite.

Anita schaut sich die Seite genau an: »Nett, aber Facebook ist out, du musst zu Instagram! Da sind die, die Trends setzen.«

Ich zögere. Soll ich hier meine dunkle Seite präsentieren? Kann ich Petra so weit vertrauen, oder wird sie direkt nach dem letzten Stück Stollen ins Dorf eilen und allen von meinem Vergehen berichten? Ich entscheide mich für vertrauen und gehe das Wagnis ein. Ich erzähle alles über meinen Instagram-Account.

»Du hast siebentausendundvierzehn Follower, Andrea! Das ist mega!«, begeistert sich Rena.

»Jetzt hast du siebentausendfünfzehn«, sagt Anita und fummelt an ihrem Handy rum.

»Ist das nicht ein bisschen, na ja, sagen wir mal, negativ?«, bemerkt Tamara.

Ich versuche, ihr das Prinzip zu erklären. Das, was dahintersteckt. Die Ironie. Der Bruch mit der vermeintlichen Idylle.

»Es ist böse und auch nicht wahr«, sagt Petra mit leiser, aber fester Stimme.

Scheiße. Ich hätte es ihr nicht zeigen dürfen. Ich hätte wissen müssen, dass es sie kränken würde. Dass sie sich angegriffen fühlt. Drei Schlückchen Prosecco, und schon werde ich unbesonnen. Als ich zu einer Entschuldigung anhebe, unterbricht mich Petra direkt: »Reingefallen! Geschieht dir recht, du überhebliches Biest!«

Das kleine zarte Ding, Frau Tut-Tut hat mich verarscht.

»Wie jetzt?«, frage ich erstaunt nach.

»Das ist böse und ungerecht. Aber lustig ist es auch. Und es sieht gut aus so ganz in Schwarzweiß. Retromäßig. Und ich kann das ja beurteilen tun, dieses Retro.«

Bisschen hinterlistig, aber mit einem gewissen Stil. Chapeau! Man darf Menschen nicht unterschätzen, nur weil sie einen Haarreif aus den frühen 90ern tragen und tut sagen.

»Ich tu es schätzen, dass du es mir gezeigt hast. Das beweist Vertrauen, und so langsam kannst du auch mal kapieren, dass hier Menschen leben, denen du vertrauen kannst. Ich zum Beispiel. Die Gesa vom Yoga. Die Marianne vom Laden. Die Sherry-Hannelore. Und noch viele andere. Vielleicht sind wir Hinterwäldler. Kann sein. Und was? Macht uns das zu schlechteren Menschen?«

Rena klatscht in die Hände. »Wo sie recht hat, hat sie recht! Kacknest hin oder her!«

»Und wo ich schon mal dabei bin, du tust auch nerven.

Die Leute hier merken schon, dass du denken tust, du wärst was Besseres. Und sie fragen sich, wie du auf so eine Idee kommen kannst. Du kannst froh sein, dass sie dich so nett aufgenommen haben.«

Jetzt bin ich beschämt. Bin ich wirklich eine überhebliche Person? Halte ich mich für was Besseres?

Während ich noch überlege, redet Petra weiter: »Mal ehrlich, die Masse der Menschen lebt auf dem Land. Nicht in der Stadt. Aber die in der Stadt denken, sie könnten sagen, wo es langgeht. Wir sind viele! Und keine doofen Lemminge.«

Jetzt sind alle am Tisch beeindruckt.

»Nimmst du eine ehrlich gemeinte Entschuldigung an?«, frage ich fast ein wenig schüchtern.

»Klar, Frau Landplage. Ich will mal nicht so sein.« Sie kichert. »Der Horst hat auch manchmal so Anwandlungen gehabt, ach, der Horst!«

»Hat der sich mal gemeldet, dein Horst?«, will ich wissen.

»Ja, regelmäßig. Aber so unverbindlich. Ich glaube, er ist in Thailand. Ab und zu schickt er mal ein Bild vom Strand. Oder von einem Tempel. Oder einem Äffchen. Aber nichts wirklich Persönliches.« Sie seufzt: »Ich vermisse ihn sehr.«

Petra bleibt noch, als sich die anderen wieder auf dem Weg Richtung Zivilisation machen. »Ich wäre gern deine Freundin«, sagt sie auf einmal.

Das ist rührend und erinnert mich an Kindergartenzeiten. »Du bist es schon«, antworte ich und nehme sie in den Arm.

24

Ich habe versucht, meine Mutter vorzubereiten. »Mama, der Stefan kommt. Und er bringt einen Freund von dir mit. Den Egbert.«

»Der Egbert ist oben«, lautet ihre Antwort.

»Er bringt den richtigen Egbert mit. Das oben ist Rudi, Christophs Vater. Du erinnerst dich doch, Christoph, der Mann, mit dem ich verheiratet war. Rudi ist sein Vater. Mein ehemaliger Schwiegervater.«

Ich sehe, dass sie es nicht versteht. »Welcher Schwiegervater?«, fragt sie und klingt ärgerlich.

Ich nehme einen erneuten Anlauf, merke aber, wie sie dichtmacht, nicht mehr reagiert. Bei zu viel Information schaltet sie neuerdings einfach ab. »Ist wurscht, Mama, wir werden einfach sehen. Entweder du erkennst ihn oder nicht.«

Stefan kommt gegen Mittag und präsentiert den großen Unbekannten, der nicht wirklich groß ist. Egbert ist schlecht zu Fuß und hat seinen Rollator dabei. Man ahnt, dass er mal ein gutaussehender Mann war. Jetzt ist er ein reichlich gebrechlicher alter Herr, der aber immer noch volles graues Haar hat. Offensichtlich hat er sich schick gemacht. Er trägt ein Jackett mit Einstecktuch und eine dunkelblaue Hose. Vorne im Rollator, in diesem kleinen Körbchen, hat er ein paar Blumen liegen.

»Für die Erika«, erklärt er.

»Ich bin Erikas Tochter, Andrea Schnidt«, stelle ich mich vor.

»Egbert Fischer, sehr angenehm«, antwortet er. Er hat eine schöne tiefe Stimme. Er spricht sehr laut, was wahrscheinlich an seiner Schwerhörigkeit liegt.

»Meine Mutter ist noch oben, ich hole sie gleich. Sie weiß, dass Sie kommen, aber sie ist ab und an ein bisschen verwirrt, also seien Sie nicht böse, wenn sie Sie nicht sofort erkennt«, versuche ich, Herrn Fischer auf die Begegnung mit meiner Mutter vorzubereiten.

»Ihr Bruder hat mir schon alles erklärt, keine Sorge, sie wird wissen, wer ich bin«, antwortet Egbert.

Ich bin erstaunt, dass Mama ihn und Rudi verwechseln konnte. Egbert hat Haare und eine ganz andere Statur. Beide sind nicht groß, aber das trifft ja nun auf viele Männer zu. Egbert ist schmaler als Rudi und hübscher. »Woher kennen Sie meine Mutter denn?«, kann ich meine Neugier nicht zügeln.

»Das ist eine sehr lange Geschichte, aber begonnen hat sie in der Tanzschule. Aber kann ich jetzt zur Erika? Ich bin ein wenig nervös«, sagt er dann. Er fährt sich durch sein volles Haar, sein wirklich unglaublich volles Haar.

Ich bin direkt neidisch. Was braucht ein Mann in diesem Alter solche Mengen an Haar?

»Natürlich!«, beeile ich mich zu sagen. »Ich hole Mama, und du bringst Herrn Fischer rauf«, bitte ich meinen Bruder.

Meine Mutter trägt ihren obligatorischen Hausanzug.

»Der Egbert ist da, Mama. Willst du dir noch was anderes anziehen?«, frage ich sie.

»Warum?«, will sie wissen.

»Er hat sich schick gemacht, und da dachte ich, vielleicht magst du dich auch schick machen«, wage ich zu sagen.

»Habe versucht, sie mag nicht«, mischt sich Malgorzata ein. Dann eben nicht, denke ich. Es ist ja auch egal. Immerhin trägt sie einen ihrer Hausanzüge in dunkelblau und nicht in apricot oder lila, was das Teil wertiger aussehen lässt, als es ist.

Ich habe mich die ganze Zeit gesorgt, ob Mama Egbert erkennt, aber wird er sie erkennen? Sie hat nicht mehr viel von der kleinen, zarten, immer topgepflegten Erika, die Egbert wahrscheinlich in seinen Erinnerungen abgespeichert hat. Wir werden es sehen. Es ist nur ein Versuch, mehr nicht. Was soll schon passieren? Ich glaube, ich bin sehr viel aufgeregter als Mama.

Egbert sitzt auf unserem Sofa mit den Blumen in der Hand. Es hat etwas Anrührendes. Er sieht aus wie ein Mann, der bei den Eltern um die Hand der Frau bittet, die er liebt. Als wir reinkommen, müht er sich aus dem Sofa, was ihm offensichtlich sehr große Anstrengung abverlangt. Sein Rollator steht neben ihm, aber er geht ohne auf sie zu. Wackelig und langsam. Mama starrt ihn an.

»Erika«, sagt er nur und neigt sich nach unten, um ihr einen Kuss auf die Wange zu drücken.

Es gefällt ihr, das ist ihr anzusehen.

Er bleibt einfach ganz nah bei ihr stehen. »Erika, ich hätte nicht geglaubt, dass mir das vergönnt sein würde. Nach all den langen Jahren. Ach, Erika.« Er küsst sie noch einmal.

»Egbert!«, bricht es da aus ihr heraus. Dieses »Egbert« hat so viel Wehmut in sich. Traurigkeit und Freude in einem.

»Setzt euch doch«, schlage ich vor und weise auf das Sofa. Ich bin kurz davor zu weinen, so rührt es mich an.

»Andrea, lassen wir die beiden doch ein bisschen für sich sein«, sagt mein Bruder und zieht mich hinter sich her in die Küche.

Es ist sicherlich die richtige Entscheidung, aber ich wäre liebend gerne geblieben und hätte gelauscht. »Und?«, frage ich meinen Bruder. »Was weißt du? Hast du ihn ein bisschen ausgequetscht wegen Mama?«

»Ja«, sagt mein Bruder. »Hab ich.«

»Also, dann raus damit. Ich lechze nach Informationen.«

»Wie er schon gesagt hat, sie kennen sich aus der Tanzstunde. Sie haben sich sofort verliebt. Nach einem Tanz. Hat er jedenfalls behauptet. Aber er war, so hat er es ausgedrückt, nicht gut genug für Mama. Sein Vater hatte eine Hühnerzucht. Nichts Großes. Sie waren nicht arm, haben aber sehr, sehr bescheiden gelebt. Unseren Großeltern war er nicht gut genug, sie haben ihn abgelehnt. Er hat gesagt, er hat das damals akzeptiert. Sich zurückgezogen und nicht gekämpft. Ein Fehler, den er viele Jahre bereut hat, meint er. Zu Mama hat er gesagt, sie würden nicht zusammenpassen. Feige sei er gewesen, habe sich ins Bockshorn jagen lassen. So hat er es ausgedrückt.«

Ich will sofort ins Wohnzimmer rennen und den kleinen Mann mit dem vollen Haar und dem Einstecktuch in die Arme schließen. Und die arme Mama! Mir steigen schon wieder die Tränen in die Augen.

»Jetzt mach mal halblang, Andrea, es ist Jahrzehnte her. Das ist doch nur noch eine sentimentale Erinnerung.«

Wie kann man nur so denken? Ich meine, das Leben der beiden hätte komplett anders verlaufen können. Bleibt da nicht für immer diese eine große Frage: Was wäre passiert, wenn ...?

»Ich bringe ihnen noch ein bisschen Tee und ein bisschen Stollen«, sage ich, um einen Grund zu haben, noch mal nachzuschauen, wie sich die Sache entwickelt. »Hat er denn eine andere geheiratet oder lebenslang Mama nachgetrauert?«, frage ich noch meinen Bruder. »Was hat er beruflich gemacht? Hat er Kinder?«

Mein Bruder schaut mich verwirrt an: »Woher soll ich das wissen?«

Meine Güte, das ist ja unglaublich. »Du hattest massig Zeit mit ihm im Auto. Da sollte man doch denken, dass du zumindest die Basisdinge abgefragt hast«, werfe ich ihm vor.

»Mein Gott, Andrea, ich bin doch nicht von der Stasi und auch kein Enthüllungsjournalist. Er hat mir das erzählt, was er erzählen wollte.«

»Ich fahre ihn nachher nach Hause«, biete ich an. »Dann kannst du direkt auf die Autobahn nach Hamburg. Du hast sicher noch viel für eure Maledivenreise vorzubereiten.«

Die beiden alten Turteltäubchen bleiben drei geschlagene Stunden im Wohnzimmer auf der Couch sitzen. Sie wollen weder Tee noch Stollen, was bei meiner Mutter an ein Wunder grenzt. Und sie wollen nicht gestört werden. Ich darf die Blumen in eine Vase stellen, mehr nicht. Sie reden in einer Tour. Auch Mama.

»Darf ich wiederkommen, irgendwann vielleicht einmal?«, fragt Egbert beim Abschied.

Mama schaut mich bittend an, so als hinge alles von meiner Erlaubnis ab.

»Natürlich! Jederzeit. Sie sind herzlich willkommen«, sage ich.

Egbert freut sich sichtlich. »Auf Wiedersehen, meine Schöne!«, verabschiedet er sich von Mama und küsst sie erneut auf die Wange.

Sie dreht seinen Kopf und drückt ihm einen Schmatzer auf den Mund. »Du warst doch sonst nicht so schüchtern«, kommentiert sie ihren Vorstoß.

Stefan nimmt meinen Vorschlag dankend an, und so fahre ich Herrn Fischer nach Hause in sein Seniorenheim.

»Es war ein zauberhafter Nachmittag«, schwärmt er.

Ich nutze die Zeit, die er mit mir im Auto sitzt. »Darf ich Ihnen ein paar Fragen stellen?«, hole ich mir zunächst die Erlaubnis.

»Aber natürlich, ich spreche gerne über damals«, antwortet er.

Was Stefan mir erzählt hat, stimmt. Egbert hat, kurz nachdem er Mama, auf Weisung ihrer Eltern, vor den Kopf gestoßen hat, geheiratet. Er hat zwei Kinder, und seine Frau ist seit vielen Jahren tot. »Es war keine schlechte Ehe, aber auch keine gute. Es hat funktioniert.

Aber Liebe, Liebe war es nie.« Beruflich hingegen sei es phantastisch gelaufen, »Ich war ehrgeizig, ich wollte was erreichen. Unterbewusst wollte ich es sicherlich Erikas Eltern zeigen. Ich bin Diplom-Ingenieur, Maschinenbauer. War viel in Brasilien und Argentinien. Im Brückenbau hauptsächlich, deshalb kann ich mir jetzt auch die Seniorenresidenz leisten. Das kostet ordentlich. Aber meine Kinder haben weder Platz noch Lust, ihren Vater aufzunehmen. Kann ich verstehen. Ich bin nach Fulda, weil meine Tochter in Fulda lebt und ich so die Chance auf Besuch habe. Aber jetzt, wo ich weiß, dass Erika so nah ist, bin ich doppelt froh, dass ich hier bin. Sprechen Sie mit ihr? Fragen Sie, wann und ob ich wiederkommen kann?«

Ich verspreche es und schneide dann ein eher heikles Thema an. »Sie werden gemerkt haben, dass meine Mutter dement ist, oder?«

Er räuspert sich. »Ja, das habe ich natürlich. Das Krankheitsbild ist mir nicht fremd. Im Heim sind viele dement. In der Vergangenheit finden sie sich gut zurecht, aber mit der Gegenwart hapert es. Erika wirft einiges durcheinander. Aber es ist eben nichts mehr wie vor einem halben Jahrhundert. Schauen Sie mich an. Klapperig und kaum mehr in der Lage, ohne das blöde Ding zu stehen. Ich war mal deutscher Vizemeister auf achthundert Meter. Und jetzt! Mein Gehör ist auch schlecht. Was soll's. Ich bin froh, dass Ihr Bruder mich gefunden hat. Da ist immer noch viel zwischen uns. Helfen Sie uns, dass wir uns bald wiedersehen. Oder bringen Sie Ihre Mutter mal zu mir. Dann kann sie sehen, wie ich lebe. Ach, und meine Tochter kann mich bestimmt auch mal fahren.«

Das war das Romantischste, was ich in meinem Leben je gehört habe. Ob ein Mann irgendwann so von mir sprechen wird? Wird man nur so, wenn man jahrelang diese tiefe Enttäuschung und Sehnsucht mit sich rumgetragen hat? Eine Liebe glorifiziert, die man nie gelebt hat? Die nie ihre Alltagstauglichkeit beweisen musste?

Mama sitzt bei Hannelore im Stall, als ich zurückkomme. Hat sie Hannelore von ihrem wunderbaren Nachmittag erzählt?

»Er ist sehr nett, dein Egbert«, sage ich vorsichtig.

»Ja!«, strahlt sie. »Er ist sehr nett. Wann kommt er wieder?«

»Bald, Mama, ganz bald«, antworte ich und bin meinem kleinen Bruder wirklich dankbar für diese Aktion.

25

Noch vier Tage bis zum Weihnachtsmarkt, und die ersten Buden stehen schon. Ich lege werbetechnisch noch mal richtig nach. Erhöhe die Schlagzahl meiner Facebook-Posts.

Birgit will mit Kurt und ihren Kindern kommen. »Sie wollen Oma noch mal sehen«, begründet meine Schwester das Erscheinen meines Neffen und meiner Nichte. Fast so, als läge Mama im Sterben.

Meine eigenen Kinder muss ich überreden. Meinen Sohn locke ich mit Crêpes und Glühwein. »So viel, wie du magst!«

Seit er ein Kleinkind ist, liebt er Crêpes. Claudia kommt natürlich mit Emil im Schlepptau. Meine Tochter sehe ich nicht mehr allein. Emil scheint ein Teil von ihr. Aber immerhin, sie kommt.

Auch Sabine hat ihr Kommen angekündigt. Mit Juan.

Sie hat mir schon letzte Woche am Telefon gesagt, dass ich nicht Patentante werde. »Ich kann das nicht, und ich will es auch nicht. Ich kann mir nicht vorstellen, ein fremdes Ei in mir zu haben. Wir waren in dieser Klinik. Auf Mallorca. Aber ehrlich, Andrea, irgendwie ist das doch gestört. Ich bin zu alt. Aber ich hatte so Angst, Juan zu verlieren.

»Und, wie hat er reagiert?«, frage ich vorsichtig.

»Auch gut, hat er gesagt, du bist es, die ich will«, antwortet sie. »Es war fast, als hätte ich gesagt, wir gehen nicht zum Italiener, sondern zum Chinesen essen. Völlig problemlos. Er ist halt doch noch sehr jung, der Juan. Ich bin sehr erleichtert, Andrea.«

»Du kannst es dir ja in zehn Jahren noch mal anders überlegen«, frotzle ich und bin ebenfalls sehr erleichtert. Wir lachen.

Bei aller Aufgeschlossenheit in diesen Fragen hatte ich doch Bedenken. Vor allem, weil Sabine nicht wirklich entschlossen gewirkt hat. Kinder sollte man nicht bekommen, um anderen einen Gefallen zu tun.

Rudi ist extrem beeindruckt von meinem Account. Ich habe ihn nun schon eine ganze Weile überholt. Meine Followerzahlen wachsen stetig.

»Irschendwas muss da gewese sein. Das gibt's doch net.«

Ich kann mir meinen Aufstieg auch nicht erklären. Ich poste regelmäßig und antworte auf Kommentare. Aber mehr tue ich nicht. Gesa, meine Yogalehrerin, spricht mich nach dem Unterricht auf den Account an. Woher weiß sie, dass es meiner ist? Ich bin auf keinem einzigen Foto zu sehen.

»Wieso denkst du, das wäre von mir?«, bekenne ich zunächst mal keine Farbe.

»Die Oberschenkel. Und die leichten O-Beine. Das ist eindeutig.« Sie lacht. »Du weißt schon, dass das Bild bei YouTube drin ist?«, teilt sie mir mit. Das Bild vom Bürgermeister. Mein Unterhosenbild.

Ich stelle mich noch immer blöd. »Was für ein Bild? Wieso leichte O-Beine?«

Sie schaut an mir herunter und grinst. »Ich habe genug Zeit, euch sehr genau anzuschauen. Ich gebe Hilfestellung und mache Übungen mit euch. Wenn du mit geschlossenen Beinen dastehst, könnte ein Kleinkind durchkrabbeln, ohne dass du es merkst.«

Ich überlege, ob ich beleidigt sein soll. Entscheide mich dagegen. »Ja und selbst wenn ich O-Beine habe. Das sagt doch gar nichts. Es gibt ja noch mehr Menschen mit O-Beinen.«

»Andrea, ich bin nicht die Hebbel. Chill mal. Und doof bin ich auch nicht. Klar bist du das. Ziemlich abgefahrener Look. Alle meine Freunde lieben deine Bilder. Palsdorf ist so Gesprächsthema.«

»Also, wenn ich das wäre, würde ich natürlich gerne wissen, was da auf YouTube läuft«, antworte ich. Ich bin noch nicht bereit für ein umfassendes Geständnis.

»Da hat jemand aus den ganzen Instagrambildern was zusammengeschnitten, und zwischendrin sieht man immer diese Beine deiner Doppelgängerin und dieses T-Shirt mit dem Wild-thing-Aufdruck. Und untermalt ist es mit ›Wild thing‹ von Jimi Hendrix«, erstattet sie Bericht. Ich kann es kaum erwarten, nach Hause zu kommen und dieses Video zu schauen.

»Und«, fragt Gesa noch mal, »bist du es oder nicht?«

Ich schaue ihr in die Augen und grinse. »Die Welt braucht das ein oder andere Geheimnis! Auch und gerade in Palsdorf!«

Das Video ist der Knaller. Wirklich wild. Und dazu die Musik. Wer auch immer das gemacht hat, versteht was davon. Ich bin fast ein bisschen stolz. Ein wenig verwirrend ist der Text unter dem Video. Hier stehen die Daten des Palsdorfer Weihnachtsmarkts: »Wild thing live in Palsdorf!« Ich gebe dem Video ein Like und beschließe, einfach abzuwarten. Mehr kann ich ja eh nicht tun.

26

Am Morgen des großen Tages schneit es erstmals in diesem Jahr. Um 17 Uhr soll die feierliche Eröffnung stattfinden.

Frau Hebbel ist in Ekstase. »Alles steht bereit. Ich bin so gespannt, wie es in diesem Jahr wird. Wir haben wunderhübsche Kränze und Schürzen. Und all die Stollen und Plätzchen. Und Hannelore hat einen Punsch gemacht, der richtig reinhaut. Marianne und Erwin haben Currywurst mit einer hausgemachten Spezialsauce, jetzt müssen nur noch Menschen kommen.«

»Das wird schon!«, versuche ich, Zuversicht zu verbreiten. Meine Familie hat sich angekündigt, und Egbert will mit seiner Tochter vorbeischauen. In meinem privaten Umfeld habe ich alles gegeben. Ob über Facebook irgendjemand Lust bekommen hat vorbeizuschauen, weiß ich nicht, aber ich hoffe es natürlich.

Birgit, samt Anhang, erscheint gegen Viertel nach vier. »Es war ordentlich Verkehr. Man könnte meinen, hier wäre sonst was los! Ich meine, es ist ein Weihnachtsmarkt und kein Konzert von Justin Bieber! Ich bin froh, dass wir hier parken können. Im Dorf selbst ist schon richtig Remmidemmi.«

So langsam steigt auch in mir eine gewisse Aufregung auf.

Rudi und Paul sind schon seit 15 Uhr auf dem Weihnachtsmarkt, um eine letzte Probe mit dem Chor zu absolvieren. Sie werden zur Eröffnung singen. Nach einer Ansprache von Herrn Tummler, dem Bürgermeister. Also von Johannes. Ich kann mich immer noch nicht daran gewöhnen, dass wir uns duzen. Der Snickers-Dealer und ich.

Egbert und seine Tochter werden gegen 18 Uhr direkt zum Markt kommen.

Malgorzata hat sich richtig aufgebrezelt. »Heute wir gehen an die Öffentlichkeit. Zeigen uns als Paar. Lüften Geheimnis!«, erklärt sie mir. »Da will ich gut aussehen.« Das ist süß, vor allem weil sie tatsächlich glaubt, niemand wüsste von ihr und Rudi. Frau Hebbel hat längst dafür gesorgt, dass die Liebelei kein Geheimnis mehr ist. Geheimnis und Palsdorf sind ein Widerspruch an sich.

Johannes, der Tummler, hat vorgeschlagen, dass ich mein Wild-thing-T-Shirt trage.

»Nur, wenn du im Schlafanzug kommst. Oder in Boxershorts«, habe ich entgegnet. Natürlich werde ich es nicht anziehen. Ich will ja meine Familie nicht verstören.

Mama hat Hannelore zur Feier des Tages eine Schleife umgebunden. »Kann sie mit?«, will sie wissen.

»Ich glaube nicht, dass sie Spaß an Schürzen und Currywurst hat. Außerdem kommt Egbert«, antworte ich. »Lass sie hier, es ist zu viel Aufregung!«, füge ich noch hinzu.

»Egbert mag Brakel«, ist ihr Kommentar.

»Ihr könnt nach dem Weihnachtsmarkt zu Hannelore gehen. Dann kannst du sie ihm in aller Ruhe vorstellen«, lautet mein Vorschlag.

Sie ist überzeugt.

Sabine und Juan kommen um kurz nach halb fünf, und wir gehen direkt los.

Meine Kinder fehlen. Sie kommen gern mal zu spät. Vor allem Mark. Aber sei's drum. Den Weihnachtsmarkt werden sie ja finden. Palsdorf ist übersichtlich.

Wir sammeln uns an der Punschbude von Hannelore, der Alkoholsachverständigen von Palsdorf. Mama hat sich schon vor Wochen entschieden, lieber nicht hier mitzumachen. Es herrscht ordentlich Betrieb.

»Wir dürfen nie was trinken, wenn wir ausgehen. Müssen ja immer fahren. Da muss man die Gelegenheit, dass man mal ohne Auto aus ist, ja nutzen«, erklärt Mariannes Mann Erwin, der offensichtlich gemeinsam mit seinem Bruder Wilhelm, dem Förster, schon den ein oder anderen Punsch intus hat. Sie nutzen die Gelegenheit, das kann man sehen und auch schon ein kleines bisschen hören.

Punkt 17 Uhr steigt Johannes, der Bürgermeister, auf eine kleine provisorische Bühne. Im Hintergrund nichts als Tannenwipfel. Der Wald, das leichte Schneerieseln und die vielen Lichter an den kleinen Buden, der Geruch nach Wurst und Punsch, das hat was. Was Schönes.

Meine Kinder sind noch immer nicht da, jedenfalls soweit ich das sehen kann. Es ist tatsächlich rappelvoll. Liegt das an meinen Werbemaßnahmen, oder ist es Zufall, oder waren immer schon solche Menschenscharen hier in Palsdorf auf dem Weihnachtsmarkt?

Juan ist verzückt. »Schnee«, sagt er immer wieder. »Schnee! Hermoso!«

»Wunderschön!«, übersetzt Sabine.

Frau Huber gesellt sich zu uns. »Das ist ja ein netter Junge«, sagt sie zu Sabine. »Der kommt wohl mehr nach dem Papa. Ist der Vater Südländer?«, fragt sie ziemlich unverblümt.

Sabine muss grinsen. »Ja, der Vater ist Südländer. Die Mutter übrigens auch«, antwortet sie.

Frau Huber scheint ein wenig verwirrt.

Sabine befreit sie mit einem kleinen Nachsatz aus diesem Zustand: »Ich bin seine Freundin. Seine Lebensgefährtin. Seine Verlobte, um ganz genau zu sein.«

Marianne zuckt zusammen und wünscht uns noch einen wunderbaren Abend.

»Mach dir nichts draus«, sage ich zu Sabine.

Sie schüttelt den Kopf. »Ich bin inzwischen geübt zu parieren. Alles gut.«

Johannes wünscht allen ein wunderbares Wochenende und einen erfolgreichen und friedlichen Weihnachtsmarkt und kündigt dann den Chor an. »Heute mit Special Effects!«

Da stehen sie nun, die Palsdorfer, und singen.

Malgorzata schaut mit Stolz auf die Bühne. Ihr Rudi schmettert aus voller Kehle.

Es geht beschaulich los. Klassische Weihnachtslieder. Alle Jahre wieder. Ihr Kinderlein kommet. Vom Himmel hoch.

Und dann tritt Rudi vor: »Einen wunnerschönen guten Abend allerseits. Es is phantastisch, was hier los is. Palsdorf is überhaupt phantastisch. Hier lebt es sisch wunnerbar. Wie man hört, hab isch es net so mit dem Hochdeutsche. Un weil isch misch net als lernfähisch erwiese hab, isch bin zu alt dadezu, habe sich all die Palsdorfer mir aagepasst. Aber hört selber! Fröhlische Weihnacht allerseits.«

Es folgt eines meiner Lieblingsweihnachtslieder: O du fröhliche. »O du fröhliche« auf Hessisch. Rudi steht im Mittelpunkt, und alle sind begeistert.

Die Menschen jubeln. Die ersten Zugabe-Rufe sind zu hören.

Rudi bedankt sich artig und fügt sich dem Zuschauerwunsch. »Für alle Palsdorfer. Für alle, die hier rausgekomme sin. Un ganz besonners für eine Frau, die mir in kürzester Zeit irre ans Herz gewachse is. Für meine liebe Freundin Malgorzata.«

Es folgt ein tolles Medley aus den beliebtesten Weihnachtsliedern. Und bei »O Tannenbaum« drehen sich alle Chormitglieder um und deuten auf den Wald.

Die Menge tobt. Es sind sehr viele sehr junge Leute hier. Wo haben die sich bisher versteckt? Die können doch nicht aus Palsdorf kommen? Die wären mir doch in den letzten Monaten begegnet. Seltsam.

Als der Gesang vorbei ist, tritt Johannes wieder auf die Bühne: »Liebe Palsdorfer, liebe Gäste, bevor wir essen und trinken und die herrlichen Kränze und hausgemachten Leckereien bestaunen, liegt mir noch eine Sache am Herzen. Ich möchte mich bedanken. Zum einen bei unserem Herrn Doktor. Paul, komm her!« Applaus brandet auf. »Hier draußen, weit draußen, jemanden zu finden, der freiwillig herzieht, war nicht leicht. Umso dankbarer sind wir!«

Paul schaut zu Boden. »Gern geschehen«, sagt er und wirkt schüchtern. So im Rampenlicht zu stehen ist nicht sein Ding. Dann aber tritt er einen Schritt nach vorn und hebt den Blick: »Jetzt, wo ich schon mal hier stehe. Ich wäre nicht da, wenn die Frau an meiner Seite nicht ja gesagt hätte. Andrea, ich weiß das sehr zu schätzen. Ich liebe dich!«

Sabine drückt meine Hand und seufzt.

»So, Frau Hebbel, liebe Lotte, jetzt bist du dran«, kündigt Paul die Initiatorin des Marktes an.

Frau Hebbel kommt auf die Bühne, räuspert sich, schüttelt das frisch geföhnte Silberhaar und spricht: »Im letzten Jahr war es hier so leer, dass wir dachten: Wozu all die Mühen? Wozu, wenn doch keiner kommt. Das, was heute hier los ist, ist unbeschreiblich und macht mich und all die Frauen, die viel Arbeit und Herzblut in den Markt stecken, sehr glücklich und stolz.« Sie öffnet ihren Anorak.

Was darunter zum Vorschein kommt, lässt mich erstarren. Ein T-Shirt mit einem Aufdruck. Die Menge grölt. Es ist mein T-Shirt, oder jedenfalls ein baugleiches Modell. »Wild thing« steht nun quer über dem Busen von Frau Hebbel. Es passt ihr besser als mir, schießt es durch meinen Kopf. Aber woher hat sie das? Woher kennt sie das? Wer hat da seinen Mund nicht gehalten?

»Wild kann man sein, auch wenn man nicht so aussieht. Wild ist man hier drin!«, sie deutet mit dem Finger auf ihr Herz. »Ich bin alt. Ich wohne auf dem Dorf. Aber wild genug bin ich noch immer!«

Der tosende Beifall wird überlagert von der noch lauteren Musik, die jetzt einsetzt. Vom Band. Große Lautsprecher neben der kleinen Bühne sorgen dafür, dass sie garantiert auch noch im letzten Winkel von Palsdorf zu hören ist. »Wild thing« von Jimi Hendrix. Der Chor singt mit. Die Besucher stimmen ein, und es hat so gar nichts Weihnachtliches. Das Dorf bebt.

Ich mache ein Foto, so überwältigt bin ich. Ich kann mich nicht erinnern, in den letzten Jahren so eine Stimmung erlebt zu haben.

Sabine bringt mir einen weiteren Punsch. »Ich glaube, den kannst du jetzt brauchen!«

Ich habe Zweifel, ob ein Punsch dafür reicht. Auf einmal sehe ich meinen Sohn. Er grinst mich an, als er hinter der Bühne hervortritt.

»Hast du da was mit zu tun?«, will ich wissen.

»Womit denn?«, stellt er sich doof.

»YouTube. Mein T-Shirt. Frau Hebbel«, liefere ich ihm ein paar Schlagworte als Erinnerungsstütze.

Er grinst wieder. »Vielleicht, Mama, vielleicht.«

Und dann packt er aus. Er hat meinen Instagram-Account beobachtet. »Durch Rudis Kommentare bin ich drauf gestoßen. Ich habe schnell gerafft, dass nur du das sein kannst. Und als ich Zeit hatte, habe ich das Video gemacht. Fand ich lustig. Meine Freunde auch. Und dann hat es sich rasant verbreitet. Und irgendwann hat mich der Bürgermeister angerufen. Der da vorhin auf der Bühne stand. Er hat mir erzählt, dass manche Dorfbewohner, die Einheimischen eben, das Video gesehen hätten. Weil der Erwin, der Mann von der Huber, einen Google-Alert für das Wort »Palsdorf« hat. Und dann wurde ihm das angezeigt. Und dann haben alle geahnt, dass du das machst. Und sie haben deinen Instagram-Account gesehen. Und der Tummler, also euer Bürgermeister, hat gemeint, dass man offensiv damit umgehen muss, weil sonst vielleicht die Stimmung kippt. Angeblich waren einige ziemlich beleidigt wegen der düsteren Bilder.«

Was für eine wirre Geschichte. »Warum, um alles in der Welt, hast du mir nichts gesagt?«, frage ich meinen Sohn.

Bevor er antworten kann, kommt die Königin von Palsdorf auf mich zu. Die Frau, die mein T-Shirt trägt. »Ich könnte böse sein. Ich könnte beleidigt sein. Ich könnte mich aber auch von Ihnen auf einen Punsch einladen lassen, und dann lachen wir zusammen darüber. Wir wilden Dinger. Und ich glaube, das möchte ich gerne«, sagt sie.

Ich bin beeindruckt. Ich weiß nicht, ob ich die Größe hätte. Ich hätte nie gedacht, dass die Hebbel das kann. Dass sie sich mit dem T-Shirt auf der Bühne präsentiert und Jimi Hendrix singt, ist das eine. Verrückt. Aber dass sie dann auch noch auf mich zukommt, das hat echt was. Stil. Klasse. Größe!

Wir trinken nicht einen, sondern zwei Punsch zusammen. Und weil der es echt in sich hat, der Punsch, esse ich schnell noch eine Currywurst.

»Und das T-Shirt passt, ehrlich gesagt, besser zu Ihnen als zu mir.« Ich habe das Gefühl, das schmeichelt ihr.

»Es wird Zeit, dass wir aufhören, Frau Hebbel und Frau Schnidt zu sein. Lotte«, sagt sie und prostet mir zu.

Ich nicke und hebe auch mein Glas.

»Und jetzt merk dir mal eins, Andrea. Das habe ich in

meinem Leben gelernt: Je eher du vergisst, was dir stinkt, umso eher findest du heraus, was wirklich gut riecht. Du hast einen schlechten Geruch in der Nase. Der muss raus, dann kannst du auch was Gutes riechen!«

In meinem jetzigen Punschzustand ist mir der Spruch schon fast zu anspruchsvoll. Mir ist schon ein ganz bisschen schlecht. »Ich brauche dringend was ohne Alkohol«, bitte ich Paul, der sich zu uns gesellt hat.

»Das kann ich sehen«, antwortet er und zieht sofort los.

Die Schürzen sind inzwischen genau wie die Kränze ausverkauft.

»Das ist unglaublich!«, staunt meine neue Freundin Lotte. »Schon vier von diesen jungen Dingern wollten ein Foto von mir. Also mit mir. So ein Selfie-Dingsbums. Ich wäre ihr Role-Model fürs Alter.«

So langsam fange ich an, mich zu entspannen. Was zum einen natürlich am Punsch liegen könnte, zum anderen aber auch daran, dass ich verdammt froh bin, so glimpflich davongekommen zu sein.

Wir haben wirklich Spaß. Mama und Egbert sitzen auf einer kleinen Bank etwas abseits vom Getümmel. Egberts Tochter hat ihn nur abgesetzt und zugesagt, ihn gegen halb elf wieder abzuholen.

»Sie müssen gut auf Mama achtgeben«, informiere ich Egbert. »Sie hat einen kleinen Hang zu spontanen nächtlichen Spaziergängen.«

Er verspricht es, und ich vertraue ihm.

Meine Kinder amüsieren sich mit ihrem Cousin und ihrer Cousine.

Meine Schwester Birgit hat immerhin auch zwei Gläser Punsch getrunken, und es ist ein bisschen so, als hätte man ihr den Stock aus dem Allerwertesten gezogen. Sie kann also auch anders. Ich hatte es fast vergessen.

Kurt, mein Schwager, hingegen ist und bleibt ein Idiot. So viel Punsch, wie es braucht, um sich den nett zu trinken, kriege ich nicht runter. Aber hier unter all den Leuten fällt er, der alte Klugscheißer, nicht besonders auf. Gerade versucht er, Wilhelm, dem Förster, zu erklären, woran der deutsche Wald krankt. Er hat auch Paul schon mal was über die Gründe von Bandscheibenproblemen dargelegt. »Er ist nur angeheiratet. Wir sind nicht verwandt«, rufe ich Wilhelm zu.

Selbst Birgit lacht.

Kurz nach 22 Uhr löst sich der Rummel so langsam auf. Nur der harte Kern steht noch immer an der Punschbude bei Hannelore, die inzwischen Mühe hat, aufrecht zu stehen.

Da kommt ein Mann aus der Dunkelheit auf uns zu. Ein Mann mit einem Tier auf dem Arm. Ein sehr großer Mann. Viel mehr kann man nicht erkennen.

Petra ist die Erste, die reagiert. »Das ist mein Horst!«, ruft sie und rennt los.

Es ist tatsächlich Horst. Mit einem Hahn auf dem Arm. Er überreicht ihn Petra. »Das ist mehr symbolisch«, lacht er. »Ich weiß, dass du dir aus Geflügel nur auf dem Teller was machst. Er ist eigentlich für Hannelore, damit ich mehr Zeit für dich habe!« Er schließt Petra in die Arme und küsst sie.

Wir anderen stehen ungläubig drumherum.

»Ich dachte, du wärst in Thailand«, sagt Petra und streicht ihrem Horst über die Wange.

»War ich. Hat auch viel Schönes. Ist auch aufregend. Aber was nützt es, wenn das Allerschönste hier ist. Ich dachte, ich brauche die große weite Welt. Aber das, was ich wirklich brauche, hatte ich längst!«

Petra weint, und ich könnte sofort mitweinen. Vor allem, weil er recht hat. Was braucht man wirklich? Denkt man nicht immerzu, anderswo sei mehr Lametta? Ist das nicht auch genau mein Problem?

»Heißt das, du bist wieder da? Oder ist das nur ein kurzer Abstecher in die alte Heimat?«, will Petra wissen.

»Ich war ein alter Idiot!«, sagt Horst und küsst seine Petra wieder.

»Du bist ein alter Idiot!«, lacht sie.

Alle klatschen.

Paul schaut mich an und dann Horst. »Und jetzt?«, fragt er.

»Na ja«, gesteht Horst. »Langfristig hätte ich gern mein altes Leben zurück. Aber ich werde euch natürlich nicht rausschmeißen. Vielleicht kann ich ja erst mal bei Petra wohnen.«

Sie nickt.

Als wir eine Stunde später völlig aufgewühlt im Bett liegen, will Paul wissen, ob ich jetzt glücklich bin. Glücklich, weil das Landleben jetzt wahrscheinlich schon nach knapp einem halben Jahr vorbei ist.

Ich bin unsicher. Da gibt es eine kleine Stimme in mir, die sagt: Nichts wie weg. Und eine andere, die sagt: Ach, wie schade. Gerade jetzt. »Ich weiß es nicht«, antworte ich, und ich weiß es wirklich nicht.

Aber eines weiß ich inzwischen: Palsdorf kann auch bunt. Und genau deshalb poste ich ein Foto vom Weihnachtsmarkt – erstmals in Farbe.

Ich bin verzogen. In jeder Hinsicht. Und das Leben hier hat mich erzogen. Auch in jeder Hinsicht. Es ist und bleibt ein Kacknest. Keine Frage. Keine Diskussion. Aber es ist jetzt mein Kacknest!

Ich glaube, ich könnte es vermissen.

Danksagung

Wer schreibt, muss sich bedanken, denn währenddessen ist man oft eine ziemliche Zumutung. Danke an alle, die das aushalten!

Danke an Conny, ohne die ich niemals fertig würde. Danke an Silke, die perfekt sanften Druck ausüben kann. Danke an meinen Sportcoach Bernd und natürlich an all meine Freundinnen. Danke an meine Kinder!

Und herzlichen Dank an meine Leserinnen und Leser, die Andrea Schnidt jetzt schon so lange die Treue halten. »Verzogen« ist Band zehn der Reihe, und ein Ende ist nicht abzusehen …

instagram: susanne.froehlich

Patricia Koelle
Wenn die Wellen leuchten
Roman
Band 29761

Rhea lebt auf der Nordseeinsel Amrum. Ihren Vater hat sie nie kennengelernt. Nicht einmal ihre Mutter weiß seinen Namen. Rhea ist ein Kind der Insel und kann sich nicht vorstellen, woanders zu leben. Doch da taucht ein Brief ihres Vaters auf. Rhea zieht los in die Ferne, um ihn zu suchen – und ihre große Liebe. Aber schon bald sehnt sie sich nach dem Geruch von Tang, Salz und Leben in der lichterfüllten Weite des Watts zurück. Wird sie dennoch etwas über ihre Herkunft erfahren? Und ihre Liebe finden?

Der Beginn der großen Nordsee-Trilogie
von Spiegel-Bestseller-Autorin Patricia Koelle!

Das gesamte Programm gibt es unter
www.fischerverlage.de

fi 29761 / 1

Viola Shipman

Für immer in deinem Herzen

Roman

Aus dem Amerikanischen von Anita Nirschl

Band 03354

Ein Sommer, der drei Wege zusammenführt
und alles verändert.

»Viola Shipman erzählt in dieser wundervollen Drei-Generationen-Geschichte von Liebe, Verlust und der besonderen Beziehung zwischen Mutter und Tochter. Mit der richtigen Mischung aus Humor und Gefühl hat sie einen unwiderstehlichen Roman geschrieben.«

Lori Nelson Spielman

»Ein außergewöhnlich feinfühlig und liebevoll erzählter Wohlfühlroman.«

Freundin

Das gesamte Programm gibt es unter
www.fischerverlage.de

fi 03354 / 1 / a

Daniel Speck

Bella Germania

Roman

Band 29597

2014: Die Münchner Modedesignerin Julia ist kurz vor dem ganz großen Durchbruch. Als plötzlich ein Mann vor ihr steht, der behauptet, er sei ihr Großvater, gerät ihre Welt aus den Fugen. 1954: Der junge Vincent fährt von München über den Brenner nach Mailand, um dort für seine Firma zu arbeiten. Er verfällt dem Charme Italiens, und er begegnet Giulietta. Es ist Liebe auf den ersten Blick. Doch sie ist einem anderen versprochen. Eine tragische Liebe nimmt ihren Lauf, die auch Jahrzehnte später noch das Leben von Julia völlig verändern.

»Daniel Speck nimmt uns mit auf eine lange Reise durch Italien und Deutschland. Und nach wenigen Seiten will man nicht mehr aussteigen.«

Jan Weiler

Das gesamte Programm gibt es unter www.fischerverlage.de

fi 29597 / 1